时光

朱大可回望岁月的留影
为我们解读其中文化的密码

朱大可

东方出版社

图书在版编目（CIP）数据

时光／朱大可 著. —北京：东方出版社，2012.11
ISBN 978-7-5060-6115-5

Ⅰ.①时… Ⅱ.①朱… Ⅲ.①随笔–作品集–中国–当代 Ⅳ.①I267.1

中国版本图书馆 CIP 数据核字（2013）第 041125 号

时光
（SHIGUANG）

作　　者：朱大可
责任编辑：黄晓玉　史　亮
出　　版：东方出版社
发　　行：人民东方出版传媒有限公司
地　　址：北京市东城区朝阳门内大街 166 号
邮政编码：100706
印　　刷：北京智力达印刷有限公司
版　　次：2013 年 4 月第 1 版
印　　次：2013 年 4 月第 1 次印刷
印　　数：1—8 000 册
开　　本：710 毫米×1000 毫米　1/16
印　　张：16.75
字　　数：210 千字
书　　号：ISBN 978-7-5060-6115-5
定　　价：36.00 元
发行电话：(010) 65210056　65210057　65210061

上篇　灵与影之舞

003 \ 器物之灵

　　上古精神性器物大规模死亡,宝剑、灵玉、古镜、青铜器、茶、瓷、丝……当它们沦为庸常生活的点缀时,便丧失了执著的信念与跳动的灵魂。它们最后的命运,就是沉入永久缄默的大地。

005 \ 茶、瓷、丝的三位一体——华夏帝国的器物贸易

010 \ 在古镜光线的最深处

025 \ 宝剑:站在利刃上的精灵

041 \ 鼎:青铜时代的金属记忆

052 \ 灵玉的精神分析

065 \ 缄默之影

　　水,让我们的遐想悠远而绵长。无论是清雅的茶叶,还是醇香的咖啡,斟上一杯,在午后的图书馆或书吧里小憩。这是心灵静观世界的时刻,面对喧嚣纷乱的世界,我们究竟是应该忧伤和逃离,还是直面并投身其中?

067 \ 影像的个人主义空间

069 \ 茶馆、茶道和世界的容貌

072 \ 咖啡馆的文化春药

075 \ 图书馆的生死书

078 \ 书店的涅槃

082 \ 歌剧院里的秘密战争

085 \ 越过上帝的废墟

中篇 往事最难如烟

091 \ 旧日时光

打开记忆的音盒,究竟是什么在灵魂深处流动?泛黄的照片、旧式的日记本、点点锈斑的钢笔、半瓶墨水和那一纸没有结尾的信笺。透过时光的面纱,曾经的一切,恍然留下了似是而非的面目,但人们愿意坚信,总有一些事物不会遭到岁月的磨灭。

093 \ 大革命时代的邻人们

101 \ 音乐的秘密节日

109 \ 书架上的战争

116 \ 众神的嬉戏

124 \ 吃喝的自白

132 \ 祭坛上的童年

140 \ 1967 年的鸡血传奇

148 \ 领与袖的红色风情

156 \ 迷津里的少年行旅

165 \ 疯癫的喜剧

171 \ 澳洲往事

寓居于悉尼,以"盲肠"自嘲。异乡人的漂泊经验,像一些细小的珠子,散落在忧思的书页里。阳光带着干燥的芳香书桌。他慵懒地打开了纸笔,试图回到母语写作的状态,而手指却如同所有的异乡人那样,轻得像一片失重的树叶。

173 \ 沉默的火焰

175 \ 穿越中国迷园的小径

178 \ 市政厅:风快速掠过手指

180 \ 唐人街上的肉身礼拜

183 \ 歌剧院的乌托邦

186 \ 墓地的缄默与光线

下篇 拯救与观察

191 \ 文化呐喊

文化的困境是个沉重的话题,在众声喧噪的时代,我们注定要在浮华的欲望中迷失,如同走入了一个难以逾越的迷宫,同时迷失的,还有我们的生活、习惯、趣味、美感、艺术和教养。

193 \ 寻找文化怀旧的工业根基

196 \ 慢生活的宋明样本

200 \ 天价文物和贱价文化

203 \ 文化毒奶和脑结石现象

208 \ 行、立、坐、躺:读书的四种姿态

211 \ 茅台酒的文化象征

215 \ 古琴:被尘封的大音

219 \ 节日盛宴

对现在的人们而言,节日早已失去了本初的意义。在开放与传统并重的今天,无论是舶来的还是本土的节日,都是市场的盛宴,拥有纷乱、华丽和昂贵的外观,但又有多少人能真正懂得它悠远隽永的滋味?

221 \ 春节:保卫民俗还是复辟陋习

224 \ 母亲节:洗脚、下跪和道德演出

228 \ 嘉年华:从静寂民俗到尖叫消费

231 \ 儿童节:整蛊主义、祖国花朵和伦理危机

234 \ 愚人节:生命中不能承受之乐

239 \ 偶像狂欢

偶像是时代的风标、潮流的印记和历史的结石。在娱乐为本的今天,老偶像的迟暮与新偶像的辈出,形成了无数诡异而耐人寻味的风景。粉丝帝国的狂欢,不断刷新世人的审美、智力和宽容的底线。

241 \ 偶像工业的病理报告
244 \ 中国男性偶像的三种标本
247 \ 乖女孩的哭泣性狂欢
250 \ "荡妇"麦当娜和香烟变法

253 \ 跋

上篇

灵与影之舞

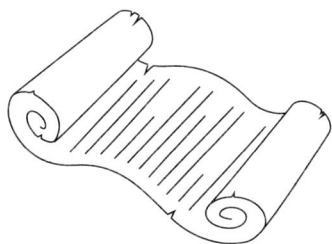

器物之灵

上古精神性器物大规模死亡，宝剑、灵玉、古镜、青铜器、茶、瓷、丝……当它们沦为庸常生活的点缀时，便丧失了执著的信念与跳动的灵魂。它们最后的命运，就是沉入永久缄默的大地。

茶、瓷、丝的三位一体
——华夏帝国的器物贸易

　　茶、瓷、丝，器物的三位一体，典型的华夏帝国制造。 跟"四大发明"截然不同，它们不是基于物理学原理的技术发现，而是三种包含独立技术的商品，属于远东农业文明，并一度构成全球贸易的坚硬核心。 郑和的宝船舰队使用指南针、火炮，并装载大量《烈女传》和《历书》之类的印刷品，尽管这些器物都源于"四大发明"，却不是朝贡贸易的对象。 它们看起来只是一些忠诚的仆从，为茶、瓷、丝的远洋运输而辛勤工作。

　　茶是一种自然饮料，被用以矫正存在的状态——提唤精神，激发思维，同时保持内在的理性，跟酒的功能形成鲜明的对比。作为酒神的对偶，茶神的纤弱身影率先出现在华夏文明的腹地。东晋常璩《华阳国志·巴志》称，当年周武王伐纣，从巴蜀之国得到了鱼、盐、铜、铁、丹、漆、茶、蜜等贡物。 文中的另一段记载还说，在那些种植园里，生长着嫩香蒲和香茶（"园有芳弱香茗"）。 据说这是人工种植茶树的最初记录。 茶神面容安详，从此走进了远东民族的日常生活。

　　茶在华夏地区的全面兴盛，可能源于佛教的发展。 大唐帝国弘扬佛法，导致僧侣阶层大规模扩张。 而茶受到禅宗的大力推崇，成为彻夜谈玄的工具。 它最初只是一种刺激神经的物品，令僧人们的哲思和对话变得激动人心，而后才被注入士大夫的高尚趣味，升华为文人精神的象征。 诗僧皎然在《饮茶歌诮崔石使君》一诗中如此描述它的功用："一饮涤昏寐，情思朗爽满天地。 再饮清我神，忽如飞雨洒轻尘。 三饮便得道，何须苦心破烦恼。"这是饮茶改变存在状态的话语证据。 寺院的钟声和茶香，反复修理僧人、官员和文士的灵魂，把他们导向清静宁馨的状态。

茶神在明代已完全融入士人的灵魂，进而成为隐逸人格的化身。 茶道日益成熟，俨然成为独立的亚宗教。 茶神精神散射着前所未有的光辉，文人撰写的茶经达几十种之多，从茶叶制作和储存、水的选取、器物的功能、煎煮方式、茶寮修造和品茶趣味等方面，精细地构筑着茶的伟大道路。 茶道是中国饮食宗教的最高形态。

茶神是收敛而含蓄的，她意味着一种有节制的超越，越过冰清玉洁的瓷盏，她呼出了理性存在的淡香。 徐渭在《陶学士烹茶图》里赞美说："醒吟醉草不曾闲，人人唤我作张颠。 安能买景如图画，碧树红花煮月团。" 这是奇妙的精神镜像，我们就此观看到明丽清澈的图画：在碧树和红花之间，煮茶的程序正在悠然展开。 吟诗和书写、酒醉与苏醒、癫狂与理性，所有这些对立的元素，都在茶的领地里获得统一。 徐渭透露了一个文化事实：茶与酒的轮值制度，是中国饮品文化的最大机密。 文人交替饮用这两种饮品，在清醒与癫狂之间摆动和涨落。 这是耗散式的结构，它从对立的两极出发，机巧地调节着中国人的心灵。

茶神精神的本质就是孤独。 基于士大夫的信念，她始终坚守着自身的纯洁性，拒绝跟其他物质苟合。 这贞操就是茶神的特征，也是维系其全部趣味和信念的基点。 忙碌的士人们洞察了茶的这一本性，并要从水质、盛器和操作程序等方面来维系这种本性。 这是一场茶神精神的保卫战，它制约了市井阶层发明奶茶的冲动，并最终演化为东方人的终极关怀。

欧洲人对此一无所知。 他们对绿茶和团茶没有兴趣，却在19世纪发现了红茶的魅力。 由于葡萄牙公主凯瑟琳的宫廷示范，红茶的兼容性被揭示了：它能够跟牛奶与糖结盟，由此诞生出香气浓郁的奶茶。 此前，早在13世纪甚至更早，鞑靼人就已发现了这类动植物原料混合的魅力。 而在维多利亚女王时代，这种茶奶香气，更放肆地弥漫于宫廷和贵族沙龙之间，成了奢靡生活的象征，继而又蔓延为平民的下午茶狂欢。 它还是大英帝国开明专制下的新式茶道，迅速升华为关于教养的隆重仪式，优化着帝国臣民的日常举止。

英国对茶叶的接纳和依赖是一个里程碑事件，它改变了中国出口贸易的丝绸本质，使其向以茶为核心的茶、瓷、丝的三位一体飞跃。 而在那场狂热的单边贸易中，瓷器的价值也得到了重估——它是贮存和品啜茶叶的最佳容器。 但跟郑和时代不同，它不再是形单影只的容器，而是茶叶最亲昵的伴侣。

瓷器是陶器的成熟样式。 它像陶器一样保持着可塑的面貌，却有比陶器更精细光滑的表皮。 那些釉层在高温下发生窑变，产生出奇异的纹理和色泽。 瓷器是所有器物中变化比较激烈的一种，从柔软的泥土升华为坚硬秀丽的事物。 在漫长的岁月里，它始终是饕餮民族的专用容器，用以盛放那些绵绵无尽的琼浆与美食。

汉代的茶器只有碳炉、碳铗、捣茶石臼、杵、茶饼、陶罐和陶碗等少数几种。 但到了明代，就在器物大爆炸的时刻，它完成了自我繁殖的程序。 高濂《遵生八笺》一书里，罗列的茶具已经到了繁复的地步，但核心器件只有茶盏和茶壶两种。

明代茶盏由黑釉渐变为白瓷，而且拥有"甜白"的诨号，这揭示了其瓷质趋于洁白细腻，由此跟景德镇的青花和宜兴的紫砂，形成三足鼎立的格局。 但在国际贸易的版图上，白瓷最终还是让位给了青花。 白底青纹的色相和多变的器型，不仅受到北方游牧民族的喜爱，也博得了欧洲君主的青睐。

从朱棣时代开始，青花瓷已成为景德镇瓷器生产的主流。郑和下西洋后带回"苏麻离青"的钴料，能于烧造中呈现出宝石蓝的色泽，并在花纹上形成晕散和黑铁晶斑。 这起初是典型的工艺瑕疵，最终却转换成了独特的美学标记。

这种出现于古瓷学领域的破绽，加剧了我们的疑虑：青花也许是一种在美学上被蓄意夸大的纹饰。 它的价值因贸易的需要而被越位提升。 跟现代英国和日本的骨瓷相比，青花瓷器有着粗陋的形态，但它却是第一个在白瓷上绘画的瓷种，鲜明地表达了远东绘画艺术的风格。 那些被大肆渲染的幸福生活场景，被烧结在白色瓷胎上，散发出青色的温润光辉，为欧洲人展开东方想象提供了凭据。

茶汤在青花瓷盏里散发着热气。 茶神站立在里面，犹如一位隐形的女神。 青花瓷就这样跟茶叶构成了奇妙的互生关系。它们是彼此印证的，仿佛是一种天然的联姻。 青色暗示着红茶的来历——它既是大自然的色泽，也是华夏帝国的胎记，就像中国婴儿臀部的"蒙古青"那样。 欧洲人后来发明了储茶的锡罐与铁盒，轻盈而便于携带，却难以还原东方器物的光晕。

茶叶和青花瓷的伟大结盟，得到古老的丝绸制度的声援。在明清的全球贸易体系中，丝绸越过数千年岁月，继续扮演雍容华贵的角色。 它是制作衣物、桌布和茶巾的原料，融入了奢华的饮茶制度，形成一体化的东方效应。 这其实就是瓷、茶、丝的三位一体。 瓷是茶的容器，而丝绸则是它的柔软服饰，犹如一个用弧线和"S"线构成的梦境，为洛可可（rocaille）风格提供非凡的灵感。 瓷、茶、丝，此外还应当包括明代家具和亭阁，就是欧洲人展开东方想象的核心语词。

但英国人最终以自己的美学改造了青花。 我们已经看到，在细腻的皇家骨瓷表面，浮现出英国本土的青色植物图像。 英式青花瓷跟纯银茶壶、茶匙和蕾丝桌布，形成新的器物小组，它们进驻维多利亚风格的茶室，环绕在耳语的绅士和淑女四周，验证着他们的高雅趣味。 这跟中国儒士的饮茶礼仪，产生了某种内在的呼应。 英国人得意洋洋地宣称，这就是两种文明的伟大合作。

茶叶跟烟草一样，令饮服者产生深刻的依赖。 但茶瘾是更为温柔的绑架，像丝绸般细软，却酝酿着严酷的市场危机。 长期以来，西方一直在用贵金属购买丝绸和香料。 18 世纪中叶到末叶，英国和美国先后成为全球最大的茶叶买家。 在 1700 年到 1753 年期间，仅英国商船就向清帝国输送了两千万两白银，全球白银都因茶叶贸易而流入中国。 欧洲爆发了严重的"白银危机"。

这是全球茶叶连锁效应的开端。 在茶的和平本质的外围，暴力开始大规模涌现。 为了捍卫白银储备，英国人推出以鸦片交换茶叶的贸易模式。 但鸦片的大规模输入，导致了中国的经济危机和健康危机。 在士绅和文官阶层的压力下，道光皇帝下令抵抗，企图终止这种荒谬的贸易，而英帝国则派出战舰予以回击，把摇摇欲坠的清帝国推向崩溃的边缘。

而在此之前，茶叶已经引发了另一场贸易战争。 英国人把茶叶强行输入北美殖民地，并借此征收高额白银税金，遭到当地民众的激烈反抗，波士顿移民把英国商船上的茶叶倒进海里（Boston Tea Party，1773），由此点燃了独立战争的炽热大火。 一方面是新国家的诞生，一方面是旧帝国的衰败，由大英帝国发动的茶叶战争，导向了两个截然不同的结局。 这既是农业器物文明的终结，也是推动茶叶文明反思的支点。

在古镜光线的最深处

黄帝铸镜和光学的世纪

黄帝与印度首领西王母，当年在王屋山一带举行双边会谈，成了被许多典籍所记载的著名外交事件。尽管其内容我们不得而知，但据《黄帝内传》透露，在会议结束之后，黄帝就铸造了十二面大镜，按月份依次使用。第一镜直径为一尺五寸，以后每月递减一寸。依此类推，第十二镜应只有三寸，已经到了玲珑可爱的程度[1]。黄帝还时常亲自在湖边磨镜，此后数千年里，那块磨镜石都光滑可鉴，不长野草[2]。这或许是中国历史上最古老的镜子，它的工艺可能来自西域，与天文学、历法、权力和国家管理有密切关系，但我们至今无法知道其原初的技术与功能细节。

宝镜的材质与功能就这样在传说中逐渐完善起来。它最初可能由坚硬的玉石或铁矿石磨制而成，而后扩展到黄金、玻璃或铜铁合质，但考虑到镜面反射率、打磨工艺和制造成本的因素，绝大多数镜子必须用掺入锡的青铜铸造，因为这种材质更为柔软并易于打磨。 它是光线的源泉之一，却要急切地超越光学反射的物理限定。 它忠实地反射外部的物理空间，却在其内部制造了一个虚幻空间。 整个世界都蜷缩在铜镜里，向黄帝及其臣民发出永恒的微笑。

华夏历史上只出土过少许铁质镜子，它们像流星一样出现在历史典籍和墓冢里，俄顷又消失得无影无踪。 它们的材质过于坚硬，只是铜荒时期的代用品，用以缓解铜矿石匮乏的危机而已[3]。 据《开元天宝遗事》记载，叶法善拥有一面铁镜，病人可从中看见自己脏腑里的垃圾[4]。 另据《太平广记》载，前蜀的嘉王担任亲王镇使，在整理官署时得到一面铁镜，下边写着十三个篆字没有人能认识。 让工人磨拭干净后，光亮得可以照见东西，把它挂在高台上，百里之内都能照见。 他在铁镜里看见集市有人正在舞弄刀枪卖药，便把此人叫来盘问。 此人辩称他只是卖药，并未玩弄刀枪。 嘉王说："我有铁镜子，照见你了。"卖药人于是不再隐瞒。 他向嘉王要镜子看，镜子递过去之后，他竟然用手掌劈开自己的肚子，把镜子放进肚里，脚不着地，冉冉升起，飘然飞走，谁也不知道他究竟是何方神圣[5]。 这是我们所知道的唯一拥有了神奇性的铁镜。 它被肚子所吞噬，并且跟仙人一起飞走，消失于历史的浓重阴影里。

铁镜的坚硬性成全了铜镜的伟业。 它不仅打开了无限广阔的魔法空间，而且拥有跟青铜器一样久远的时间链索。 青铜铸成的镜子，散发出时代的古老气息，据此滋养着怀旧主义的贵族趣味。 这种时空属性就是铜镜的最高魅力，它据此反射着上古历史的模糊面容，并且要为走投无路的时间寻找出口。

尽管黄帝铜镜此后销声匿迹，但其中的第八面镜，却在隋代突现于御史王度手里，仿佛是一次历史性的回旋。《太平广记》引《异闻集》记载说，隋炀帝大业七年（611）五月，王度从御史任上辞官，从一位故友那里得到了黄帝古镜。 镜宽有八寸，镜鼻是一只蹲伏的麒麟。 环绕镜鼻划分出龟、龙、凤、虎等四个方位，四方之外又布有八卦，八卦之外更有十二时辰，其外又有二十四字，绕镜一周。 字体酷似隶书，代表二十四个节气。 这些层层叠加的同心圆，就是宝镜语义体系的全面展示。 它涵盖了中国时空体系的主要尺度，正是东方式宇宙的细小模型[6]。

关于黄帝宝镜的非凡功能，在下列故事中可以初见端倪。王度的朋友薛侠拥有一把宝剑，左边的纹理如火焰，右边的纹理似水波，光彩闪耀，咄咄逼人。 薛侠要求用这把宝剑跟王度的宝镜进行比试，王度欣然答应。 他们进入一间密不透光的房间，王度拿出宝镜，镜面上吐出光华，将全屋照亮，两人彼此都能看见对方，犹如置身于白昼，而宝剑则黯然无光，只有在王度将宝镜装进镜匣后，古剑才吐出光华，但也仅仅是一二尺的光景。 薛侠抚摸着宝剑长叹道："天下神奇宝物，也有相克相伏的理论啊。"此后每到月圆之夜，王度都将宝镜置于暗室，它发出的华光，可以照亮四周数丈远之处，但要是让月影照入暗室，宝镜就变得黯然无光。 这是因为阳光和月光是宇宙的第一光线，任何宝物都无法与之匹敌[7]。

中国宝镜的神学威力

黄帝跟镜子的密切关系，昭示了国家对反射性器具的倚重。那是自我反省的工具，从政治组织、身体组织到心灵组织，所有这些事物的健康成长，都取决于镜子的探测与疗救功能。 这是镜子神话的精神起源。 从诞生伊始，它就注定要去守望和捍卫权力的核心，以及与各级组织相关的事物。 镜子的魔法打开了中国人自我凝视的历史。

周灵王二十三年，一座名叫"昆阳台"的豪华宫殿被打造起来，专门用来安放包括铜镜在内的各类国宝。 一个叫作"渠胥国"的国家派使者来周朝，赠送了贵重的礼物，除了五尺高的玉骆驼和六尺高的琥珀凤凰外，还有一枚"火齐镜"，高约三尺，用它在黑暗里看东西，犹如白昼，而对着镜子说话，里面竟然可以做出应答，周朝人把它奉为神物。 但到了周灵王末年，这枚神奇的宝镜却不翼而飞[8]。 奇怪的是，在宝镜失踪之后，西周的末日也随之降临。 在宝镜出没与国家权力的盛衰之间，存在着某种神秘的因应关系。

这种宝镜跟权力的逻辑关系，大约起源于古罗马帝国。《太平广记》称，当年罗马的波罗尼斯国王得到两枚宝镜，镜光所能照亮的地方，大的达到三十里之外，小的也有十里。 天火焚烧宫廷时，宝镜放射的光明，居然还能抵御火灾，使房屋无法化为灰烬。 但被火烧过之后，镜子的光彩虽然变得昧暗起来，却还能用来克制各种毒物（这是银质镜子的另一证据），它们被人卖到民间，换得黄金两千多斤。 此后随着朝政兴衰，这两枚宝镜反复出入宫廷与市井之间，犹如走马灯一般。 在西罗马帝国覆灭（476）的三十年之后，也即南朝梁武帝天监年间（502—519），这两枚宝镜从地中海长途跋涉，流落到了汉地，俨然是传递帝国覆灭消息的白银讣告。

尽管西方镜子在历史上扮演过重大角色，但从秦朝开始，中国本土工匠已经发明了铸造透光镜的技术，而镜子的功能也急剧升华，由日常照明转向透视，其魔法性与日俱增。 攻入秦都咸阳之后，刘邦接管了帝国的巨大财宝。 他以胜利者的姿态进入咸阳宫，得意洋洋地走遍所有府库，去巡视他从前朝帝王那里夺取的财物。

《太平广记》记载了整个过程。最让刘邦惊异的，是秦始皇留下的那面方镜，宽四尺，高五尺九寸，里外通明，人在镜中的影像是颠倒的，而且，用手捂着心来照，能够清晰地看见五脏六腑。体内有病的人，可以由此洞察疾病的部位[9]，其功能远在现今的 X 光机之上。这是宝镜光线的秘密，它能够穿越一切物理障碍，展现物体内部的隐秘结构，并把整个汉民族带入这光线的最深处。通过刘邦之手，宝镜修正了汉人对黑暗的悲剧性感受。

宝镜的这种透视功能被延续了很久，直到唐代还放射着不朽的光芒。据《松窗录》记载，长庆年间（821—824），有个渔民在秦淮河上捕鱼，打捞起古铜镜一枚，直径一尺多，其光泽与水波一起涌动。渔人拿来观看，自己体内的五脏六腑历历在目，甚至可以看见血液在血脉里流淌的景象，渔人感到无比惊骇，手腕发抖，以致宝镜再度坠落水中，后来千方百计打捞了一年左右，始终无法重拾那件宝物[10]。渔人似乎构成了一种世俗社会的象征，它拒斥切入肌肤的内省。只有智者才能抵制这巨大的惊骇，他们越过诡异的镜像，静观着自己的诞生和死亡。

在生物学的视域里，人就是那种能够自省的灵长类动物，并因这种技能而强大，成为本星球最有竞争力的物种。镜子不仅是自我反思的器具，而且是这种伟大心灵运动的象征。但在中华文明的体系里，铜镜并未转换为内省哲学的摇篮，却与宝剑、玉器和铜鼎一起，成为道士驱邪体系里的法器。

极权主义管制下的照妖镜

在道士的全力推动下，秦始皇方镜超越光学的限定性，向着

"照魂"的巫术领域大步飞跃。 据说女子一旦有淫邪之心，被这枚宝镜一照，就会胆战心惊，露出道德败坏的形迹。 性情暴戾的皇帝，用它来照射宫中的美女，凡是胆战心惊的，一律予以处死[11]。 它是实施道德极权的最高利器。 直到 20 世纪 60 年代，乔治·奥威尔的寓言体小说《1984》，才指涉了"真理部"在居民家里安装的那种"电幕"，但后者只是一种超距离摄像仪，并不具备心灵探查的功能。

耐人寻味的是，历史上只有秦帝国没有出现过引人注目的宫廷绯闻，究其原委，大约是那些问题女人都在魔镜的查验下曝光，被剪除得干干净净，剩下的只有苟延残喘的份儿，哪里还敢跟男人调情，打各种心怀叵测的主意。 幸而这枚魔镜在项羽手里丢失，后世的皇帝们无法继承这一神器，否则，皇帝的宫廷生涯会变得无比乏味，而整个专制社会的历史，也将因此被大规模改写。

"照魂"的最高状态就是"照妖"，也就是能够借此分辨妖精与魔鬼的真相，而这是统治者的最高事务之一。《洞冥记》的记载宣称，汉武帝修建的望蝉阁，高达十二丈，上面安放一面青金镜，元封年间（前 110—前 103）由外国使者进献，直径约为四尺，虽然无法辨认好人坏人，却可以分辨人与鬼怪。 寻常的鬼怪经它一照，就会露出原形，根本无处隐匿[12]。

《搜神记》则记载说，三国时期，吴国的国王孙策，忌惮道士于吉的个人魅力，悍然将其杀害，但于吉的尸体却在事后神秘失踪。 孙策照镜子时，看见于吉就在自己身后，回头去看，此人又杳无踪迹，如此再三，害怕得扑在镜子上失声大叫，身上毒疮崩裂发作，很快就魂归黄泉。 一枚寻常的世俗镜子，仅仅因其跟无辜道士的生命相关，竟然呈现出某种诡异的力量。

这其实就是关于照妖镜的某种质朴报道。 而直到唐代，李商隐才在其诗"我闻照妖镜，及与神剑锋"中，完成对"照妖

镜"的命名程序。 而"照妖"方面的叙事，最完备的还是王度的
《古镜记》。 公元611年，王度返回长安，途中借宿在朋友程雄
家里。 他家有个婢女名叫鹦鹉，容颜美丽，楚楚动人。 到了晚
上，王度打算脱衣歇息，拿起古镜随意照照，远处的鹦鹉看见
了，急忙下跪叩头哀求，自诉是一头千年老狸，能变化成人形迷
惑人，犯了死罪。 被神仙追捕，逃亡和流落在这里，不料遭遇天
镜，使她再也无法隐形和永生。

怜香惜玉的王度，想放鹦鹉一条生路，但她已经被天镜照
过，死期即将到来。 鹦鹉请求用最后的时光来享受人生欢乐，王
度将镜放回匣中，亲自为鹦鹉敬酒，并将程雄的家人及邻里都招
来，大家一起纵酒狂欢。 鹦鹉不一会儿就酩酊大醉，扬起衣袖边
舞边唱道："宝镜宝镜，悲哀啊我的生命，自从我脱去老狸的原
形，已经侍奉了好几个男人。 活着虽是欢乐的事情，死亡也就不
必悲鸣。 有什么值得眷恋的呢？ 只要享有这一时的快乐就
行！"鹦鹉歌毕再拜，化作一只老狸死去。 满座的客人无不为之
震惊叹息[13]。

《古镜记》深切地质疑了照妖镜的驱邪功能。 鹦鹉是一头狐
狸，却以人的形貌在世，并且拥有一个鸟类的名字，这其间隐含
着某种多形态存在的复杂欲望。 鹦鹉渴望借此同时占有三种生
物的属性，也就是占有狐狸的灵异、人类的情欲和鸟类的自由。
这是一种何等伟大的意愿，它要超越神所制造的诸多限定。 但
魔镜阻止了这种欲望的升华，把变形记演绎成一场可笑的命案。
但鹦鹉是一个真正的英雄，尽管她（他、它）最终落入了死亡的
圈套，但由于《古镜记》的谱写，她从死亡中获得了美学的永
生。 镜子巫术最终让位于生命自由的信念。

在抵抗疾病的前线

宝镜的功能像涟漪一样不断向外扩展，越出它原初的边界，从照明和透视之类的光学用途，上升为禳除灾难的至尊宝器。据明朝陆粲《庚已集》记载，吴县一位姓陈的人士，拥有一枚祖传的辟疟镜，八九寸大小，凡是身患疟疾者，拿着镜子自照，就能看见自己身后附着一个怪物，蓬头垢面，身形模糊，一旦被照，怪物犹如受惊一般迅速消失，而疟疾则立即痊愈[14]。据说是因为疟鬼害怕看见自己形貌的缘故。这里隐含着一种深刻的神学判定，即一切妖魔都畏惧和拒斥反省。这种叙事企图从反面验证了人的伟大性。

王度所持的黄帝宝镜，显然也具备相似的法力，当年，他以御史兼芮城令的身份，带着印信到河北去开仓放粮，救济陕东的饥民。由于发生特大饥荒，百姓饥饿、病痛缠身。蒲州和陕西一带则爆发了严重的瘟疫，可以说是祸不单行。王度属下有个小吏叫张龙驹的，家中老少几十口人，都染上了瘟疫。王度非常同情这个属员，将宝镜暂借给他，让他拿回去为家人驱除瘟疫。张龙驹回到河北，连夜用魔镜映照身染瘟疫的家人，被照者都感到异常惊恐，说张龙驹拿着一轮月亮来照他们，而月光所照之处，冷若冰霜，寒彻五脏，随即又发热起来，犹如火炙。到了第二天晚上，染病者竟都不治而愈。此后他又治好了大批病人[15]。宝镜的救世主身份，已经昭然若揭。

黄帝魔镜的其他神通，展露于隋朝大业十年（614）。当时王度的弟弟王勣离家出行，遍游名山大川，随身就携带着这面宝镜。 他从扬州登船渡长江时，忽然云暗水涨，风浪大作，摆渡的船工大惊失色，王勋手持宝镜登上渡船，向江中照去，顿时风息云收，波平涛静，江水变得清澈见底。 后来他又乘船沿钱塘江口出海，当时正值涨潮，波涛轰鸣吼叫，几十里地外都能听到，王勋取出魔镜去照，潮水竟然如城墙般凝固屹立，不再向前，四周的江水闪出一道裂口，宽约五十多步，很像摩西率希伯来人出埃及时遭遇的情形。 这是一个非凡的时刻，江水渐渐变得清浅，水中的鱼、鳖、虾、蟹纷纷逃匿，犹如看见了神明[16]。 如果《宝镜记》的记载没有虚言，那么黄帝之镜就是一种特殊的灵物，它制造了大量奇迹，并借此完成了对尘世的拯救。 它超越了铸镜者所赋予的坚硬命运。

宝镜之死和破镜重圆

尽管剑与镜是最亲密的兄弟，但与铸剑的情形截然不同，唐代以前的典籍里几乎没有关于铸镜的记录。 宝镜的生成过程显得异常神秘，似乎在刻意拒绝世人的观察。 只有《太平广记》中有过一则孤立的陈述，叙写扬州镜匠铸造"水心镜"时的奇异经历。 公元744年仲春，扬州城里来了一老一少两个神秘访客，声称可以指导铸镜。 他们在铸镜工场里待了三天三夜，而后神秘消失，只留下了一封书信，用早已废弃的小篆写成，上面是指导铸镜的条文，其中包括镜身的尺寸和镜鼻的形状，还附有一首偈语式的诗歌，赞美这枚尚未诞生的神镜的非凡魔力。 五月初五正午，镜匠吕晖在江船上开炉铸镜，四周江水忽然高涨三十多尺，如一座雪山浮在江面上，又有龙吟之声，犹如笙簧吹鸣，一直传到几十里以外，气象阔大，令人叹为观止。

这样的情形是非常罕见的，如果不是进献宝镜的地方官员——扬州参军李守泰故弄玄虚，那么它就是铜镜铸造过程的唯一实录。除此之外，宝镜的行踪、下落和归宿，也都罕有记载，难以猜度。我们唯一知道的是，几乎所有的宝镜都会从现身地点不翼而飞。有关它们失踪的记载，充斥于各种历史文献中，由此引发了世人的深切疑虑。

古代观察家曾经有过这样一种解释，他们宣称宝镜不会久留人间，而是要自动远离尘嚣，隐匿到世人所无法企及的地方。《异闻记》用隐喻的方式，描述了镜精与主人的对白，他以托梦的方式感谢人类的厚待，宣称要弃世远去。数十天后，宝镜在匣中发出悲鸣，声音起初纤弱邈远，而后渐渐嘹亮起来，犹如龙吟虎啸。过了很长时间才平息下去。王度打开镜匣一看，发现宝镜已经不翼而飞[17]。这是宝镜对抗时间的奇异方式。它飞快地掠过人间，仅仅在那里留下一些脆弱的记忆。

黄帝宝镜的结局，向我们解释了铜镜大规模失踪的原委。但这也可能只是宝镜主人的一种托词。鉴于宝镜的珍贵性，它在济世助人之后，被永久收藏了起来，最后成为主人的殉葬品，与他们的尸骸一起长眠，在地下岁月的腐蚀中生锈，直至在盗墓者的手里重现天日为止。它是所有墓葬品种最常见的事物，大量残留在诸侯的墓室里，跟铜钱混杂在一起。在那些暗无天日的墓穴里，铜镜失去了光线的滋养，变得黯淡昏昧起来，却拥有着某种自我闭塞的不朽性。

但宝镜失踪的更大原委，却是由于它遭到了世俗生活的劫持，转而成为日常消费的俗物。从魔镜到寻常的镜子，从金属镜到玻璃镜，材料革命在逐步解决镜面反射率和镜像还原性的难题，但宝镜的神性也在逐步丧失，由方士的除妖宝器，转而成为道学家修饰仪表的器物、贵妇涂脂抹粉的妆具，进而成为平民女子的随身用品。 在我看来，它们并未真正失踪，而只是在世俗化的历史中丧失神性，成为一堆平庸乏味的铜坯，用以凝视世人沾满尘土的面孔。 为了防止给国家权力带来灾变，镜子被风水师逐出宫廷主殿，甚至还被逐出百姓的卧房。 正是这种神学性退场，制造了宝镜失踪的严重错觉。

唐代孟棨所著《本事诗》记载，南朝乐昌公主与陈国官员徐德言，在国家危亡之际剖镜为约，说是一旦离散，每年正月十五到京城集市叫卖破镜，借此互相搜寻对方，最后几经波折，果然如愿以偿，两人得以白头偕老[18]。 在这个著名的典故里，镜子的语义发生了剧变。 在国家政权动荡的岁月里，它脱离传统魔法，以"破镜重圆"的方式，艰难地维系着家族团圆的古老信念。

《太平御览》引《神异经》称，从前有对夫妻将要告别，破开镜子，各执一半作为爱情坚贞的信物。 此后妻子与人私通，她手边的半镜竟然化为喜鹊，飞到丈夫面前报信，令丈夫知晓了妻子的背叛。 后人在铜镜背面铸上喜鹊纹饰，其风俗就源自这里[19]。 在上述故事里，铜镜依然保留着守望、辨察和鉴证的语义。 它能够变形和飞翔，向受害者发出警告。 但它所服务的主人，却从宫廷和官吏转向了平民。 这是唯一的变化，却把铜镜带往了更加广阔而幽暗的世界。

我们已经痛切地看到，人间的团聚喜剧和守贞誓言，是以对镜子的分解为前提的。 镜子被无情地剖成两瓣，分别被不同的人所掌握，只有这样，才能最后导向"重圆"的结局。 但镜子是独立的生命体，在被剖开的瞬间，它的灵魂就已悄然死亡，并且无法在人事的聚散中复活。 在华夏文化体系里，破镜是一种罕见的隐喻，在器物的解体和重组上，寄寓着家园捍卫的语义。 唯一值得庆幸的是，宝镜在丧失神性语义的同时，意外地进入了日常生活的语境。 这是铜镜神学的终结。 宝镜死了，而镜子仍然

在着，它屈从于曾经觑视过的事物，去映射寻常世界里的平淡
容貌。

注释：

[1]清陈元龙《格致镜原卷五六》引《稗史类编》:《黄帝内传》
曰:(帝)既与西王母会于王屋,乃铸大镜十二面,随月之用。又见
唐王度《古镜记》:昔者吾闻黄帝铸十五镜,其第一横径一尺五寸,
法满月之数也。以其相差,各校一寸,此第八镜也(出《太平广
记》)。这两则记载可以互相参详。

[2]《古今图书集成·山川典·卷二九三》引《述异记》:俗传
轩辕铸镜于湖边,今有轩辕磨镜石,石上常洁,不生蔓草。

[3]据《金史·食货三》载,世宗大定元年,……八年,民有犯铜
禁者,上曰:"销钱作铜,旧有禁令。然民间犹有铸镜者,非销钱而
何?"遂并禁之。又见《旧五代史·卷一百四十六·志八》亦称皇帝
下诏"禁一切铜器,其铜镜今后官铸造,于东京置场货卖,许人收
买,于诸处兴贩去。"此为因铜钱荒缺而民间禁铸铜镜的证据。民
间以铁代铜而铸镜,势所必然。

[4]《开元天宝遗事·照病镜》:叶法善有一铁镜,鉴物如水。
人每有疾病,以镜照之,尽见脏腑中所滞之物。后以药疗之,竟至
痊瘥。

[5]《太平广记·第八十五·异人五》引《玉溪编事》:前蜀嘉
王顷为亲王(明抄本亲王作亲藩)镇使,理廨署(署原作置,据明抄
本改)得一铁镜,下有篆书十二(按篆文列十三字,二字当是三字)
字,人莫能识。命工磨拭,光可鉴物,挂于台上。百里之内并见。
复照见市内有一人弄刀枪卖药,遂唤问此人。云:"只卖药,不弄刀
枪。"嘉王曰:"吾有铁镜,照见尔。"卖药者遂不讳,仍请镜看。以手
臂破肚,内镜于肚中,足不著地,冉冉升空而去。竟不知何所人。
其篆列之如左(篆字略)。

[6]《太平广记·第四百三·宝四·王度》：镜横径八寸，鼻作麒麟蹲伏之象。绕鼻列四方，龟龙凤虎，依方陈布。四方外又设八卦，卦外置十二辰位而具畜焉。辰畜之外，又置二十四字，周绕轮廓。文体似隶，点画无缺，而非字书所有也。侯生云："二十四气之象形。"承日照之，则背上文画，墨入影内，纤毫无失。

[7]《太平广记·第四百三·宝四·王度》：其年八月十五日，友人薛侠者获一铜剑长四尺。剑连于靶，靶盘龙凤之状，左文如火焰，右文如水波。光彩灼烁，非常物也。侠持过度曰："此剑侠常试之，每月十五日天地清朗，置之暗室，自然有光，傍照数丈，侠持之有日月矣。明公好奇爱古，如饥如渴，愿与君今夕一试。"度喜甚。其夜果遇天地清霁，密闭一室，无复脱隙，与侠同宿。度亦出宝镜，置于座侧。俄而镜上吐光，明照一室。相视如昼。剑横其侧，无复光彩。侠大惊曰："请内镜于匣。"度从其言。然后剑刀吐光，不过一二尺耳。侠抚剑叹曰："天下神物，亦有相伏之理也。"是后每至月望，则出镜于暗室，光尝照数丈。若月影入室，则无光也。岂太阳太阴之耀，不可敌也乎。

[8]《太平广记·第二百二十九》引《王子年拾遗记》：周灵王二十三年起昆阳台。渠胥国来献玉骆驼高五尺，琥珀凤凰高六尺，火齐镜高三尺，暗中视物如昼，向镜则影应声。周人见之如神。灵王末，不知所之。《类说卷一》引《拾遗记》（今本无）亦记此事，但其细节有所出入：周穆王时，渠国贡火齐镜，大二尺六寸，暗中视之，如白昼。人向镜语，则镜中响应之。

[9]《西京杂记·卷三》：（咸阳宫）有方镜，广四尺，高五尺九寸，表里有明。人直来照之，影则倒见，以手扪心而来，则见肠胃五脏，历然无碍。人有疾病在内，则掩心而照之，则知病之所在。

[10]《太平广记·第二百二十九·器玩四》引《松窗录》：唐李德裕，长庆中，廉问浙右。会有渔人于秦淮垂机网下深处，忽觉力重，异于常时。及敛就水次，卒不获一鳞，但得古铜镜可尺余，光浮

于波际。渔人取视之,历历尽见五脏六腑,血萦脉动,竦骇气魄。因腕战而坠。渔人偶话于旁舍,遂闻之于德裕。尽周岁,万计穷索水底,终不复得。

[11]《太平广记·第四百三·宝四·秦宝》:……女子有邪心,则胆张心动。秦始皇帝常以(方镜)照宫人,胆张心动,则杀之也。高祖悉(将宝物)封闭,以待项羽。羽并将以东。后不知所在。

[12]《初学记·卷二〇》引郭子横《洞冥记》:望蟾阁上有青金镜,广四尺。元光中,波祇国献此青金镜,照见魑魅,百鬼不敢隐形。

[13]《太平广记·第四百三·宝四·王度》

[14]陆粲《庚已集·卷四》:吴县三都陈氏,祖传古镜一具,径八九寸,凡患疟者,执而自照,必见一物附于背,其状蓬头黛面,糊涂不可辨。一举镜而此物如惊,奄忽失去,病即时愈,盖疟鬼畏见其形而遁也。世以为宝。

[15]《太平广记·第四百三·宝四·王度》:其年冬,度以御史带芮城令。持节河北道,开仓粮,赈给陕东。时天下大饥,百姓疾病,蒲陕之间,疬疫尤甚。有河北人张龙驹,为度下小吏。其家良贱数十口,一时遇疾。度悯之,赍此入其家,使龙驹持镜夜照。诸病者见镜,皆惊起云:"见龙驹持一月来相照,光阴所及,如冰著体,冷彻腑脏。"即时热定,至晚并愈。以为无害于镜,而所济于众。令密持此心镜,遍巡百姓。

[16]《太平广记·第四百三·宝四·王度》:(王勣)游江南,将渡广陵扬子江,忽暗云覆水,黑风波涌,舟子失容,虑有覆没。勣携镜上舟,照江中数步,明朗彻底,风云四敛,波涛遂息。须臾之间,达济天堑。……是时利涉浙江,遇潮出海。涛声振吼,数百里而闻。舟人曰:'涛既近,未可渡南。若不回舟,吾辈必葬鱼腹。'勣出镜照,江波不进,屹如云立。四面江水豁开五十余步,水渐清浅,鼋鼍散走。举帆翩翩,直入南浦。然后却视,涛波洪涌,高数十丈,

而至所渡之所也。

［17］《太平广记·第四百三·宝四·王度》：（王勣）夜梦镜谓勣曰：我蒙卿兄厚礼，今当舍人间远去，欲得一别，卿请早归长安也。勣梦中许之。及晓，独居思之，恍恍发悸。即时西首秦路。……大业十三年，七月十五日，匣中悲鸣，其声纤远，俄而渐大，若龙咆虎吼，良久乃定。（王度）开匣视之，即失镜矣。

［18］孟棨《本事诗·情感第一》：陈太子舍人徐德言之妻，后主叔宝之妹，封乐昌公主，才色冠绝。时陈政方乱，德言知不相保，谓其妻曰：以君之才容，国亡必入权豪之家，斯永绝矣。傥情缘未断，犹冀相见，宜有以信之。乃破一镜，人执其半，约曰：他日必以正月望日卖于都市，我当在，即以是日访之。及陈亡，其妻果入越公杨素之家，宠嬖殊厚。德言流离辛苦，仅能至京，遂以正月望日访于都市。有苍头卖半镜者，大高其价，人皆笑之。德言直引至其居，设食，具言其故，出半镜以合之，仍题诗曰：镜与人俱去，镜归人不归。无复嫦娥影，空留明月辉。陈氏得诗，涕泣不食。素知之，怆然改容，即召德言，还其妻，仍厚遗之。闻者无不感叹。仍与德言陈氏偕饮，令陈氏为诗，曰：今日何迁次，新官对旧官。笑啼俱不敢，方验作人难。遂与德言归江南，竟以终老。

［19］《太平御览·卷七一七》引《神异经》（今本无）：昔有夫妇将别，破镜，人执半以为信。其妻与人通，其镜化鹊，飞至夫前，其夫乃知之。后人因铸镜为鹊安背上，自此始也。

宝剑:站在利刃上的精灵

鱼肠剑的弑君罪行

在很久很久以前，宝剑曾经是铁器时代的伟大象征。《管子》宣称，昔日在葛天卢之山上发现了最早的铜矿，蚩尤采而制之，以此作为刀剑和铠甲，这就是剑的秘密起源[1]。 但《十洲记》则坚持认为，最初的宝剑并非本土的产物，而是来自西方世界。当年周穆王征伐西戎，西戎不能抵挡强大的攻势，于是就向穆王求和，献上了他们的镇国之宝"昆吾割玉刀"[2]。 这是名剑时代悄然降临的信号。

《列子·汤问》命名此剑为"昆吾之剑"，描述它长约一尺，由精铜打造而成，剑刃呈现红色，削玉犹如切泥，锋利无比[3]。这是关于剑的物理特性的第一次定义。 就在宝剑问世的时刻，锋利就成了它的评判标准。 基于大规模杀戮的需要，宝剑要在切割、穿刺和砍杀方面，超越以往所有的石质兵器。 宝剑大肆嘲弄了石器的愚钝和稚拙。

但这个神秘的"昆吾",其实并非是属于"西域",相反,它不过是一座越国铜矿的所在地而已。《太平广记》引《王子年拾遗记》说,"昆吾"地下蕴藏着大量赤金,其色如火,当年黄帝讨伐蚩尤,曾经在那里屯兵,其用意就是要获取打造兵器的原料。 相传向下掘探百丈,就能看见星星点点的火光。 采集那些矿石,就可以炼出美妙的青铜。 当年越王勾践下令铸工用白色的牛马祭祀昆吾之神,采集铜石铸成八剑,其锋利的程度,切玉斩金,犹如斩削土木,甚至可以切断水流而不会合拢[4]。 这些关于宝剑锋利性的记录,构成了古典剑学的根基。

先秦时期的兵器工业进程,大致分为三个阶段:以铜剑为代表的**吴越世代**、以铁剑为代表的**楚世代**,以及以铜铁弓箭为特征的**秦世代**。 鉴于吴越地区拥有当时最大的铜矿脉,它理所当然成了第一代宝剑的摇篮,采矿业和冶铜术逐渐发达起来,铜剑开始锋芒毕露,在那些著名的战争中大显身手。 它是犀利无情的屠戮者,切割那些柔软的肉体,鲜血淋漓地改变着权力政治的版图。

在吴越宝剑体系中最为著名的,是铸剑大师欧冶子的作品。《太平御览》引《吴越春秋》称,越王当年聘请欧冶子铸纯钧、湛卢、鱼肠等五剑,开工的时候,雷神和雨神前来助阵,蛟龙捧着炉子,天帝负责送炭,连东皇太一大神都下凡来参观锻造现场,其情形蔚为壮观[5]。 越王剑从此名震天下。

其中的那枚鱼肠剑,以短小锋利著称。 后来,它辗转到了吴国公子阖闾手里,成为宫廷阴谋的利器。 他派刺客专诸去刺杀吴王僚。 当时,宝剑被隐藏在烤鱼的肚子里,最后却越过坚实的盔甲,一举刺穿僚的心脏[6]。 这场著名的宫廷政变,引发了东方各国一系列的变革、强盛和征战。

但秦国的剑学家薛烛却对鱼肠剑的品质颇有微词。 他无惧得罪铸剑大师的危险,向越王严正指出,宝剑的精气应当顺从它的纹理，从头到尾都不能逆乱，而鱼肠的纹理却逆行而上，所以必然是反叛伦常之剑，佩带它的人，不是臣子弑害君王，就是儿子谋杀父亲[7]。 这是对古代名剑最严厉的酷评之一，显示出剑学家对剑的伦理特性的高度关注。 剑的杀气、才华和品德，都统一在了剑体的内部，使其拥有了奇异的灵魂。 只有真正的剑学家才能分辨其中的善恶。 我们被告知，污点宝剑一旦遭到贬斥，它就丧失了价值，变得一文不名。

中国古典剑学至少包含以下四个层面：采矿、冶炼、锻打、淬火的工艺学，剑客竞技搏杀的武学，有关宝剑德行和品质的伦理学，以及研究各种宝剑奇迹的神学，等等。 在春秋战国时代，这种详细的分层早已完成。 剑学是环绕宝剑形成的意识形态，它超越冷兵器的单一价值，构筑了新帝国崛起的信念根基。 但薛烛的伦理学并未成为先秦剑学的主流。 他的孤寂呐喊，被掩盖在惊天动地的杀声里。 只有那种关于锋利性、嗜血性和杀气的信念，才能发育壮大，支配着剑客的酷烈灵魂。

泰阿剑的退兵奇迹

吴越之间的宝剑军备竞赛，引发各国诸侯的觊觎。 当时的宝剑崇拜浪潮，已经发展到疯狂的地步，所有的国王都坚信这样的政治逻辑——谁拥有宝剑，谁就拥有权力和整个世界。 为了保持霸主地位，就连以木器和油漆著称的楚国，也被吴越的狂热所感染，开始染指兵器工业，把宝剑的制造和收集视为第一国策。这种酷爱兵器的立场，经文人和百姓添油加醋，开始四处传播。

随着战争的日益频繁，兵器匮缺成为一种普遍的困境。 而掌握优质兵器，则等同于战争的胜利。 于是以争夺宝剑为目标的战争，就变得频繁而嚣张起来，成为各国的家常便饭。 宝剑既是战争的工具，也是战争的目的。 这种两重性重塑着春秋战国的政治地理。

据说，吴王阖闾的昏聩无道，激怒了许多名士，那把由欧冶子亲手打造的名剑"湛卢"，是一件有灵魂的活物，它风闻楚王酷爱宝剑，便断然叛离自己国王，自己跳进长江，逆流而上，向楚国方向奋勇逃亡。 楚王获知这个重大情报，亲自跑到江边，趴在地上行礼，举止谦卑地迎接"湛卢"的光临，表现出礼贤下士的卓越风度。 这幕感天动地的喜剧，再次被目击者到处颂扬。秦王听说之后，厚着脸皮派使者向楚王索取，却遭到了严词拒绝，秦王勃然大怒，居然起兵攻打楚国，还放出话说：只要把湛卢之剑给我，我就撤兵走人。 但楚王护剑心切，根本不予理睬。[8]

野心勃勃的楚国，不仅在兵器库里收藏来自吴越的诸多青铜名剑，而且开始自行铸造铁剑，并且拥有数名顶级的铸剑大师。《越绝书·外传记·宝剑》记载，楚王派使者风胡子前往吴国，耗费巨资，聘请当时的铸剑大师欧冶子和干将，打造了三把著名的铁剑——龙渊（龙泉）、泰阿（太阿）和工布。 它们寒气逼人，令人仿佛有站立高山之巅和下临深渊的感觉，剑身的装饰，气象高大而又壮盛，上面闪烁着流水般的波纹。

晋国和郑国得知了这个情报，都企图获取这三把宝剑，在遭到拒绝之后，就发兵围困了楚国的边境城池，三年都不肯退走，导致城中弹尽粮绝。 楚王听到这个消息后，亲自奔赴前线，手持泰阿剑登上城楼，朝着天空高高举起，仿佛举起上苍的意志。 楚兵开始奋勇冲锋，而敌人的军队则迅速败阵溃退，血流成河，天地无光，连江水都为之倒流，晋王与郑王害怕得头发都变成了白色[9]。 泰阿剑的威力，到了不可思议的程度。

　　而在楚王奋勇破敌之后，伟大的泰阿剑却下落不明，很久都没有它的消息，由此引发了世人的诸多猜测。 据《晋书》记载，数百年之后，大约在魏晋南北朝期间，吴国的上空时常有明亮的紫气出现。 著名的星相学家雷焕宣称，那是剑气的精华冲向天空后形成的天象，而宝剑所处的地点，应当就在豫章郡丰城县（今江西丰城）境内。 为此，名士张华派雷焕担任县令，以便就地搜寻宝剑。 雷焕到任之后，经过仔细勘探，在县立监狱的地基上动土发掘，于四丈深的地下获得一个石函，里面正是失踪了数百年的龙渊和泰阿。 石盒打开那天的黄昏，天上的紫气突然神秘消失。 这是不祥之兆，但没有任何人能够识破它的含义。

　　雷焕派人把其中的一把剑送给张华，留下另一把自己佩带，当做向世人炫耀的饰物。 但宝剑却断然拒绝了这种命运。《晋书》记录了此后发生的连环奇案：张华遭到政治诛杀，他的剑也在人间悄然蒸发；不久，星相学家雷焕本人也离奇病故，连死因都无人知晓。 他的儿子雷华继承了宝剑，而当他佩剑经过一座名叫"延平津"的大湖时，宝剑突然跃出剑鞘，砰然堕水，雷华派人下水打捞，根本不见它的踪影，却看见两条数丈长的大龙，身上布满彩色的图纹，吓得潜水者狼狈地逃走。 随即，湖水掀起了波涛，湖面上放射出明亮的光华。 人们相信那是宝剑精魂的最后一次亮相。 从此，龙渊和泰阿在人间销声匿迹[10]。

　　泰阿剑的上述经历，向我们验证了宝剑所具备的非凡神性。它能够在时空里自由行走，放射出灿烂明亮的光华，甚至决定人的生死。 在张华和雷焕的死亡案例中，铁剑展示出某种过于犀利的品质。 求剑者并未作恶，也没有其他可质疑的行为，他们唯一的过失就是职位太低，未能企及王的尊位，却胆敢占有这神圣的宝物，他们因此被宝剑判处死刑。 但在我看来，死亡并非只是责罚，而更像是一种炫示。 跟铜剑相比，铁剑更夸张地重申着自己的权力和尊严。

越过材质的坚韧性，铁剑露出了高贵而残忍的表情。它的杀气就是它的形而上本性，其他一切属性都可以置之不理。铁剑对血的极度渴望，犹如铜鼎日夜思念着三牲。在帝国分崩离析的前夜，杀戮成了不可逾越的美德，在征服和捍卫领土的进程中烁烁发光。杀气也是一种严厉的兵器美学，它要在柔软的肉体面前颂扬铁血，讴歌最残忍的真理，并通过战争喋血去穷尽自身的暴力属性。

复仇少年眉间赤

尽管剑与持剑者之间存在着各种冲突，但它们之间的亲昵，有时也会超出我们的想象。在上古宝剑的军备竞赛中，持剑者往往是自己创造物的悲惨祭品，并由此引发了大量的复仇故事。为了兑现人的信念，宝剑越过器物的界线，与手结成伟大的联盟。其中聂政刺韩王的传奇，曾在汉代广泛流传，成为画像砖上的动人题材，而另一故事则记录了干将莫邪一家的生死传奇。

据《吴地记》记载，当年吴王派干将和莫邪夫妻在莫干山（该山名即由莫邪干将而来）上铸造宝剑，采集最优质的矿材，以三百童女来祭奠炉神，但金属溶液仍然不能顺畅流下。情急之下，妻子莫邪竟舍身跃入铁炉（一说是剪下指甲和毛发投入炉中[11]），以殉剑的方式感动炉神，金属液才缓缓流出，注入剑模，由丈夫干将锻打成两把宝剑，其中雄的叫作干将，雌的就叫作莫邪[12]。我们被告知，殉身是铸剑工艺中最惊心动魄的环节，铸剑师的鲜血、生命和灵魂，就此与宝剑融为一体。

但《搜神记》的记载则与此有所不同，它声称干将和莫邪夫妻是为楚王而非吴王铸剑，耗费了三年时间才完成。 楚王担心他们继续为他人铸剑，借口交货期被耽误而要斩草除根。 当时妻子莫邪怀孕临产，干将猜出楚王的用意，就留下妻子、雄剑和秘密遗嘱，独自带着雌剑去见楚王，果然成了楚王的刀下之鬼。

莫邪的儿子名叫赤，《太平御览》称之为"眉间赤"，也有的典籍叫"眉间尺"，前者描述他的两眉之间长有红斑，而后者则强调眉间的距离宽阔，但也可能只是记音上的讹误。 无论如何，这是一个品性奇异的孩子。 赤长大之后，向母亲问起父亲的下落，莫邪悲恸地说出了死亡的真相。 依照父亲留下的线索，赤在堂前柱子下找到了雄剑，从此日夜都想要为父亲报仇。 这种强烈的仇恨燃烧起来，越过连绵的群山，像闪电一样在大气中掠过，被远在千里之外的楚王所感知。 他梦见一个少年，眉毛之间有一尺来宽，容貌非常奇特，说是要向他寻仇。 楚王从梦中惊醒，随即就诏告天下，悬赏千金，捕捉这个长相古怪的杀手。

赤知道自己被通缉，赶紧逃进深山，一路上边哭边唱。 一个无名的剑客看见他的样子，奇怪地问道："你年纪小小，为什么哭得如此伤心？"赤坦诚地答道："我是干将和莫邪的儿子，楚王杀了我的父亲，我要为他报仇。"剑客说："听说楚王悬赏你脑袋，不妨把你的头和剑都交给我，由我来为你报仇。"天真的赤大喜过望说："那是我的荣幸。"说完就拔剑自刎，双手捧着自己的头和剑交给剑客，随后就僵立在那里。 剑客起誓说："我不会辜负你的心意。"赤的尸体这才轰然倒地。 自杀的现场充满诡异的色彩。

在赤的复仇故事里，无名剑客信守自己的承诺，带着赤的头颅去见楚王，要求支付赏金。 楚王为之大喜。 剑客进而提议说："这是勇士的脑袋，应当用大鼎煮烂，否则会有严重的后患。"楚王采纳了这个建议，但煮了三天三夜，头颅还是不烂，甚至跃出水面，向着楚王怒目而视。 剑客于是对楚王说："这少年的脑袋不烂，希望大王您亲自过去看一眼，这样就一定会烂的。"楚王于是走到大锅前观看，剑客乘势拔出藏在身上的宝剑，一举砍下了他的头颅，随即又砍下自己的头颅[13]。

《太平御览》所引的《吴越春秋》逸文，还进一步描述二头联手于水中大战王头，彼此咬噬的激烈场面[14]。 此后，三个头颅都被高温沸水所迅速煮烂，根本无法分辨其本来面目。 楚国人无奈，只好打捞起三个头骨一起埋葬，命名为"三王墓"。 复仇者、刺客和国王共同享受着隆重的政治礼遇，这真是一种莫大的讽刺。 而这对传奇宝剑则从此下落不明。

无名剑客为陌生人慷慨赴义的壮举，就是春秋战国时代的精神气质。 剑和人的生命完全融为一体，成为正义审判者，痛切地维系着动乱年代的道德秩序，而剑客的威武形象，蔚成"剑学"的高亢母题。 宝剑、剑气和剑客（佩剑者），就是剑学的三位一体，支撑着动乱年代的破碎信念。 根据历史传说，伍子胥遭到吴王夫差赐死之后，他的佩剑在其尸体沉没的湖上经常出没，愤然漂浮于水面，仿佛是一幅语义尖锐的标语，向独裁者发出政治挑战，人取之就会生病，丢弃它则马上就恢复健康[15]。 它不仅是伍子胥的纪念物，更是蒙冤者的悲痛象征，显示出对国王和民众的双重轻蔑。

先秦剑客的英雄形象，在下列故事里达到了高潮。 据《搜神记·卷十一》记载，当年齐景公在长江和沅江一带渡河，一头巨鳖突然袭来，吞掉了马车左边的那匹良驹，众人都十分惊恐。 著名的剑客古冶子拔剑紧追，斜刺着追了五里，又逆行追了三里，一直追到那块名叫"砥柱"的礁石下，这才杀死了巨鳖。 他左手高举鼋头，右手拉着沉没的马匹，飞鸟般跃起在水面上，仰天长啸，威风凛凛，江水为之倒流三百步，看见的人都以为是河神出世[16]。

宝剑与正义一起缄默

这真是英雄辈出、光芒四射的年代。 大批剑客在江湖中诞生和死亡，他们的鲜血谱写了古典剑学的瑰丽篇章。 最不可思议的暴力，与爱情、友谊、勇气和终极关怀一同生长。 眉间赤，那株身影弱小而孤独的小树，却成为一座坚实的纪念碑，向我们昭示生命扩展的全部可能性。 最坚硬的事物与最柔弱的生命，结成了神圣同盟。

然而，荆轲刺秦王的故事，却令瑰丽的宝剑神话受到重创。一个武艺高强的侠士，居然因剑身过短而未能刺中秦王，而秦王则因为剑身太长无法拔出，失去了在第一时间内反击的契机。若非属下提醒他把剑推到后背从那里拔出，他无疑会死于非命。

在这场关于宝剑性能的表演性叙事中，短剑和长剑的缺陷都已暴露无遗。 就在文人们大肆渲染荆轲的英雄事迹时，大独裁者嬴政开始冷落这种伟大的兵器。 先秦时代的宝剑崇拜狂潮逐渐退热。"风萧萧兮易水寒，壮士一去兮不复还"与其说是荆轲和游侠的悲歌，不如说是宝剑的悲歌，盘旋于光线黯淡的黄昏，言说着即将过去的时代的陈旧理想。

楚国衰败之后，秦国承袭了楚国的宝剑制造传统。 秦人是多元制造各种铁器的天才，他们吸纳各国最优秀的工匠、剑客和剑学家，建立起远东最先进的军工基地。 铁剑面临着无限广阔的发展前景，但荆轲事件迫使嬴政修改其兵器战略，退出宝剑崇拜的迷局。 秦国利用流体力学知识，设计出箭镞标准化工艺，把弓箭制造推进到前所未有的精度。 性能优良的弓箭，急剧扩大了秦人的领地。 秦人是在弓箭上飞跃的民族，他们在自己射出的飞箭后面奔驰，征服着东亚的广阔土地。

弓箭的发达，令宝剑的语义发生了剧烈转换。 它进入政治与宗教的象征体系，成为一枚无比犀利的符号，而它的实用性和嗜血性却迅速褪色。 我们看到，中国历史上出现过两类佩剑者：剑客（武士）和道士，官员和儒生。 剑客的杀人游戏和道士的斩妖之术，都需要倚仗宝剑的杀气，而儒生和官员则指望从宝剑那里获取等级（身份）与权力。《贾子》称，从前戴冠佩剑的年龄有严格的限定：天子为二十岁，诸侯三十岁，大夫则必须在四十岁；平民无事不得带剑，而奴隶则绝对不准佩剑。

《春秋繁露》还规定了佩剑的方式：按照"礼义"，宝剑应当佩在左边，以象征青龙；宝刀应在右边，以象征白虎[17]。 所有这些规则，都旨在向世人标示权力的等级。

杀气在秦汉礼仪社会里消退了，宝剑逐渐蜕变为表情平和的器物。 皇帝的佩剑是最高权力的标记，包含着行政、礼仪、身份、等级和征服等诸多语义。 历史上最著名的皇家宝剑，应当就是汉高祖手斩白蛇的那把。 据《西京杂记》记载，该剑上饰有各种珠宝，更以五色琉璃装饰剑匣，出鞘的时候风起云涌，剑刃犹如霜雪，寒光四射，照得内室犹如白昼那样明亮。 专制者高高举起宝剑，向民众炫示至高无上的权力。 而白蛇则是权力挑战者的隐喻，它向皇帝吐出恶毒的舌信，挑战着刚刚得手的权力，犹如一个处心积虑的政治女巫。 宝剑的护法功能从道观扩展到了宫廷，像狗一样守望着皇帝的宝座。

历史还提供了大量反证，以验证宝剑的权力特性。 它们要重申，失剑是权力崩溃的恶兆。 据《异苑》记载，晋惠帝元康三年（293），就在"八王之乱"兴起的前夜，宫廷武库失火，玉石俱焚，汉高祖曾经拥有的那柄斩白蛇的宝剑，跟孔子的鞋子一起，在大火中化为灰烬。 但也有人看见此剑穿屋飞去，不知所向。 宝剑以失踪的方式，在历史中留下了一个鲜明的标记，借此宣喻帝国的最后覆灭，而一个新的大动荡年代已经逼近。

中古时代的宝剑，逐渐离开权力中心，露出纯粹的美学嘴脸，它甚至被紧握在女人的纤手里，充当歌舞伎的道具。 剑术成了艺术，而剑法化为舞姿，叠映在那些斑驳的墓穴壁画上。 盛唐的公孙大娘，以舞《剑器》组舞著称，她的表演令民间和宫廷都深为震惊。 剑舞保留了凌厉的杀气，却与优雅融为一体。 它一方面惊心动魄，一方面柔美婉转，就连天地都发出高低跌宕的啸声。 举止矜持的诗人杜甫看得动容，出手援写观感，笔下洋溢着难以自抑的爱怜。 诗人的激情，在剑气和柔骨之间回旋。

但宝剑的最大危机并非来自美学，而是它被迫介入了庸碌的世俗生活。 宝剑是铁血政治的象征，它渴求征服中的伟大性，蔑视一切平庸的原则，拒绝与那些俗物和俗务合作。 但随着杀气的消退，宝剑开始在历史中风化和锈蚀。 民众接纳了它们，把它们当做厨房里的亲密用具。

唐朝有个叫作符载的剑客，文学和武艺双绝，其佩剑发出的神光，可以把黑夜照成白昼。《太平广记》引《芝田录》称，当年他出游淮扬之地，在大江上遭遇兴风作浪的蛟龙，客船无法前行，符载向大龙掷出宝剑，只见血洒如雨，随后风平浪静，客船得以安全行驶。 后来在寒食节那天，符载去朋友人家吃粽子，米团过于粗大，普通餐刀不能施展，他便拔出宝剑将其切开。 这无疑是一种危险的实验，宝剑是内在脆弱的器物，它可以刺穿坚硬的盾牌，却无法抵御柔软的攻击。 就在切开粽子的瞬间，它遭到俗物浊气的毒害，变得黯淡无光，完全丧失了内在的灵气[18]。

符载事件是一个关于宝剑死亡的范例。 而这无疑就是宝剑的宿命，它响应和平主义的召唤，远离暴力、嗜血和杀戮，逐渐介入日常生活，变成一些粗陋的废铁。 在 20 世纪末期，它甚至跟折扇、腰鼓和红绸一起，成为保健体操的道具，占据了街道、空地和社区舞台的空间。 而就在那些庸常生活的炽热地点，也就是在"清明上河图"式的世俗空间里，上古的精神性器物开始大规模死亡，依次退出人类的领地。 正如铜鼎和铜镜那样，铁剑结束了对世界的统治，和衰老的铁血信念一起，沉入永久缄默的大地。

注释：

[1]《管子》:昔葛天卢之山，发而出金，蚩尤受而制之，以为剑铠，此剑之始也。

[2]《十洲记》:昔周穆王时西胡献昆吾割玉刀及夜光常满杯，刀长一尺，……切玉如割泥。

[3]《列子·汤问》:周穆王大征西戎，西戎献昆吾之剑。其剑长尺有咫，炼钢赤刃，用之切玉如切泥焉。

[4]《太平广记·第二百二十九·器玩一》引《王子年拾遗记》:昆吾山，其下多赤金，色如火。昔黄帝伐蚩尤，陈兵于此地。掘深百丈，犹未及泉，惟见火光如星。地中多丹，炼石为铜。铜色青而利，泉色赤。山草木皆劲利，土亦刚而精。至越王句践，使工人以白牛马祠昆吾之神。采金铸之，以成八剑。

[5]《太平御览·卷三四三》引《吴越春秋》(今本已佚):越王允常聘欧冶子左名剑五枚，大三小二:一曰纯钧，二曰湛卢，三曰豪曹，或曰盘郢，四曰鱼肠，五曰巨阙。……初造此剑，赤堇之山，破而出锡，若耶之溪，涸而出铜，雨师洒道，雷公发鼓，蛟龙捧炉，天帝装炭，太一下观。

[6]《吴越春秋·王僚使公子光传》:酒酣，公子光(阖闾)佯为足疾，入密室裹足，使专诸置鱼肠剑炙鱼中进之。既至王僚前，专诸乃擘炙鱼，因推匕首，……以刺王僚，贯甲达背。王僚既死，左右共杀专诸。

[7]《太平御览·卷三四三》引《吴越春秋》(今本已佚):薛烛

曰,夫宝剑者,金精从理,至本不逆,今鱼肠倒本从末,逆理之剑也。服此者,臣弑其君,子弑其父。

[8]萧统《昭明文选·卷三十五》引《越绝书》(今本无):阖闾无道,湛卢之剑,去之入水。行凑楚,楚王卧而设湛卢之剑也。秦王闻而求之,不得,兴师击楚。曰:与我湛卢之剑,还师去汝。楚王不兴。

[9]《越绝书·外传记·宝剑》:楚王召风胡子而问之曰:"寡人闻吴有干将,越有欧冶子,此二人甲世而生,天下未尝有。精诚上通天,下为烈士。寡人愿赍邦之重宝,皆以奉子,因吴王请此二人作铁剑,可乎?"风胡子曰:"善。"于是乃令风胡子之吴,见欧冶子、干将,使之作铁剑。欧冶子、干将凿茨山,泄其溪,取铁英,作为铁剑三枚:一曰龙渊,二曰泰阿,三曰工布。毕成,风胡子奏之楚王。楚王见此三剑之精神,大悦风胡子,问之曰:"此三剑何物所象? 其名为何?"风胡子对曰:"一曰龙渊,二曰泰阿,三曰工布。"楚王曰:"何谓龙渊、泰阿、工布?"风胡子对曰:"欲知龙渊,观其状,如登高山,临深渊;欲知泰阿,观其釽,巍巍翼翼,如流水之波;欲知工布,釽从文起,至脊而止,如珠不可衽,文若流水不绝。"晋郑王闻而求之,不得,兴师围楚之城,三年不解。仓谷粟索,库无兵革。左右群臣、贤士,莫能禁止。于是楚王闻之,引泰阿之剑,登城而麾之。三军破败,士卒迷惑,流血千里,猛兽欧瞻,江水折扬,晋郑之头毕白。

[10]《晋书·列传第六·张华传》:初,吴之未灭也,斗牛之间常有紫气,华闻豫章人雷焕妙达纬象,乃要焕宿,屏人曰:"可共寻天文,知将来吉凶。"因登楼仰观,焕曰:"仆察之久矣,惟斗牛之间颇有异气。"华曰:"是何祥也?"焕曰:"宝剑之精,上彻于天耳。"……因问曰:"在何郡?"焕曰:"在豫章丰城。"华曰:"欲屈君为宰,密共寻之,可乎?"焕许之。华大喜,即补焕为丰城令。焕到县,掘狱屋基,入地四丈余,得一石函,光气非常,中有双剑,并刻

题,一曰龙泉,一曰太阿。其夕,斗牛间气不复见焉。……遣使送一剑并土与华,留一自佩。……华诛,失剑所在。焕卒,子华为州从事,持剑行经延平津,剑忽于腰间跃出堕水,使人没水取之,不见剑,但见两龙各长数丈,蟠萦有文章,没者惧而反。须臾光彩照水,波浪惊沸,于是失剑。

[11]《吴越春秋.阖闾内传》:(阖闾)请干将铸作名剑二枚。干将者,吴人也,与欧冶子同师,俱能为剑。越前来献三枚,阖闾得而宝之,以故使剑匠作为二枚,一曰干将,二曰莫耶。莫耶,干将之妻也。干将作剑,采五山之铁精,六合之金英。候天祠地,阴阳同光,百神临观,天气下降,而金铁之精不销沦流。……于是干将妻乃断发剪爪,投于炉中。使童女童男三百人鼓橐装,金铁乃濡,遂以成剑。阳曰干将,阴曰莫耶。阳作龟文,阴作漫理。干将匿其阳,出其阴而献之。阖闾甚重。

[12]陆广微《吴地记》(《古今逸史》本):吴王使干将于此铸剑,材五山之精,合五精之英,使童女三百人祭炉神。鼓橐,金银不销,铁汁不下。其妻莫邪曰,铁汁不下,□有计?干将曰,先师欧冶铸之,颖不销,亲烁耳,以□□成物□□,客女人聘炉神,当得之。莫邪闻语,□入炉中,铁汁遂出。

[13]《搜神记·卷十一》:楚干将莫邪为楚王作剑,三年乃成,王怒,欲杀之。剑有雌雄,其妻重身,当产,夫语妻曰:"吾为王作剑,三年乃成;王怒,往,必杀我。汝若生子,是男,大,告之曰:'出户,望南山,松生石上,剑在其背。'"于是即将雌剑往见楚王。王大怒,使相之,剑有二一雄,一雌,雌来,雄不来。王怒,即杀之。莫邪子名赤,比后壮,乃问其母曰:"吾父所在?"母曰:"汝父为楚王作剑,三年乃成,王怒,杀之。去时嘱我:'语汝子:出户,往南山,松生石上,剑在其背。'"于是子出户,南望,不见有山,但睹堂前松柱下石砥之上,即以斧破其背,得剑。日夜思欲报楚王。王梦见一儿,眉间广尺,言欲报雠。王即购之千金。儿闻之,亡去,入山,行歌。

客有逢者。谓:"子年少。何哭之甚悲耶:"曰:"吾干将莫邪子也。楚王杀吾父,吾欲报之。"客曰:"闻王购子头千金,将子头与剑来,为子报之。"儿曰:"幸甚。"即自刎,两手捧头及剑奉之,立僵。客曰:"不负子也。"于是尸乃仆。客持头往见楚王,王大喜。客曰:"此乃勇士头也。当于汤镬煮之。"王如其言。煮头三日,三夕,不烂。头踔出汤中,踬目大怒。客曰:"此儿头不烂,愿王自往临视之,是必烂也。"王即临之。客以剑拟王,王头随堕汤中;客亦自拟己头,头复堕汤中。三首俱烂,不可识别。乃分其汤肉葬之。故通名三王墓。今在汝南北宜春县界。

[14]《太平御览·卷三十二》引《吴越春秋》:(楚)王即以镬煮其头,七日七夜不烂。客曰,此头不烂者,王亲临之。王即看之。客于后以剑斩王头,入镬中,二头相噬。客恐尺(赤)不胜,自以剑拟头入镬中,三头相咬。七日后,一时俱烂。鲁迅小说《铸剑》即以此为原型。

[15]俞樾《茶香室三钞·卷二十六》引《吴门表隐》:伍王剑,在澹台湖中,长五尺许,有伍子胥款,时浮水面,人取之必病,弃之即安。

[16]《搜神记·卷十一》:齐景公渡于江、沅之河,鼋衔左骖,没之。众皆惊惕;古冶子于是拔剑从之,邪行五里,逆行三里,至于砥柱之下,杀之,乃鼋也,左手持鼋头,右手拔左骖,燕跃鹄踊而出,仰天大呼,水为逆流三百步。观者皆以为河伯也。参见司马迁《史记》中的《游侠列传》和《秦本纪》等篇章。

[17]《初学记·武部·剑》引《春秋繁露》:古者天子二十而冠,带剑;诸侯三十而冠,带剑;大夫四十而冠,带剑;隶人不得冠,庶人有事得带剑,无事不得带剑。(出《贾子》)。又曰,礼之所兴也,剑之在左,青龙象也;刀之在右,白虎像也。

[18]《太平广记·第二百三十二·器玩四》引《芝田录》:唐符载文学武艺双绝,常畜一剑,神光照夜为昼。客游至淮浙,遇巨商

舟艦，遭蛟作梗，不克前进。掷剑一挥，血洒如雨，舟舸安流而逝。后遇寒食，于人家裹柜粽，粗如桶，食刀不可用，以此剑断之讫。其剑无光，若顽铁，无所用矣。古人云："千钧之弩，不为鼷鼠发机。"其此剑之谓乎。

鼎：青铜时代的金属记忆

鼎的神秘来历

鼎是所有传统器物中最凝重的一种。许慎在《说文解字》里形容它有三只脚和两个耳朵，是烹调五味的宝器。它的庄严器型的和沉稳身躯，正是它日后饱受尊敬的原因。但没有人知道它的真正来历。它是谁的发明和设计？它究竟来自何方？又为什么会从历史中悄然消失？我们仅仅知道，越过早期农耕时代的繁华景象，鼎的地位变得日益华贵，远远超出了寻常炊器的命运。

制造鼎器的初始材料只是脆弱的陶土而已。这种圆形陶鼎，最早出现在仰韶文化时期（前5000—前3000），以后被龙山文化所吸纳，进而成为诸帝国制造铜鼎的样本和依据。但在彩陶（仰韶）和黑陶（龙山）时代，陶鼎不过是最普通的炊器，也即锅（釜）和支架的复合物，用以烹煮饭菜。它在日常生活中与石器、骨器和玉器相混，并未显露出异乎寻常的地位。鼎必须经过材料革命，也就是跃入青铜时代，才会放射出神奇的光辉。

浇铸铜鼎的历史，一直被追溯到黄帝的年代。司马迁在《史记·封禅书》里宣称，黄帝采集首山的铜矿石，铸鼎于荆山之下。 但这个传说至今未能从考古学那里得到证实。 甚至就连黄帝本人的性别乃至真伪，其实都很值得仔细争辩一下。

早期的历史学家们大都以为，是夏朝打开了铸制铜鼎的伟大历史。 但他们却在哪位国王上出现了分歧。 夏禹派认定，正是夏的开国君主禹本人发明了铜鼎。 王子年《拾遗记》记载说，当年禹王铸造了九个大鼎，选择阴性矿石制成阴鼎，又选择阳性矿石制成阳鼎。 鼎成之后，天空上出现了异常的景象——太白金星在大白天跑了出来，而九个太阳从此高悬天空，再也不肯西沉，光明盛世就此降临人间。

魏文帝曹丕是夏启派，宣称是禹的儿子启首次铸造了铜鼎。在《典论》里，他援引先贤墨子的话说："启派大臣飞廉到遥远的昆吾山去掘采铜矿石，这种精神感动了昆吾山的大神，就让他采到了珍奇的矿石。 启又让铸造工程师翁乙以神龟为柴火，将这些珍贵的矿石炼铸成了宝鼎。"

第三种声音则来自盛世派，这派拒绝实指具体的国王，而是用"虞夏之盛"来虚指那个年代，例如《左传·宣公三年》和《史记·楚世家》都分别记载，当年夏代兴盛的时候，夏人用九州进贡的矿材造了九鼎。 这个说法，小心回避了谁是发明者的历史难题。

南朝的虞荔在《鼎录》里以专业"鼎学家"的身份，对鼎的起源作了总结性陈述。 该书宣称，就在当年虞夏兴盛的年代，九州都派来使节进贡各地的矿石，然后用这些材料铸成九座大鼎（象征统治九州的权力），上面铸有奇形怪状的山川百物，以便让人学会分辩神明和鬼怪，不至于遭受伤害，以捍卫生活的吉祥。 鼎就这样成了"华夏第一朝"的象征，并且逐渐成为帝国的最高符码。

汤人的美食政治学

鼎是中国历史上最神奇的炊器。 一部叫作《应瑞图》的文献描述说，真正的神鼎懂得事物的吉凶和生死，能调节自身的重量，还能自行移动和停止；无须薪火就能加热，无须汲水就能自满，无须厨子就能烹调出各种美味；只要统治兴盛了它就出现，王国衰败了它就离去。 这是多么古怪的器物！ 它是有灵魂的物体，敏锐地感应着政治格局的变化，并且上升为青铜时代的器物领袖。

鼎由青铜（金）制成，被放置于泥土（土）夯筑的祭坛上，里面盛放着汤羹（水），却要在其底部插入薪柴（木），用烈火（火）加以焚烧，鼎就此蕴含了"五行"的全部元素。 但"金"才是其中的核心元素，它是青铜时代的沉重标志，同时又在烹煮进程中体现了与粮食的亲密联盟。

鼎的语义是这样逐渐形成的：它最初只是一种附有支架的圆形烧锅，并暗含着对美食的无限期待，由此转义为占有食物的单一权力，最后上升为国家（食物垄断集团）总体权力的代码。 此外，铜鼎的铸造工艺繁复，需要炼铜炉、坩埚、风箱、模具等设备，以及高级冶炼技术及焊接工艺的支持，加上原材料开采艰难，成本昂贵，非寻常猎人和农民所能为之，只能是国王和贵族的垄断品，这就从另一个逻辑支点，强化了鼎的权力语义。

鼎由炊器转变为礼器，由圆形（锅的自然形态）转为方形（九州大地的隐喻），意味着它把日常政治的口唇快感，擢升为香气四溢的权力政治仪式。 作为华夏民族美食政治学的标志，鼎成了"民以食为天"法则的基石。

　　然而，尽管夏人铸造铜器的能力，可以从河南偃师二里头遗址那里得到证实，但结果表明，那个据说是当时远东最大的都市，却只能生产爵、刀和少量饪食器（鼎的初级形态）之类的小型器具。史籍所描绘的"九鼎"的庞大身影，始终躲藏在历史铁幕背后。这个"考古学破绽"，令那些从事"夏商周断代工程"的史学家深感头痛。

　　真正把铜器推向高潮的，只能是商朝的猎人们。"汤"有热水和菜汤的双重含义，但在商代，由于鼎锅的非凡地位，它的羹汤语义似乎变得更加突出。这是商的第一个国王子履的政治谥号，这个封号以后扩散成了整个帝国的乳名。这是世界上唯一用热羹汁命名的种族。这个语词经过扩散之后，还要喻指所有经过加热烹煮的食品。在猎人时代以及农业时代的童年，中国人已经确立了美食在其文化基因谱系里的核心地位。

　　这是青铜时代美食政治学的高峰。在那些沉重的鼎锅上，镌刻着伟大国家的口唇期梦想。汤人继承了夏朝的工匠和工艺，并在孔雀石之类的铜矿石中按比例加入锡，冶炼出超过红铜硬度一倍的青铜，器具更加保温耐用，肉类食物的烹煮力急剧上升，这场材料革命，令商朝成为中国文明进程的最大转折点。汤人铸造的铜鼎，最大的重达 0.8 吨，至少要有十名壮汉才能搬动，它同时还发展出汤鼎、汤镬、汤锅、汤盘、汤碗、汤匙等各种与汤（食物）有关的用具。国家筵席的盛大规模和繁杂程序，由此可窥一斑。

　　在彪悍的猎人的经营下，狩猎变得异常兴旺，同时，汤的农耕技术也日益成熟，种植业气象盛大，双双成为美食政治的取之不竭的源泉。经过强力烹煮的肉食利于消化和营养摄取，汤人的体能就此获得大幅度改善，变得更加孔武有力。他们高举沉重的青铜兵器，展开永无休止的战争，成为远东地区最凶悍的征服者。

但汤人并不是鼎器之食的唯一消费者。 它更是众神的食物，被放置于高大威严的祭台，成为那些繁复的祭神仪典的中心。 众神心满意足地享用着丰盛的宴席，他们的法力庇佑着狂热的战争贩子。 这是国王兼大祭司所得到的热切回报。

根据《搜神记》"眉间赤传说"可以推断，铜鼎的另一个功能，就是用来烹煮战俘，以他们的肉身向众神献祭。 汤人是中国历史上最暴戾的民族之一，保持着猎人的杀戮天性。 他们的狞厉面容浇铸在铜鼎上，以"饕餮"的名义向尘世发出嗜血的热烈呐喊。

这种祭器与刑具相兼的特征，一直延续到了周朝暮年。 公元前536年，郑国的执政子产将法律条文铸于鼎上，引发轩然大波，二十三年后，晋国的赵鞅和荀寅也把刑法铸刻在鼎壁上。 鼎与酷刑的关系，竟是如此亲密无间。 但越过数千年岁月，火焰早已在祭坛上熄灭，绿色的锈迹爬满了铜鼎，汤人及其继承者的形象，变得模糊而柔和起来，犹如一群推销和平的使者。 鼎在丧失了杀戮语义之后，竟然成了和睦友谊的象征。 这就是历史的反讽，它要在毁灭人的器具面前赞美人、法律及其伟大的文明。

九鼎在历史传奇里沉浮

鼎锅在获得国家册封之后，就由民生期进入仪典期，继而又由仪典期，向着传奇期大步飞跃。 此时，关于九鼎的材质、形态和体重，已被蓄意夸大到了不可思议的地步。 历史上甚至出现过有关"金鼎"的传说。《太平广记》称，就在前秦苻坚建元五年，长安有个樵夫在城南见到一只金鼎，立刻跑回城去报告符坚。符坚派人用车去运回金鼎，可是拉到城里后，金鼎却变成了铜鼎。这是中国历史上罕见的"金鼎变形记"，它要从材质方面验证鼎的尊贵和神奇。

东周时期，随着周王室的衰微，诸侯开始有了"问鼎"的野心，据说就连梁国这样的弹丸小国，都曾厚着脸皮打过九鼎的主意。《左传》记载，当年楚庄王为讨伐外族入侵者来到洛阳，在周天子境内检阅军队。周定王派大夫王孙满去慰劳，楚庄王借机询问周鼎的大小轻重，暴露出篡夺王位的企图，一时成为各国的政治笑柄。《战国策》的另一则记载还告知我们，当年的超级大国齐国，仗着强大的武力，向周天子索取九鼎，周王派了手下大臣颜率前去劝阻，用了一番虚张声势的言辞，居然把利欲熏心的齐王给吓住了。

颜率对齐王形容说，周武王伐殷获得九鼎之后，仅仅为了运送其中一鼎，就动用了九万人马，若是九鼎加起来，共需八十一万民工，加上负责安全的士兵、指挥搬运的工匠、运送给养的人员，还要有相应的搬运工具和被服粮饷等物资，必须动员的人力和物力，将达到惊人的规模。齐王听罢，自忖国力有限，只能打消搬走九鼎的念头。颜率以三寸不烂之舌，消除了周王室的政治危机。这个案例，成为以软抗硬和以小胜大的范例。

按照颜率的算法，假如一个壮汉能够抬起50公斤物体，9万人能抬起的鼎锅就有可能重达450吨，相当于一个现代中型城市一天的垃圾总量，而其高度则类似于五六层的楼房。目前世界上的最大铜鼎，分鼎身和底座两个部分，总共重达56吨，高约10米，鼎身（不包含底座）的规模，尚不足夏鼎的1/15，即便如此，在技术现代化的条件下，它仍须分拆后才能运到现场。其制造和运输规模之浩大，足以"震慑人心"。

因此，那些被先秦政客无限夸大的数据，不能作为认知九鼎的依据。 但鼎锅的传奇语义，却在这种政治修辞中急剧增殖，变得日益神奇起来。 它不仅材质尊贵，身躯沉重，而且能够感应朝纲，对国家的德行，做出正确无误的判断。 鼎锅是亚细亚国家主义的象征，是美食、享乐、尊严、礼仪、等级、秩序、权柄乃至暴力的标志，但它又拒绝与极权者（暴君）、篡权者（伪君）和败亡者（丧国之君）合作。 这种鲜明的政治风格，跟玉器家族的气质遥相呼应。

虞荔的《鼎录》记载说，当年九鼎被大禹铸造出来之后，就放在了国都。 夏代的最后一个君主桀，昏聩暴戾，被商王成汤一举推翻，九鼎便被搬到商的国都，跟新王朝建立了蜜月关系。 商朝末年纣王暴虐，又被周人推翻，九鼎被搬到一个叫作"郏鄏"（一说洛阳）的地方，跟新政再结同盟。 后来到了周显王年间，也就是春秋时代，诸侯日益强大，周王朝走向衰亡，但这次九鼎却一反常态，没有向新霸主表达敬意，恰恰相反，基于对嬴政极权统治的不满，它大义凛然，拒绝归顺秦帝国，竟然自己飞到彭城（近江苏徐州）附近的泗水里沉没，俨然一次自杀仪式。 另有记载说它落水时还发出"嘤嘤"的哭泣声，其场面悲壮凄厉，天地都为之变色。

顾颉刚单手击碎九鼎神话

九鼎的这种非凡气节，为整个铜鼎家族蒙上了灵性的光环。它看起来就是士大夫精神的卓越化身，向我们传递着知识阶层关于尊严、礼仪、道德和国家主义理想的不朽准则。

但关于九鼎的报道和记载，除了明显的修辞式夸张之外，还充满各种不合逻辑之处，由此引发了历史学家的强烈质疑。 司马迁在《史记》中记载说，西周的民众向东逃亡，九鼎已被秦国攫取。 但耐人寻味的是，就在《史记》的另一章节里，嬴政操办登基大典，制订各种繁复的律法，但那些到手的象征最高权力的九鼎，居然没有被纳入新的国家意识形态体系，完全不符合嬴政好大喜功的政治逻辑。 而后，司马迁的记载再一次出现了错乱，他描述嬴政在到蓬莱送徐福出海之后，特地绕道彭城，调遣上千民工下泗水打捞九鼎，结果一无所获。《史记》里的九鼎，就这样忽隐忽现，若有若无，其情状变得相当古怪。

为了给《史记》修补破绽，唐代学者张守节在《〈史记·秦本纪〉正义》里解释说，周赧王十九年，秦昭王运九鼎回国，其中一鼎飞入泗水，余下的八只，还是运到了秦国，因此，秦始皇后来打捞的，只是那座飞走的单鼎而已。 但这没有史实根据的说法，未能挽回司马迁的面子，反而形成新的逻辑难点：那剩下的八鼎，又究竟身在何处？ 秦亡之后，汉帝国接管秦的玉玺，却没有向亡国之君追究八鼎的下落。 权威的《鼎录》，记载了从汉高祖刘邦到魏文帝曹丕之间绝大部分铸鼎事件，也对八鼎只字未提。 这其中的蹊跷，也很令人费解。

清人王先谦在《汉书补注·郊祀志》里解释了《史记》里的矛盾，他认为九鼎从未落入秦人之手。 当年为防止诸侯染指，再加上本朝陷入经济危机，货币严重短缺，周王室不得不秘密熔鼎铸钱，而对外则散布谣言，宣称九鼎自己飞入泗水，葬身河底，借此掩人耳目。 就连秦始皇和司马迁都受到了这种谣言的愚弄。 这套象征国家威权的伟大器物，其实早已从中国版图上销声匿迹。

然而，王先谦的大胆推测，也是以夏朝和九鼎的存在为逻辑前提的。 但在《古史辨》里，史学家顾颉刚釜底抽薪，说出了更加惊世骇俗的观点。 根据对甲骨文字形的辨析，他认为禹是一条毛虫而已，夏是虚构的王朝，而禹铸九鼎，更是子虚乌有的事件。中国历史谱系的辉煌起点，遭到了疑古派学者的迎头痛击。而考古学家在偃师二里头的反复发掘，始终未能证实夏代九鼎铸造伟业的存在。鼎锅神话的危机，仍然高悬在官方史学界的上方，像一把犀利的达摩克利斯之剑。

身患"铜鼎综合征"的皇帝们

世界上还从未有哪个国家像商朝那样，把一口煮饭烧菜的大锅，当做自己的权力象征，并且赋予其无限崇高的意义。但它所蕴含的各种弊端早已暴露无遗。

鼎锅制造的奢靡之风，在纣王的时代达到了顶峰。司母戊鼎（目前专家多认为应当释读为"后母戊"鼎）就是一个范例，它的规模和器型都已达到了巅峰。国家的各级贵族，以鼎和美食为尊，而纣是筵席之王，被无数大大小小的铜鼎所环绕，沉陷于醉生梦死的境地。为了讲究体面的排场，鼎器的规模愈大，烹煮时投放的材料也愈多，向民间的征派也日益繁杂；周壁愈来愈厚的铜鼎，需要消耗大量柴火才能加热，由此发轫了中国的林木滥伐传统；频繁的仪典，场面盛大，却远远超过食客肠胃的容纳程度，导致菜肴的严重浪费；日益沉重的铜鼎搬运极为不易，需要强征和役使更多的仆夫，而这对于继续保持狩猎传统的汤人而言，却是一个极其沉重的负担。

我们已经看见，王室对民间和大自然的狂征暴敛，加剧了社会冲突，一种叫作"铜鼎综合征"的政治疾病，在商代开始蔓延，又随着"九鼎"传染给周人，并且在周幽王那里再次恶性发作，导致西周的败亡。 沉重的铜鼎改变了汤人的广阔战地，使之被迫彻底放弃游牧的习俗。 经过数百年的农业驯化，彪悍的猎人变得无限温存起来，它甚至不能抵抗犬戎这样的小型游牧部落的袭击。 古时，铜鼎与其说是社稷稳定和谐的象征，不如说是国家灾难和病变的征兆。

在经历了极权和暴政之后，鼎锅的伟大形象开始动摇。 鼎的晚期叙事，已经出现了浓烈的讽刺元素。 这种痛切的反思精神，在整个汉代民间弥漫，甚至成为汉墓画像砖上的普遍主题。山东嘉祥出土的"泗水捞鼎"画像石浮雕，刻画了秦始皇打捞铜鼎的狼狈场景——就在鼎被捞出水面之际，系鼎之绳被鼎中伸出的龙嘴一口咬断，结果鼎又再度落回水中。 嬴政借鼎独裁的超级理想，顿时化为乌有。

这是针对暴政的话语反抗，它同时还发展为对鼎的神性本身的猜疑。《史记·封禅书》记载说，当年黄帝在首山采集铜矿石，在荆山下铸造巨鼎。 鼎完工的那天，有大龙从天上垂着胡子来迎接黄帝。 黄帝骑上龙背之后，群臣和后宫佳丽七十多人都跟着爬上了龙身。 剩下那些职位低下的小官上不去，只好拉住龙的胡须，结果因为分量太重，龙须被扯断，大家都摔了下来，就连黄帝身上背的弓，也被扯掉了。 人民仰望黄帝升天，于是只能抱着遗下的弓和龙须失声痛哭。 整个场面混乱可笑，犹如一场拙劣的闹剧。

汉武帝刘彻并不懂得前朝败落跟铜鼎的内在关系。 他孤独地坚守着关于鼎的神学信念，确信这种器物具有镇压反叛和维系社稷的神力。 据虞荔的《鼎录》记载，公元前 99 年，山东泰山和琅琊一带农民在徐勃率领下发生暴动，擒杀郡守和都尉多人，武帝下令军队全力围剿。 为了彻底解决山东农民的谋反问题，汉武帝事后亲自巡视山东，并专门铸了三足鼎放于泰山，鼎身高约四尺，用铜和银的合金铸成，形状如瓮，其上用篆体刻着皇帝

的祷文："登于泰山，万寿无疆；四海宁谧，神鼎传芳。"意思是
我的生命像泰山一样永恒，天下像鼎一般稳定太平，而宝鼎则散
发出神圣的香气。

　　这是一次针对宝鼎乌托邦的无力书写。《鼎录》使我们获悉，
这种铸鼎立言的方式，在整个汉代薪火相传，成为刘氏王朝的基
本政治策略。　但随着铁器时代走向成熟，皇帝跟民众的分歧日
益严重。　就在武帝统治的时代，规模巨大的"民用铁器托拉斯"
已经形成，少数铁器制造商垄断了整个远东地区的生产和销售，
而铁器成了农业耕作和日常生活的基本元素。　用以生火的立体
支架再度出现，鼎的支足沦为画蛇添足的累赘。　八千年前的锅
子获得了重生，但它的材质已由陶土变成了生铁。　铁锅彻底取
代铜鼎，成为百姓灶台上的主体。　在历经近千年的"铜鼎综合
征"苦难之后，鼎器黯然退出了华夏民族的历史空间。

　　锅就此回到了它的原初形貌。　它本来就是人民的器皿，从
属于柴米油盐之类的平凡事物。　由于锅的起死回生，美食不再
为统治者和贵族所专有，而是成为人民餐桌上的日用品，重新散
发出美妙的世俗气息。　而鼎则变成一种美妙的记忆，它时常闪
现在皇帝的梦里，展示着昔日政治筵席的浮华场景。

灵玉的精神分析

跟传说中的神器完全不同，玉器的神性是被人的德行所深刻限定的：它不仅可以庇佑好人，也能置坏人于死地。玉器的这种道德审判能力，超出了世界上的所有物体。

——朱大可

玉颜：从矿物学到美学

玉是庞大而驳杂的家族，它的成员分布在汉语辞典的各个角落。狭义的玉，仅指矿物学范畴的玉石，包括角闪石（如和田玉和羊脂玉等）和辉石类（翡翠）两种，而广义的玉则包括蛇纹石、绿松石、孔雀石、玛瑙、水晶、琥珀、红绿宝石等各类宝石。后者属于文化学范畴，在历史上喧嚣了数千年之久，构筑着华夏物质信仰的坚硬内核。

在 21 世纪初叶装饰豪华的珠宝铺里，只有和田玉、岫岩玉、南阳玉和翡翠等少数几种美玉，被陈列在玻璃柜台里，散射着孤寂而恒久的光芒。 但在华夏历史的开端，出现过的玉料种类却多得令人吃惊。 据今人杨伯达统计，《山海经》记载的玉产地共有 149 处，而《康熙字典》里的各种玉名则多达 173 种，这个庞大的玉石家族，与铜鼎（代表）和宝镜（代表）一起，构成了早期华夏器物神学的三大支柱。

在五行学说的范畴里，出现了有关玉的身世的三种声音。孔子认为，玉是水的精华，因为它看起来仿佛是圣水凝结后的形态。 而曹雪芹则认为玉是土石的精华，《红楼梦》的核心意象——宝玉，本来是一块女娲补天时的巨大弃石，由一名圣僧点化为小如扇坠的宝玉。 第三种说法出自《太平广记》，说是周景王的宠臣苌弘被杀死后，其血和尸体化成了碧玉。"水成说"、"石（土）成说"和"血成说"，正是玉的多重性表达，因为玉同时呈现为石、水和血的特性：像石头一样坚硬，像水一样晶莹，又像血一样流布着人的精气。

玉之语义的复杂性，似乎也超越了其他所有的器物。 玉暗示光洁、温润、坚固、永恒等一切玉器的物理属性，同时也隐喻美丽、华贵、健康、道德纯净和灵魂的永生。 玉的阐释开放性激励了阐释者，他们前赴后继，对玉所蕴含的各种语义进行深度开发，俨然一群思想矿工，快乐地寻找着它在神学、国家主义、伦理学和游戏方面的价值，从而改变了玉器的文化前景。

巫玉：玉的上古神学

玉是神自身，也是神的物化和神的载体，最终又是神所享用的物体（食物和玩具）等，玉这种所指的丰富性，使它置身于器物谱系学的中心。

《山海经》宣称，后世有道德的君子，只要随身佩带那些硬玉，就能避凶获吉。这个简短的陈述，揭发了玉的核心价值：作为一种神器，它拥有奇妙的魔法力量，能够保护人不受灾祸和邪灵的伤害。黄帝所在的年代，华夏部落被巫师集团所主宰，黄帝是其中最强大的巫师。玉所具有的法力，令其成为巫师集团的首席武器，充当祭祀和统治的双重道具，它既是在祭坛上向神明传达信息（祈求、愿望、赞美和怨气）的礼器，也是向民众昭示威权性的法器。这种双向（向上与向下）的征服，统一在神学的强大根基上。

玉所拥有的魔法力量，在中国器物文化体系中是独一无二的。唐玄宗有件叫作"玉龙子"的玉器，虽长宽不足数寸，却温润精巧，为人间不可多得的宝贝。京城一旦爆发旱灾，他都要虔诚地向它祈求恩泽。而每次下雨时分，皇帝近观玉龙子，都能看见龙鳞及鬃毛的翕张。开元年间，京城一带发生大旱，皇帝又向玉龙子祈祷，但十多天后还是没有下雨，他就把玉龙子悄悄地扔进宫中的龙池，顷刻之间，云状的物体拔地而起，紧接着风雨大作。玉龙子显示了非凡的力量。在玉跟皇帝之间，似乎存在着某种庇佑民众的秘密契约。

跟传说中的神器完全不同，玉器的神性是被人的德行所深刻限定的：它不仅可以庇佑好人，也能致坏人于死地。玉器的这种道德审判能力，超出了世界上的所有物体。由于玉的诞生，流传在人间的神器，第一次具备了神祇的特征。唐肃宗年间发生过的一件奇案，足以显示这个独一无二的特征。

以奸恶擅权著称的宦官李辅国，从皇帝那里得到了两枚做工精巧的玉辟邪，其香气百米以外就能闻到。有人不小心用衣服搽抹了玉辟邪，香味经年不退，即使放水里反复冲洗，也不会消

退。 有一天李辅国正在梳洗，听见玉辟邪一个发出大笑，另一个
则发出了悲号。 太监惊骇得不知所措，就把它们砸碎后扔进厕
所，从此时常听到厕所发出冤痛之声。 不到一年，老太监就遭到
一个潜入府邸的刺客的谋杀，他的头颅被割下后，恰好让刺客扔
进了那座厕所的粪池。

　　这就是作为神器的玉，所能提供的全部意义。 它的神性与
神通，进入了广阔的政治和道德领域，为皇帝、官吏和人民的行
为做出示范，也向奸恶者发出了明确的警告，展示着鲜明的断头
台风格。 它温莹而刺目的光泽，闪烁在中古世纪的黑夜里。 它
是无限缄默的，却喊出了最犀利的声音。

帝玉：玉的帝王政治学

　　据《瑞应图》、《竹书纪年》、《尚书》等古文献记载，西王母
曾向黄帝和舜帝贡献白环、玉玦、白玉瑭等玉器，这无疑是华夏
民族第一次触摸玉的时刻。 早在民族书写运动的起点，玉就已
进入领袖、国王和酋长阶层，成为权力政治学的象征。 仓颉发明
的汉字，清晰地描述了"玉"的定义，这定义被坚固地书写在
"玉"的字形里。 玉，就是佩带于王者腰间的那一个点状饰物。
它是如此细小，犹如天地间的一粒粟米，却散发出无与伦比的权
力气味。

　　真正把玉镶嵌在国家意识形态核心的是周人。 和田玉的发
现激励了周人，促使他们发现了玉的权力本性。 周朝的最大贡
献是制定玉器的礼制。《周礼》记载了六种宫廷祭礼所用的玉器
（圭、璋、璧、琮、琥、璜），显示出礼器的精密分工。 不仅如

此，周朝还为世人留下了三件最著名的玉器——隋侯珠、和氏璧和昆山之玉。 这些奇妙的玉器在数量上只有九鼎的三分之一，体积和重量上则更为轻微，却拥有无限广阔的神性。 周是玉器和鼎器并重的王朝，它同时掌握了石器时代和青铜时代的权力秘匙。

周朝晚期的衰微，再度引发了玉的悲剧。 它被迫在世俗权力的争斗中沉浮，成为人类争斗的工具。 司马迁在《史记》中向我们转述了和氏璧的传奇经历，秦昭王声称愿意用十五座城池跟赵惠文王交换和氏璧。 赵国的使者蔺相如凭借才智和胆识，捍卫了玉璧的所有权。 这与其说是一场权力、韬略、阴谋和尊严的角逐，不如说是关于和氏璧的价值展览。

秦王嬴政在公元前 222 年吞并赵国，力夺和氏璧，清洗了先祖当年被赵臣戏弄的耻辱。 他的极权主义王朝，用和氏璧充当御玺，《汉旧仪》记载其上镌刻着"受命于天，既寿永昌"八字，意思是它来自上帝的授权，所以将会万寿无疆，永远昌盛。 玉正式取代笨重的"九鼎"，成为历代王朝的最高权力象征，历经长达一千多年的劫难。 公元 936 年，后晋石敬瑭攻陷洛阳的前夜，五代后唐的末代皇帝李从珂和后妃在宫里自焚，和氏璧跟所有御用之物一起化为灰烬。

玉的世俗复兴，从汉开始，直到晚清为止。 它是华夏各王朝的权力守望者，从一个形而上的角度，定义着皇帝及其臣子的德行。 另一方面，皇帝对玉的迷恋，也到了无以复加的地步。 关于宫廷玉的叙事，由此变得脍炙人口起来。《太平广记》援引《异苑》说，汉武帝平素最爱把玩的，是西胡渠王进献的玉箱与瑶石手杖。 这两件器物后来都成为皇帝的随葬品，被深深埋入地下。但多年之后，这两件宝物突然出现于扶风的古玩市场。 宫廷里的侍臣们根据出售者的长相判断，他就是死去的汉武帝本人。我们不知道武帝如何走出密封的墓室，也无法了解他为何要兜售自己的宝物，但越过其复活的传说，玉昭示了其创造永生奇迹的法力。 这是关于玉和帝王亡灵关系的神秘证据。 在大多数情况下，玉还会被缝制成玉衣，包裹皇帝及其嫔妃们的亡灵，或者像糖果一样被放进死者的嘴和肛门里，以维系尸体的新鲜，并为死者的复活或升天奠定医学基础。 我们就此观察到了一个奇特的事实：玉能够坚守它的主体性。 在岁月的打磨中，它非但没有生锈和腐化，反而变得荧光四射，温润可喜。 跟青铜器和铁器相比，玉是唯一能够被时间擦亮的器物。 这种属性照亮了皇帝的希望，他们指望通过对玉的占有，延缓日益腐败的王朝的生命。

士玉：玉的儒家伦理学

玉的道德化完成于春秋儒家集团。 在周王朝日益衰微的背景中，儒家学者形成了最早的世俗玉学家团队，他们的赞美惊天动地，把玉推举到道德象征的高度。 他们描述玉的质地坚硬缜密，色泽皎洁冰莹，性情温泽细润，声音清越舒远。 这是罕见的誉辞，儒学和玉学就此结成了坚固的联盟。 他们的作为，为玉学在历史中的延展，提供了卓越的样本。

玉所承载的世俗伦理语义是如此宏大，令先秦的道德哲人感到了无限惊喜。 我们被告知，孔子出使别的诸侯国时，恭敬谨慎地拿着玉圭，好像举不起来的样子，向上举时好像在作揖，放在下面时好像是给人递东西。 脸色庄重得像战栗的样子，步子很小，仿佛沿着一条直线往前走。

这不是出自对王权的敬畏，而是一种不同寻常的道德表演，旨在宣谕儒家和玉的生命联系。 孔子是卓越的演员，他要借此向世人演示人与器物的崭新关系。玉不是神器，而是君子灵魂的凝结物，散发着士人知识分子德行的浓郁香气。越过玉的形态和气质，儒生看见了自身的端庄容颜。玉就是士人精神投射在矿物上的伟大镜像。

春秋早期的思想家管仲，率先提出玉有仁、知、义、行等"九德"，此后孔子将其扩展为"十一德"，对玉器伦理学作了完备的描述。但许慎《说文解字》嫌孔子的玉学过于繁琐，难以记诵和传播，简化为仁、义、智、勇、洁"五德"，跟上古流传下来的"五行"模式遥相呼应，最后厘定了玉器伦理学的基本原则。

在玉的伦理学里，渗入了儒家修辞学的话语力量。这是简单而粗糙的隐喻行为，显示出儒家从事数字游戏的非凡激情。被道德算术所精心计算过的"玉德"，从九增加到十一，又从十一锐减到五。这不是数字的修正，而是传播学的自我调试。它要把"玉德"的叙事限定于五个手指能够抓握的范围。这是多么漫长的集体修辞，跨越了数百年的春秋，儒学家修长的五指，终于紧紧抓住了玉的五种品格，它们跟儒学的仁、义、礼、智、信互补，俨然左手和右手的亲密关系。

由于儒家的缘故，玉被士人知识分子所普遍佩带，由此引发了玉的世俗化浪潮。儒家是玉的民间化运动的最大推进者，但玉的阐释权自此被儒家所征用和垄断。在很长一个时期内，玉就是儒生精英阶层的身份标记。贫困的文士无法拥有玉佩，只能用劣质石器替代。那些寒伧的石头，悬挂在褴褛的衣衫之间，仿佛是一个孤寂灵魂的坚硬写照，不屈地书写着自我人格的神话。

但所有的玉学家都蓄意规避了玉的弱点。玉的脆性就是它的第一属性。这脆性令它跟儒生的生命那样，成为美丽的道德易碎品。在某种意义上，破碎就是玉的死亡形态。它负载着这宿命穿越时间的走廊。 与其他品质相比，脆性更深地隐喻了士人知识分子的生命特征。 但直到南北朝时期，"宁为玉碎，不为瓦全"的格言，才被罹难的文官说出，并四下传播，成为中晚期儒生的沉痛训诫。 这是人的生命和石器生命之间的神秘对应。 在所有的玉德之中，这是最具道德性的一种。 经过漫长的苦难与缄默之后，儒生终于开口承认了玉的这种秉性，并起身正视自己的悲剧性命运。

玩玉：玉的工艺学

据说在黄帝的时代，人们开始砍伐木头建造房屋，还发明了最早的服饰，而玉则被用来打造兵器。 这是奇怪的工艺选择，因为玉质坚硬，打磨起来需要耗费大量人工，它就此探查着工匠的忠诚和坚忍，以及对于物体表面的精细感受性。 这是粗陋的石器时代的自我革命。 黄帝及其子民们，打开了针对器物文明的感官曙光。

从对玉的把玩中产生了手的游戏。"玩"字的起源就是人对玉的审视。 在琢磨、雕刻、把玩、推敲、探究和品赏玉的过程中，人性深处的某种东西萌生和迸发出来，那就是华夏游戏精神，以及对于小型物体细节的趣味。

最初是手的摩挲，指尖的轻触，末梢神经与物体间微妙无言的对话。 种族感官机能的发育，在唐代达到了第一个高潮。 李贺的诗歌就是敏锐的证明——"一编香丝云撒地，玉钗落处无声腻"（《美人梳头歌》），"烹龙炮凤玉脂泣，罗帏绣幕围香风"（《将进酒》），"昆山玉碎凤凰叫，芙蓉泣露香兰笑"（《李凭箜

篌引》)，等等。 这是石器工艺勃兴的繁华时代，各种器物都在
生长，从人的游戏中获得自己的本质。 而唐人对于物质体系的
敏锐感受性，正在迈入迷人的黄金时代。

这是由手带动的全身感官的发育。 从手指、目光、听觉、脚
直到脚趾，所有这些肢端都被动员起来，去谛听玉的自我叙事。
在赏玩的进程中，基于玉器的贴身化和细小化，玉的存在空间也
缩小了，变得玲珑可爱起来。 这种剧烈的细小化态势，推动了盆
景和微雕工艺的发育，并在女人的肢体上达到了病态的高潮。

小脚美学诞生了，女人的脚足被称之为"玉足"，因为它像
玉一样玲珑小巧，成为男权把玩的最高对象。 缠足是最高的玉
艺，缓慢而坚忍地打造着位于女人底部的器官，而玉足是生长在
女体上的美玉，性感而香艳地照耀着男人的感官，令他们心旷神
怡，达十多个世纪之久。 在这种经过反复雕塑的器官面前，中国
男人实践了玉的真理。

正是纤小的女足引开了唐人的游戏趣味。 柔软性感的肉
体，成为视觉和触觉的中心。 这种奇怪的情形，直到宋元才有所
改观。 它在市场化的语境中重新复苏，并在清代达到无人不言
的程度。 乾隆皇帝是玉艺的首席鉴赏家。 除了周穆王，他便是
最喜好游玩的国王，同时也是玩玉的大师，他提出的精、细、
秀、雅四项基本原则，成为指导清代玉器制作的美学信条。

皇帝本人甚至不惜成为玉艺批评家，针对苏州专诸巷玉器的
低俗风格，以诗歌的方式发出严厉声讨。 他形容那些追逐时尚
的工匠，制造了一场"玉厄"，而他的拯救方案就是仿制古玉，
也就是要求玉匠按商周彝器的形态和纹饰来琢磨玉器，以实现修
复"五德"的政治梦想。 皇帝亲手点燃了玩玉的时尚火焰。 玉
器市场繁荣起来，伪玉和伪古玉被大量炮制，碾玉作坊成为中国
商品造假的重大历史源头。 我们看到，睿智而严厉的皇帝非但
没有制止玉器的败落，相反，他的干预加剧了玉的危机。

这是国家主义工艺的一次回光返照。 就在皇帝去世半个世纪之后，英国战舰轰击了在玉器和鸦片中醉生梦死的帝国。 那是依靠工业文明和近代铁艺组装起来的军队，其铁器看起来是如此粗陋不堪，散发着鄙俗的腥气，却击败了玩赏美玉的礼仪民族。 石器与铁器的博弈，经过数千年的反复进退之后，终于被引入一个悲剧性的残局。

情玉：玉的情感叙事学

玉的品质和功能都在大步衰退。 从最初的工具性石器，它迅速擢升为祭祀用的神器，转而成为国家仪典的礼器，继而成为儒生的德器和美器，最终却沦为市场上用来交易、欺诈、收藏和增值的贾器。 这个长达一万年的蜕变过程，就是玉为我们留下的命运线索。 越过那些被儒家堆积起来的溢美字词，它走向了自己所鄙夷的尾声。

只有一种存在能够改善玉的处境，那就是情玉。 玉被儒生所征用，成为君子的道德表征，却依然流露着男欢女爱的芬芳气息。 据《列异传》记载，当年江严在富春县清泉山上，远远望见一位美女，穿着紫色衣服唱歌。 江严向她走近，距离还有几十步之遥时，美女就隐然不见了，只留下她所依凭的那块大石。 如此经历了几次，江严就得到了一块紫色的玉，约一尺见方。 这是关于玉的"变形记"的稀有回忆，它揭露了玉跟女人之间的暧昧关系。

玉被用来充当世俗女人的名字，最早出现在东周时期。 尽管庞大的帝国行将衰亡，但玉依然保持了自身的高贵，由各王国的贵族和公主们所专有。 吴王夫差有个女儿叫"紫玉"，而比她更早在世的秦穆公女儿，则有个更为著名的名字——"弄玉"，它是人与自我关系的古怪隐喻。 被"弄"，就是玉的命运，因为它注定要成为人股掌间的玩物。 一个女人被称作"弄玉"，就意味着她既是玉自身，也是弄玉者（他者）。 这种古怪的双重身份，暗含着自我关涉的镜像逻辑。

"弄玉"无疑是一种隐喻，企图向我们暗示同志关系的存在，也即同一种事物（性别）的彼此映射和缠绕。 在屈原的时代，楚国诗人宋玉是一位声名卓著的同志。 而在更早的周景王时代，男同志苌弘就已经现身，以皇帝侍臣的身份，周旋于宫廷情欲的前线。 周景王起居在豪华的行宫"昆昭台"里，不理朝政，一心一意地爱着他的男伴。 他们通宵达旦地饮酒作乐，俨然亲密无间的情侣。 朝臣们很生气，指责苌弘的媚术动摇了王朝的根基，最终设法把他杀害。 苌弘的血化成了石头，后来连尸体也消失不见，据说化成了碧玉。 这是同志先烈的英魂化为美玉的首次记载，它读起来像一则诡异的童话，却揭发了玉作为男人之间证情之物的秘密。 而情玉从此染上了男同性恋的语义，变得更加诡异莫测。

玉到了汉代才泛化为异性情爱的广阔象征。《太平广记》称，汉武帝是玩玉的旷世高手，他收藏的名玉奇器，令人眼花缭乱。他如此宠爱李夫人，以致每次跟她做完爱后，都会用自己的玉簪亲自给她束发，一派柔肠似水的样子。 后宫的嫔妃们竞相效仿，梳理头发都用玉饰，指望以此换取皇帝的心。 民间女子随后也加入了追慕的行列，以为这就是高贵身份的标志。 玉的市场价格，从此被大幅度哄抬起来。 汉武帝打开了美玉通往世俗情欲康庄大道。

这则宫廷言情故事，剧烈地扩张了玉的语义，成为玉的语义谱系的重大转折。 至此，玉成为所有美丽女人的象征。 玉人、玉女、玉颜、玉唇、玉腮、玉颈、玉肩、玉腰、玉手、玉指、玉腿、玉足……这些无限派生的语词，不仅是自我增殖的修辞游戏，也是对于身体和情欲最热烈的赞美。

玉的所指边界的扩张，从男体开始，转向女体，随后又返回到男体，成为玉树临风的美男象征。在经历了多次语义转移和长征之后，玉最终完成了对人类的全面指代。在曹雪芹的《红楼梦》里，贾宝玉和林黛玉被设计成对偶的情玉，他们分别代表了白玉和黑玉（青黑）、男玉和女玉、阳玉和阴玉，等等。这是一次关于"情玉"的历史性小结，它要确立玉的人间地位。但玉同时也保持着"他者"的立场，继续扮演爱情信物的非凡角色。玉是一种坚硬恒久的见证，逾越生与死的界限，支撑着那些无望的信念。

关于情玉的叙事是难以穷尽的。玉进入市场层面之后，就感染了铜钱的混浊气息，变得日益鄙俗起来，它的神圣性和灵性都遭到了消费主义的解构。只有人的情感还在继续发出炽热的呼喊，成为托起玉的精神性的唯一支点。这是现代玉的黯淡希望。它在尘世的利禄中打滚与哭泣，企望着下一轮文化复兴的到来。等待就是玉的抵抗策略。除了那些瑰丽的宝石，玉是世上唯一能跟时间达成和解的器物。

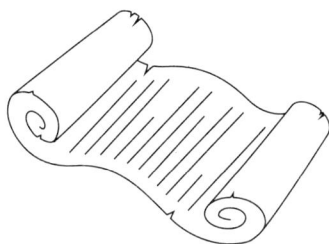

缄默之影

　　水，让我们的遐想悠远而绵长。 无论是清雅的茶叶，还是醇香的咖啡，斟上一杯，在午后的图书馆或书吧里小憩。 这是心灵静观世界的时刻，面对喧嚣纷乱的世界，我们究竟是应该忧伤和逃离，还是直面并投身其中？

影像的个人主义空间

　　新的时代带来的不仅是全新的影像技术，而且也修改了人类与影像的关系。　我们与影像的关系日益密切，但我们与电影的感情却日渐疏远。

　　遍及中国的盗版碟片店，充斥着大量电影光碟，它们构成了第三世界影像经济学的支柱。　人们从不观看电影本身，即使在那些豪华的家庭影院里，电影也总是以电视的方式卑微地现身。就我而言，回国将近五年，却从未走进电影院。　我时常走过国泰电影院门口去地铁车站和季风书园。　我远观那些光怪陆离的电影广告，然后扬长而去。　我是电影院大门外的匆匆过客。

　　对电影院的背弃，就是对电影本质的疏离。　电影不仅意味着大尺度的放映模式，也是某种集体主义的狂欢仪式，它诞生于群众运动普遍爆发的年代，为革命领袖提供各种反叛和规训的元素。"文革"期间，人民时常被紧急召集起来，聚集在阔大的广场上，从事声势浩大的政治批判，而后便转入对红色电影的观看。那些被风吹得变形的幕布和影像，叙写着乌托邦的史诗。　每个观看者都在尽其可能地散发自己的气味，走动、低语、流泪、嬉笑、打情骂俏，与电影的叙事发生混合，形成隐秘的气流，在电影场上回旋，仿佛是一次沉默的合唱。 这就是电影群众的狂欢，它的主题站立在胶片以外，也就是在站立在银幕下面的人群之间。

我在大学期间仅看过一场露天电影，那就是当时公映不久的《庐山恋》。 男生和女生彼此靠得很近，低声议论着剧情和男女主人公的表演。 风把幕布像帆一样用力吹向一边，女主角的脸庞像手绢一样扭曲着，放映机射出的光柱里，蛾群在上下飞舞，它们追逐着这虚假的光明，而我们则在用力回味暧昧的青春期情感。

2005年夏天，上海的一些社区重现了旧式的露天电影，它旨在为儿童及其家长公共聚会提供契机。 人们一边在酷热的星空下玩耍和聊天，一边从银幕上摘取只言片语。 尽管这种碎片式观看令电影叙事遭到肢解，但电影的本性却获得了意外的复现。集体主义狂欢仪式重返都市，成为社区意识形态的一种回光返照。

但这场社区露天电影运动仅仅是昙花一现而已，它随即就消失在大都会的纷乱夜色之中。 人们最终还是要返回自家的客厅和卧房，从那里独自观看那些被缩微了的影像。 从录影带到盗版碟，观看成本日益下降，而高清电视还在进一步推进影像的图质。 利用超大银幕和夸张音效来讨好观众的策略，完全不能成为集体观看电影的技术动力。 但影像观看空间的革命，最终还是导源于人的社会学本性，也就是导源于人对于舒适性、私密性和自由性的强烈愿望。 集体主义时代已经终结，个人主义时代正在行进。 这就是电影院走向衰微的秘密。 没有任何力量能够劝退这种进程。

茶馆、茶道和世界的容貌

安东尼奥尼的纪录片《中国》，真切地记录了他在上海城隍庙的见闻。 九曲桥茶楼里坐满了表情温和的茶客，茶房在殷勤地走动和斟水。 越过喧闹的桌子，我们看见了窗外鳞次栉比的屋顶和正在天空飞翔的鸽子。 那是发生在三十多年前的图景，它记录了上海南市区小市民的老式情怀。

城隍庙现今已变成伪造老街的样板，它楼宇光鲜，道路笔直，一望便知是仿真的假古董，甚至池塘里的莲花都是伪造的，它们没有直接根植于池底，而是被古怪地放置在几只丑陋的铁皮水盆里，其情形很像南京路上的大树，后者居然被可笑地种植在大花盆里。 在九曲桥的尽头，老茶楼被修理成了小卖部，货架上陈放着专供各式瓶装矿泉水、乌龙茶和红茶，这些来自流水线的工业制品，彻底替代了品茶的情趣。 跟中国大地上的所有假古董一样，原生态的茶楼，正在城市的现代化革命中迅速凋零。

在上海外环线内唯一的古镇七宝，人们奋勇地拆光了所有的晚清建筑，继而又打造了一条仿清古街，用以兜售俗不可耐的现代商品。 它是城隍庙的更为低劣的翻版。 整条街上只有一家老式茶馆。 越过门口用来烧水的仿制"老虎灶"，可以看见那些年迈的农夫——从地图上消失了的乡村的遗民，表情木讷地围坐在八仙桌前，嗑着瓜子，脸上布满田野的风霜。 他们的存在构成了一幅旧时代的黑白插图，与四周的市场气味格格不入。 茶室的后门通向书场，那是演唱苏州评弹的地点。 陈设简陋，光线黯淡，有少数书客坐在里面聊天，等待着下一场弹词的开篇。 他们中的一些人是戏迷，而另一些则是好奇的游客，指望从这里听到正在湮灭的声音。

只有一类茶馆在都市化的进程中得到了复兴，那就是 20 世纪 90 年代的台式茶艺馆，讲究茶具和茶室陈设，情调幽雅，但茶汤和点心的价格却过于昂贵。 近来，浙式茶楼开始在杭州、宁波和上海等地崛起，它由无数个四人座的小隔间构成。 身穿旗袍的女子在拨弄古筝和琵琶，为茶客们演奏古乐，她们的身影晃动在古色古香的大厅里，向人们展示着古韵与风情。 走廊上陈列着品种繁多的小吃，可以任意拿取。 茶客们相约在那里喝茶、打牌和聊天，打发一整天的休闲时光。 这是从市场逻辑创意中衍生的新式茶馆，每类人都可以自由选择饮茶的方式，但它有时却更像是规模庞大的四合院，混杂着从市民主义到怀旧主义的各种肉身气息。

只有到了日式茶室，我才窥见了茶道的真相。 煮茶、沏茶和饮茶的程序超越了茶叶本身，甚至与茶色、茶味和茶香无关。 它是真正的仪典，从事着超然于物界的叙事。 半明半昧的茶室洁净无尘，窗格上的白纸和地上的竹席构成了微妙的对话。 柴炉、水壶和瓷器，这些被圣化的器物，安静地陈放在檀木案上，散发着精巧雅致的气息。 几个年轻女人躲藏在和服里，以小巧的身形、笑容可掬的脸庞、瓷雕般洁白的纤手和精密的手势，不倦地诉说着茶艺中的真理。 符号化的仪式繁缛而细密，在时间中缓慢延展着，仿佛支配茶道的是另一种时间，和日晷、滴漏、沙钟之类的器物密切相关，但又逾越了时间，成为一种永久的凝视。

茶是东方理性的标志。 茶本身并非真理，而仅仅是引向终极关怀的道路。"茶道"就是茶的道路，它在纯净的茶室里盘桓，促使我们观看、嗅闻、品尝与谛听。 茶叶在沸水中飞旋沉浮，随后变得宁静起来，仿佛一些细小的精灵，在巨大的静寂里向我们言说。 茶是大地植物的符号，也是亚细亚痛苦的敌人，它把饮者引回到对自然的沉思，达成阴与阳、身体与灵魂、人与天地的终极和谐。"茶道"就这样穿越茶馆，铺陈在我们面前。 茶是内在有力的，它气息芬芳，静静地握住了世界的容貌。

咖啡馆的文化春药

在"文革"期间，咖啡、奶油和面包的三位一体，构成了西方腐败意识形态的象征。它隐含着腐化、奢靡、纵欲和背叛的语义。它是清教主义政治的反面记号，标志着有罪的生活方式。但革命旗手江青本人却是"资产阶级咖啡"的最大拥趸。

数年之后，还是小资少年的我，从一种叫作"烟纸店"的小商铺里买回了"咖啡茶"——一种劣质咖啡和白糖混合成的块状物。我把糖块放在医用消毒锅里煎煮，然后与同学一起傻笑着，用玻璃杯品啜它的滋味。这是"文革"后期生活管制逐步放宽的结果。由于马克思和列宁都是咖啡的顾客，这种饮品在严打之后获得了解放。但它与其说是咖啡，不如说是某种可笑的工业代用品，散发出恶劣的甜腻气味。尽管如此，被禁忌的"咖啡"还是卷土重来了。

咖啡是西方符号的索引，或是庞大西方文本的一个柔软碎片。饮者指望从那里感知到外部文明的气息。喝咖啡是一次文化背叛，同时也是一种身体欲望的表达。在整个青春期里，我都被这种饮品所迷惑。那些被碾碎了的植物果实的粉末，溶解在水里，成为一种深褐色的液体，散发出难以言喻的香气。 它是流质的香烟，用咖啡因去滋润神经，在身体内部唤起无名的激情。它是意识形态春药，养育着一代文化囚徒的反叛信念。

一部跟咖啡有关的电视纪录片给我留下了深刻的印象。 有位上海"老克腊"（一种对上海旧时尚和文化具有宗教式崇拜的群体），为了守望着家族的房产，终身没有结婚。 他是那种献身型守望者，自愿被囚禁在海外家族赋予的使命里。 大规模城市改造运动掀起时，他的小洋房被判处了死刑。 就在遭拆除的前夕，"老克腊"为自己冲了杯速溶咖啡，在小楼里熬过最后一夜。 咖啡是他用以自我劝慰的唯一事物。 固执的摄影机始终跟随着他。 当黎明的光线在屋里缓缓升起时，他的眼里满含着泪水。这是混合着咖啡溶液的眼泪，也是他留给观众最后的台词。

进口速溶咖啡曾经统治了整个 20 世纪 80 年代。 由于掺入了部分代用品，"雀巢"的香气在冲泡过程中转瞬即逝，只剩下一种发酸的不良滋味。 它是劣质化的西方意象，却成为新经济的支柱，也是人们展开怀旧和西方想象的镜像。 与此同时，咖啡馆开始大规模繁殖，向顾客兜售价格昂贵的速溶咖啡和西方情调。茶叶遭到冷遇，喝咖啡则成为一种现代化仪式，暗示着与旧生活方式的诀别。

只有在西方，咖啡的劝慰性才能还原到质朴的状态。 在悉尼的八年里，咖啡几乎成了我的主要日常伴侣。 午休时分，我喜欢到办公楼下的咖啡馆，花两块钱要一杯咖啡，坐在街边的露台上慢饮，四周是穿梭不息的美女和蔚蓝如云的兰花楹。 夏季的黄昏，我会驱车去海滩游泳，然后在附近的咖啡馆里小坐，孤寂地眺望逐渐发黑的南太平洋夜空。 被海水洗涤过的肌肤变得凉滑细腻。 咖啡的暖流缓缓穿越我的身体。 咖啡因像一种变异的酒精，点燃了血液，令它在路灯下燃烧起来，并在身体内留下了隐秘的记号。 而我洞察了发生在我里面的事变。

　　这种咖啡话语的语义是在不断转换的。　盛夏以来，学校放假无事，我常跟几位住得近的朋友去南方商城的"星巴克"闲坐，喝上一杯"摩卡"或"卡布奇诺"，一边用吸管抽取奶沫、咖啡液和沉淀杯底的糖粒，一边谈论符号学、解构主义和能指的危机。　这种清谈里混合着咖啡的感官愉悦和形而上的快感。　咖啡是顾客自己从料理台上端走的，小圆桌和木椅可以任意组合，这些自由因素改变了消费者与咖啡馆的关系，令整个空间洋溢着舒适自如的气息。　小室里坐满了成对的情侣、沙龙群聚者和单身的读书人。　他们的表情和姿态都很松弛，周身沐浴着咖啡的光辉。　一个侍应生向我们的邻桌走来，拾掇着那些用过的杯子。他举止娴熟，但眼神漠然。　在这个公共空间里，他是唯一的外人。

图书馆的生死书

图书馆是图书的居所，通常也是腐败的象征，它充满了字纸的霉变气味。 那些发脆的书页被时间的涌流所摧毁，逐渐颓废下去，直到某位读者把它从灰尘中唤醒。 南方的潮湿气候加剧了这种令人绝望的属性。 而在那个被重新打开的瞬间，尘世的光线重新照亮了它，令那些休眠的字词苏醒，重新变得明亮起来。 但大多数图书的命运却不是这样的。 当被放进书架的瞬间，它就进入了死亡的程序，被厚厚的灰尘所覆盖，直到数十年后被彻底清除为止。 图书被制造出来的目的大多不是为了阅读，而是为了消除人类对时间的恐惧。 书籍和图书馆劝慰了人类，使我们产生了知识得以保存的幻觉。 但事实上，书籍所保留的大多是废弃的思想。 书籍就是那种世界上最沉重的尘土。

像大英博物馆那样，几乎所有盎格鲁-撒克逊风格的公共建筑，都会提供一种巨大的体量和尺度。 澳大利亚新南威尔士州立图书馆的藏书室亦是如此。 它的阅览室像一座小型的室内广场，四周被抵近天花板的高大书架所环绕，那些精装图书散发出数个世纪前的古旧气息，大量的知识和被废弃的字母堆积在迷宫般的书架上，承受着岁月的漠视。 它们的暗黄色面容隐匿在书架的阴影里，从那里眺望着星移斗转的宇宙。 我曾经花费了三周时间在那里查看一百年前澳洲唐人街中文报纸的缩微胶卷。 管理员小姐衣着时尚，拥有一头金发和剪裁得体的黑色衣裙，她的笑容和窈窕身躯是对书籍的一种反面诠释。 她生气勃勃，浑身散发出性感的气味。

在建筑体量上更为精巧的是"上图"，它原先坐落在跑马总会的馆所里，和旧上海赌徒的命运休戚与共，但它看起来比谁都更像是埋葬图书的棺椁，巨大的时钟几乎保持着静止状态，象征着时间的冻结。 上千万种图书在其中贮藏、封存和死亡。 在大楼的古典风格和图书的腐败气息之间，存在着一种秘密的契约。

我自幼就膜拜这座非凡的容器，为其新古典主义建筑上的各种细节而心醉神迷。 它光洁的大理石楼梯和走廊、橡木书架和胡桃木桌子，都成为早期记忆中比较坚硬的部分。 它是我少年时代所遭遇到的最大迷宫，其神秘气质改变着我的精神行进的路线。20 世纪 90 年代初期，我每周都去那里读书，仿佛是一种固定的礼拜。 我绝望的心灵只有在那里才能获得短暂的平静。 但我从未聆听过它的钟声。 它是缄默的，却像教堂那样说出了最高的声音。 自从它被迁移到淮海西路后，便退化成了一座普通的没有文化记忆和历史深度的公共建筑，跟所有新生的图书馆一样，被"现代性"所剥光，洁净、光鲜、一览无余，其神秘性和历史性消失殆尽。

但图书馆有时也扮演了启蒙主义公社的角色。 在大学读书期间，我始终是一个行为不良的逃课者，执意要与那些无聊课程和陈旧教材为敌。 我在家对面的卢湾区图书馆里苦读，每天至少阅读十五种以上的图书。 女管理员时常对我的借阅频度露出厌烦的表情，仿佛我在蓄意消耗她的体力和生命，我为此忐忑不安，仿佛每一次借阅都是可笑的犯罪。

　　在一个寒冷的冬季，飞雪悄然堆积在窗台上，读者们发出了喜悦的骚动。"看，下雪了！"一个肤色黝黑的女孩轻声说道。她的纯真微笑令人怦然心动。　书和雪的对位竟然构成了一种温情的语境，让那些受冻者感到了欣慰。　而就在这座前中央研究院国际出版品交换处的门外，七十一年以前，中国民权保障同盟总干事杨杏佛遭到特务的枪杀。　对自由的呼吁激怒了权势者，他的血痕飞溅在建筑物的墙垣上，但岁月迅速抹掉了死亡和阴谋的痕迹，把它变成了一道褐色的政治学花边。　我还注意到，几乎所有的公共图书上都曾留下各种可疑的污渍和断发，它们形迹肮脏，却又令人难以舍弃。　但如此饥渴的读书时光早已流逝。

　　有一年我在永嘉路开会，中午和一位朋友溜出去，到卢湾区图书馆楼下的茶室喝了一杯咖啡。　我发现图书馆已经被店铺和市场所包围，几乎看不到什么读者从那里出入。　它正在变得日益孤寂，却依然神色黯然地伫立着，仿佛在等待被历史终结的命运。

书店的涅槃

　　书店在大规模死亡。 欧美书店掀起了倒闭浪潮，以前遍及大街小巷的书店，这几年都从街面上消失了，犹如经历了一场看不见的文化飓风。 美国连锁书店博德斯最近宣布倒闭，上万名员工丢掉了自己的饭碗。 我所工作的学院，最近意外获得大批德文版图书，它来自一位德国书店的老板。 他的祖父在"二战"前创办了这家书店，昔日的战争炮火都未能将其摧毁，而现在却由于没有顾客，面对关门的结局。 店主把尚未售出的五千册德文版图书，全部捐献给了中国大学。 这是他唯一能做的善事。他说，在打烊之后，要去全世界旅行，顺便到上海探视一下他的宝贝书，看它们是否得到了必要的善待。

　　但中国实体书店的命运，比西方更为悲惨。 除新华书店长期维系以外，大多数民营书店都岌岌可危。 在过去十年期间，半数书店发生倒闭，其中包括上海思考乐书局和席殊书屋，老牌的北京三联书店，号称"全球最大全品种书店"的第三极书局，实力雄厚的外资贝塔斯曼，等等。 北京风入松书店被迫谢幕后，上海的季风书园，也在风雨飘摇之中前景昏暗。

书店大规模倒闭，这是它们面对文艺复兴以来从未有过的多重打击。 首先，纸张价格的不断上涨，推高印书成本，导致购书者的畏惧；其次，电子书的问世和普及，导致纸质媒体的急剧衰落；第三，大规模的网购和快捷递送模式，导致店面购书方式的衰落。

新的电子媒介，具有传统书媒无法比拟的优势：销售成本大幅下降，给读者带来大幅度的让利空间；网购和速递制造了更大的便捷性，无需亲自前往路途遥远而书种不全的书店，省钱省时。 这对于那些购书困难的中小城市居民，意义尤其重大。

这其实就是地球文明的局部转型。 华夏帝国的"四大发明"，正在丧失其最后的魅力。 盘点一下历史，我们可以看到四次技术革命。 第一次是传统印刷术的消失，铅字排印机成为废铁，这一事变发生在 20 世纪 90 年代；第二次是传统纸质印刷的衰微，电子书大规模面世，并以微计费的方式维系运营，这一事变发生于 21 世纪初叶；第三次是书店经营方式的衰微，网店大规模涌现，网购和快递式物流成为主流，"当当"和"京东"的价格大战，成为戏剧性的标志，这一事变发生于什年代的开端（2011）；第四次是苹果 IPad 的迅速普及，精美的界面和多维阅读的快感，彻底颠覆了纸质图书的传统，这一事变几乎与第三次同步，它显示了文明转型的加速效应。

所有这些变化造成了纸质图书的巨大灾难，而成为我这类老派读书人的永久惆怅。 也许只需三五年时间，纸质图书就会沦为微众的工具，被大众所彻底抛弃。

传统读书人的乐趣，显然是 80 后、90 后所难以理解的。 书和油墨所产生的香气、翻动字纸时的质感和响声，这些都是制造纸面阅读快感的源泉。 电子阅读之际，手指在 IPad 镜面上轻触和滑动，制造了另一种全然不同的快感，但这快感不属于农业或工业时代，而仅属于电子时代，它的特征就是与自然物的深度隔离。 在纸质阅读被彻底终结之后，人类与大自然母亲的距离将变得更加遥远。

回顾现代中国的阅读史，犹如在讲述一个匪夷所思的神话。在图书遭到全面禁毁的时代，除了官方指定的政治读物，如毛选和马恩列斯著作，绝大多数书籍都被列为禁书。 于是，读书成为秘密的冒险，犹如一场精神囚徒的越狱行动。"文革"后期，我正在念初中，每天在电灯下展开阅读，短短数年里，偷窥了大部分中国和西方的古典名著。

"文革"中在地下流传的图书，一部分是抄家后的残剩物，而更多来自各级图书馆的库房。 这些封存的图书，被管理员悄悄释放出来，成为偷窥者的精神大餐。 而那些继续封存的图书，则是读书狂的"盗窃对象"。 在"文革"后期，窃书成为一种伟大的潮流。 几乎所有读书人都有"窃书"的光荣经历。 这种被塑造的习惯，一直延续到20世纪80年代。 我的一位诗人朋友，则擅长在新华书店窃书，他的风格是身背一只双肩包，把看中的书直接从肩部朝后扔进包里，然后越过付款柜台和警卫，扬长而去，数年之间，免费得到上千本"赠书"，竟然一次都没有失风，被周围的朋友们视为传奇。

更夸张的窃书，则多为集体作案。 大学读书期间，我的三个同学，相中了图书馆即将送往废品站的几只麻袋。 他们深夜潜入图书馆，把装满旧书的麻袋从二楼窗口扔下，然后装上自行车运走，回到寝室后坐地瓜分。 据说，那批即将打成纸浆的老书，成了他们未来事业的重要指南。

这样的故事是不胜枚举的。 在窃书方面，道德感总是让位于阅读的渴望。 鲁迅小说里的一句话，成为人们彼此鼓舞的励志格言："读书人窃书不能算偷！"而比窃书更具成就感的，是在地下读书沙龙的谈论中赢得众人的尊重。 早在"文革"初期，这类地下读书沙龙就已在北京和上海出现，并在在后来蔚成风气。

沙龙诞生的基本条件，是必须有一个主持沙龙的女主人，而她必须具备下列三项基本条件：美丽、热爱阅读并富有人格魅力；拥有能容纳三四十人的超大房间；其家庭必须有钱，可以为来客提供丰盛的茶点。 中学期间，我曾参加过几次这样的聚会，聆听那些66届、67届高中毕业知青的高谈阔论，深感世界是如此的美妙。

但这类沙龙是难以维系的。"公检法"将其视为"反革命"活动，而予以严厉打击。 魅力四射的沙龙女主人，最终都将面对逮捕和判刑的命运。 但这不能消灭地下阅读的浪潮，更无法制止民众的政治觉醒。 如果当年没有广泛的秘密阅读，后来的"启蒙"运动就无法展开，因为正是这些自我启蒙的先驱，成为后来启蒙他人的精神导师。

然而，当时没有任何人能料到，不是源于文化专制，而是基于技术形态的改变，中国书业尚未走向成熟，就已面临第二次严重的危机。 在数码技术垄断一切的时代，传统出版业、实体书店和纸质阅读如何生存，成为所有图书从业者的最大难题。

我家附近有一家叫作"尚书房"的小书店，因为常去买书，跟老板成了朋友。 但它跟大多数书店一样，所赚的利润连房租都无法冲抵。 店主后来改了主意，把小店重新装修，弄成一个以喝茶为主的书吧，里面摆放沙发和中式家具，而以书架分隔出一些小的私密空间，以便顾客阅读、上网和密谈。 除了经营茶和图书，店主还在夜间举办各种专题沙龙，邀请社区名人做主题报告，与读者一同品茶、论书及观看纪录片，形成一个交往平台。在我看来，店主经营的已不是单纯的图书，而是跟阅读相关的生活方式。 这种营销理念的变革，开启了未来书店生存的全新道路。

歌剧院里的秘密战争

几乎所有中国歌手都以在悉尼或维也纳歌剧院演唱而自豪。
歌唱就是一次自我的远征，它隐含着身份、权力和声誉的三位一
体。 著名专栏作家约翰·奥尼尔在《澳大利亚人报》上发表评论
说，中国女人的尖锐歌喉，与风格雄浑的欧洲歌剧院是错位的，
她的声音像一把尖锐的锥子，刺破了蛋壳般脆弱的歌剧院穹顶。
中国国乐团在维也纳歌剧院的演出，也发生了类似的事变。 但
这种文化的不协调性总是遭到权力欲望的遮蔽。

1997 年，我出席了举办于悉尼歌剧院的中国"留学生"文艺
晚会。 一群歌手们把它开成了类似"庆祝五一"的红色晚会。
某位澳洲演奏家甚至企图用管风琴演奏《茉莉花》。 那架南太平
洋最庞大的风琴发出了令人窒息的粗笨声响，犹如一个欧洲老人
在友爱地奸污江南少女。 尽管如此，在一片爱国怀乡的民族主
义情调里，两千多名中国人还是成功找回了自己的尊严。 这些
古怪的事迹，彰显了歌剧院作为身份徽章的隐秘语义。

自从 18 世纪以来，歌剧院就是贵族进行身份展览和缄默社交
的最高场所。 歌剧是有关美学仪典和权力关系的展览，而更重

大的戏剧总是上演于舞台以外的地点。 那些贵族包厢和布尔乔亚坐席，重申着国家的等级秩序。 贵妇们仪态万方，暗中较量着容貌、情欲和地位，但这种斗争隐了音乐的宏大背景，据此散发出浓烈的优雅气味。 这种传统至今仍然支配着西方的音乐接受模式。

我们看到了容貌、权力、和情欲三元素在剧院空间里的无限滋长。 女人的衣着时髦而又优雅，她们的玉体包裹在藏羚裘衣和法国香氛之中，而她们的笑靥进一步融入歌剧情欲叙事的深处，从那里书写着难以言喻的欲望。 票价的等级划分了座次，为那些占据前排和包厢的贵宾标定了尊贵。 他们是凯迪拉克和劳斯莱斯轿车的主人，来自房价昂贵的社区，衣冠楚楚，面目庄严，主宰着西方社会的伟大进程。

歌剧院就这样超越了美学的范畴，成为权力的隐秘表征。 歌剧院从来就是等级话语的体面宣叙，它要求听众穿戴得体，不大声喧哗，不吃零食，不随地吐痰，不乱抛杂物，有礼貌地鼓掌，有秩序地入场和退场，等等。 歌剧院坚定地请求着"五讲四美"的文明礼貌。

上海大剧院是西方歌剧院的一个远东摹本，抑或是旧上海的后现代镜像，它利用高昂的票价，重申"新兴权贵"和中产阶级的趣味。 金钱法则替代了贵族法则。 它在走廊上陈列各种假古董，洋溢着金钱的浮华气息，从暴发户的角度夸大了歌剧院的本性，把自己变成了当地最矫情的二手艺术市场。 但其装腔作势的文化表情却没有任何改变。

2003 年，一座名叫上海音乐厅的老建筑被移走了。 它是我早年的音乐学校。 在 20 世纪 70 年代后期到 80 年代初期，这里曾是我和朋友经常光顾的地方。 它与贵族和暴发户无关，而仅仅是音乐人自己的战地。 我们在那里度过了无数夜晚。 尽管上海交响乐团的演奏充满瑕疵，铜管演奏员经常把音符吹破，把贝多芬的作品变成了一座百孔千疮的城堡，但它还是在我们之间制造了内在的狂欢。 我们坐在陈旧座椅上，向简陋的音乐致敬。礼貌并不重要，重要的是它是否与我的灵魂发生契合。 而这种票价低廉的岁月早已流逝。 随着市场侵入和文化崩溃，人与音乐的蜜月变得难以为继。

　　只有百老汇成功修正了布尔乔亚的逻辑，把歌剧变成了市民的公共节日。《猫》和《西贡小姐》在全球均上演千场以上，成为盛久不衰的剧目。 纽约的演出经纪人制造了一种截然不同的民众语法，用以提供中低价格的文化消费品。 场面宏大的《西贡小姐》甚至把一架 1∶1 大小的直升机弄上了舞台。 发出巨大轰鸣的机器在观众头顶上滑过，令我恍如置身于越战中惨烈的前线。越过古典歌剧的边界，美国大兵和西贡女人陷入生死爱情。 消费主义就这样彻底终结了歌剧院的等级对抗。

越过上帝的废墟

上海衡山路上的国际礼拜堂是我童年最神往的地点之一。它的大屋顶引发了我和伙伴们的无限敬畏。它是那种英格兰式公社大屋的无限放大。黄昏时分降临了，乌鸦和燕子在上面盘旋，发出凄凉的呼叫。日光软弱地跌落在那些破裂的瓦片上。在那一刻，整个城市都沉入了无言的忧伤。

教堂外面是高大的篱笆，黑色的防水油漆开始剥落，在风化中逐渐破损。我从一个小洞里钻进去，进入了一个巨大的花园，草地上堆积满了梧桐树叶，走在干枯的叶子上，仿佛踩住了黄昏的尾巴，令它发出悉索的叹息。教堂是如此阴森而神秘，像一座被瓦片遮蔽起来的庞大废墟，散发着不可思议的悲剧气息。这是上海京剧团"智取威虎山"剧组的排练场。有时我可以从树后偷偷地远望见那些演员，他们优雅的举止令我神往，但我却无法分辨他们和戏台上的关系。我的同学狂喜地告诉我这个是谁，那个是谁。我心中却一片茫然。我的智力仅限于对建筑和声音的迷恋。

在那个大屋顶下面，牧师讲道的讲坛成了戏台，信众的座椅成了观摩席。 木质十字架被扔进草丛，在潮湿的泥土里霉烂下去。 从破烂的窗口里射出了庄严的光线。"咿咿呀呀"的京胡声、女人的笑声、男人的咳嗽、尖细高亢的吊嗓子声音，所有这些汇成了生命场景中的片断。 这个片断永久伫留在了我的记忆里。 我后来才懂得，就在基督堂的深处，正在排演着红色的戏剧。 这是关于斗争的激越信念，它滋长在上帝的废墟里，并且成为了全体中国人民的最新教义。

在20世纪80年代末期，我曾经与母亲前往那座教堂做礼拜。 被修缮一新的教堂重新成为耶稣的领地。 风光一时的京剧演员们早已销声匿迹。 无数信众在那里集体祈祷。 牧师们的微笑荡漾在走廊上。 在那里可以看见许多旧上海的名流，他们步履蹒跚，行将就木，像出土文物那样展示着温良的表情。 赞美诗的歌声在大屋顶下面纷飞，与二十年前的京戏唱腔发生了混响。只有教堂听见了这两种尖锐对抗的意识形态的对位。 越过历史的间距，它们在同一个空间里展开厮杀，变得高亢刺耳起来。

上海东湖路上的东正教堂，构成了我童年梦幻的另一个秘密在所。 它的天蓝色的圆顶与城市的灰色面貌形成了巨大反差，仿佛是一种来自俄罗斯的文学讽喻。 它是一组圆弧状童话，被强行插入灰色的尘世，孤寂得令人心痛。 但它不屈的身影却总是给我以渺茫的希望。 历经岁月的风雨，圆顶上的油漆开始大面积剥落，但红色革命却未能改变它的蓝色属性。 它们置身于大地，却把自身书写在蓝天上，成为天空里的事物。 当白色的信鸽在它的上面飞翔时，我看见了一幅明丽灿烂的图画。 它是我心中永不凋谢的信念。

2003年的某个夜晚，我第一次走进那座童话宫殿，但它已不再是精神的教堂。 它曾是一个餐馆，继而又被改造成了欲望交流的酒吧。 柔软的沙发椅分布在教堂底部，被一些半明半昧的地灯所掩映。 一对情侣在窃窃私语，而另一对情侣正在接吻。

顾客的身影投射在粉红色墙壁上，到处流动着情欲的香气。 恍惚的情调像水波一样在四周缓慢地扩散，一直抵达高大的穹顶。

在这所希腊美学的建筑里，所有那些帐幔、阴影、灯光和色调，都充满了哥特式的诡异调子。 我甚至怀疑这教堂就是为舞台而设计的。 教堂建筑的庄严性，溶解在情欲的粉红色气息中，两者竟然交融得天衣无缝。 神明的信念和人间的情欲，近在咫尺之间，仿佛是一对孪生兄弟。 传统的背景崩溃了，建筑成了一种视觉游戏，变幻着资本权力的无限法则。

我目击了这样的事实：在处理心灵事务的旧教堂的死亡地点，身体的教堂复兴了，向人们陈述着情欲的真理。 在那个我进入的夜晚，它们溶解在名叫"蓝色沙滩"的鸡尾酒里，变成了一朵湿润的火焰。 获得新生的教堂被油漆粉饰得明亮如新，其内部也洋溢着各种光线，但它却无法照亮我的内心。 是的，就在我面前，我的童话瘫痪成了华丽而空虚的寓言。

中篇

往事最难如烟

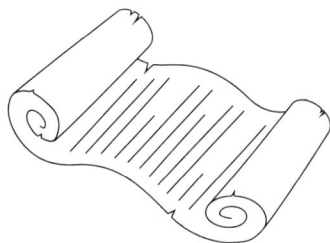

旧日时光

　　打开记忆的音盒，究竟是什么在灵魂深处流动？ 泛黄的照片、旧式的日记本、点点锈斑的钢笔、半瓶墨水和那一纸没有结尾的信笺。 透过时光的面纱，曾经的一切，恍然留下了似是而非的面目，但人们愿意坚信，总有一些事物不会遭到岁月的磨灭。

大革命时代的邻人们

上海太原路二十五弄十号，是我生命中最奇妙的一环。在那个地方，我度过了整个童年时代。

我最早的记忆起源于两岁时的一场噩梦：几架黑色的飞机追击着我，而我则在大地上逃亡。事后才知道，当时我开始沿着大床的床沿奔跑。黑暗中没有摔下去，真是一个奇迹。外出做客的父母进屋开灯，见我正在梦游，赶紧把我叫醒。我清晰地记得从恐怖的梦境转向温暖的现实的那个过渡的意识片段：我看见了昏黄的灯光和受惊的父母，但噩梦的图像还没有消退，它与现实的场景发生了融合。我仍然在奔跑，但速度在逐渐减慢。后来我终于停下来了。母亲举起了痰盂。撒了一泡尿之后，我又回到了黑暗。

另一个来自两岁时的记忆也与这张大床有关。母亲的肚子高高隆起（后来我才知道她那时正怀着我的妹妹），而我在一旁奔跑和跳跃。当感到累的时候，我一屁股坐到了母亲的肚子上，因为它看起来像是个很好的坐具。我记得母亲开始大声叫疼起来。父亲从外面赶回来了，救护车把他们带去了医院。长大后我才知道，母亲即刻便流产了。

我杀死了我唯一的妹妹。

这些破碎的记忆拼凑成了最初的生命景象。 它首先与床有关，而后与死亡和逃亡有关。 我的负罪感和对于小女孩的怜惜，从此成为伴随我的忠实的影子。

我家的房子位于上海西区旧法租界的中心，是一个西班牙式花园住宅的小区（后来被称作"太原小区"）。 布满爬山虎藤蔓的墙垣、狭小的窗户、拱形的门楣和光线黯淡的走廊，混杂着法国梧桐、夹竹桃、无花果树的后花园，这些部件投影在一个孩童的记忆深处，焕发着一种经久不息的阴郁之美。

在幼儿园时代，我最美好的记忆是生病的日子。 保姆带我去附近的地段医院看病，踩着近午的柔软阳光，走过那些为美丽的花园而修筑的篱笆。 常春藤和牵牛花在微风中摇晃，弄堂和马路上几乎寂然无人，宁馨得仿佛睡去了一般。 春天散发出爱的芳香，令我溶解在这白昼的温甜之中。 但这幸福的岁月过于短暂，我还未来得及消受，它就已匆匆流逝。

由于房租高昂，四周的邻居除了少数平民，大都是有钱人、高级医生、大学教授、电影导演、高级干部和外国侨民，以及一些奇怪的民国名流的遗少，如陈独秀的女儿陈红一家、黎元洪的长子等。 只有我爸我妈是普通的中学教师。 1966 年"文革"爆发时，我已经念小学二年级了。 我们那住满了"牛鬼蛇神"的街区，是大革命和红色风暴打击的重点。 而我的一年级班主任陶，便成了我所面对的大革命的第一个祭品。

陶是个面容凶恶的老处女，兼教我们启蒙语文：识字、拼写和说话。 尽管语文成绩全班第一，但由于喜欢上课时"做小动作"，我还是成了一个"坏孩子"。 除了罚站之外，每一次家长会，她都要控诉我屁股上长着钉子，让我白白挨了老爸老妈的无数"教训"。 后来我心生一计，家长会刚刚举行，我就从学生的行列中飞奔而出，跑到母亲跟前狂吻她的脸颊，进行超前感情投资，以免等一会儿老师告刁状后回家挨揍。 这一举动引得在场的家长们哄堂大笑，弄得母亲满脸绯红，很不好意思。 但这计谋还是奏效了。 那天，班主任竟出乎意料地没有说我的坏话，看我的眼神甚至还有了一丝罕见的笑意。 令我有了跟她亲近的冲动。

但我终究没敢去亲吻女教师的脸。 1967 年红卫兵运动爆发后，她因性情古怪而理所当然地成为高年级学生的批判对象。第一次批斗大会之后，她就在我当时上课的教室悬梁自尽了。那教室是一幢单独的灰色小楼。 她乘着夜深人静，用绳索系在楼梯顶端的木栏上，怒气冲天地把自己弄成了一具死尸。 一个亲眼看过现场的同学告诉我，她的吐着舌头的死状，比生前更加狰狞可怖。 那幢小楼以后被贴上封条，空关了数年。 在深夜，巡夜人有时可以看到微弱闪烁的火光，但没有人胆敢上去探查，据传那是她的鬼魂在楼上徘徊。

班主任的自杀是一个微妙的信号。 西方国家已经开始紧急撤侨，住在我家对面的几户外国人似乎一夜间就消失得干干净净。 大批红卫兵开始在我们街区出入，展开了无休无止的抄家运动。 我们全家都恐惧地等待着厄运的降临。 那天晚上十点左右，楼下突然传来粗暴的敲门声，母亲赶紧关了灯，从窗帘后向楼下偷看，整条弄堂站满了黑压压一片的造反队，手持木棍，秩序井然，犹如经过严密训练的士兵。 整幢房子都在恐惧中沉默着，没有人胆敢前去开门，也不知道今天该轮到谁家倒霉。 最后他们敲开了大门，把底楼那家印尼归侨的家抄了个底朝天。 而我们与剩下的另外两户人家则暗自庆幸：今天又侥幸躲过了一劫！

这样的情景后来越来越像家常便饭，人人都深切感到了朝不保夕的危机。 一些人被造反者从家里赶走，而另一些人则悄然死去。 透过狭小的窗户，我时常能看到，殡仪馆的丑陋的灰色运尸车无声地驶入，停栖在某个我所熟悉的门牌号码面前。 从房子里抬出了自杀者的尸体。 其中一些死尸已经变形。 越过白色的尸布，可以看见死人神秘隆起的肚子。 这是一种恶毒而迷人的景象。 有人在静静地围观。 令人作呕的死亡的恶臭，像瘟疫般在四周弥漫。

有时我也会兴高采烈地去"参观"一些在弄堂里举行的即兴批判会。 楼下的那家印尼归侨，三个姐妹长得如花似玉，远近闻名，号称"姚家三姐妹"。 她们的批斗会最为轰动，吸引了大量"观众"，整条弄堂挤得水泄不通。 附近中学的红卫兵们剪掉了她们的包屁股小裤腿的裤子和烫卷的头发，稀疏的残发间露出了白嫩的头皮。 她们的父亲遭人痛殴，衣物、高跟鞋和法国香水则被堆在弄堂中间放火焚烧。 人们在高喊口号和起哄，像出席一场小型的狂欢庆典。 突然一声爆炸，人们吓得四处逃窜，后来才发现不是炸弹，而是某罐化妆品在作祟。 那些在灰烬中残剩的衣物，在黑夜降临后被居民偷走藏起，改成了孩子的内衫。 好布料，多好的布料！ 一个老太太在灰烬里搜寻，手中执着一些碎片，摇着头自言自语。 夜风吹散了最后那些黑色的灰烬。

这些革命戏剧几乎每天都在四周上演。 金条、珠宝、瓷器、唱片、书籍、衣物等各种细软和精美的欧式家具，成堆地从屋子里搬出，经过一场即兴批判之后，被卡车运走，至此不知去向。 一次，红卫兵从对面的资本家的沙发垫子下面里找出了上百只旧尼龙丝袜，原来那家女主人有一个癖好，穿过的袜子从来不洗，往沙发下一塞了事。 这些臭袜子便成了腐朽糜烂的资产阶级生活方式的生动教材，在批斗会上向四邻展示。

我记得的另一场批斗会的主角是隔壁十二号的作家秦瘦鸥夫妻。 他们俩均长得又瘦又高，走在一起，宛如两根形影相吊的树枝。 红卫兵把他们押出房子，令其站在台阶上，脖子上挂着临时制作的牌子，上面用墨汁书写着"反动文人秦瘦鸥"字样。 他的罪名并非是因为写作那些诸如《秋海棠》之类的"鸳鸯蝴蝶派"言情小说，而是把印有最高领袖照片的报纸做了书皮。 那群佩戴红色袖章的学生在手舞足蹈地叫喊，四周站着包括我在内的几个过于年幼的人民群众。

母亲工作的上海第二女子中学就在马路对面，高干子弟居多。 当时的中共中央华东局书记兼上海市委书记陈丕显和上海市长曹荻秋的女儿都在那里念书，其间诞生了一批极为凶悍、打人不眨眼的母老虎，在当时的造反界名声显赫。 红卫兵只要一抬脚，便可以把我们家搞得天翻地覆。 奇怪的是最后居然幸免于难。 由于有教师检举揭发，一群表情严肃的小女生曾经来家里考察了一番，发现除了一架老式的德国钢琴（我母亲曾经是音乐教师），就剩下一些不起眼的旧家具，沙发的罩布上还打着补丁（在当时，补丁是无产者"艰苦朴素"的道德标记）。 她们为此下的结论是：我母亲"不是资产阶级"！ 我们家就这样侥幸逃过了一劫。 尽管后来父亲被关押审查，但有限的家产终究没有遭到洗劫。 我尤其感激上苍，留下了这架钢琴，它后来成为伴我度过漫长的少年时代的密友。

陈独秀的孙子比我大两岁，长相有些古怪，头颅的比例明显小于身子，因此得了一个"小头"的诨号。 我们有时在一起玩耍，但我并不喜欢他，因为他性情诡诈，手脚又不干净。 一天，我向他出示一本叶圣陶的童话集《稻草人》，结果那书转眼间就不翼而飞。 父亲说，一定是他偷的，遂教了我一个妙法。 我立即就去"小头"家对他说，我还有另一本好书，但须用那本童话交换。"小头"眼睛一亮，从毛线衫里变戏法似地掏出了失踪的书——他居然还没来得及"销赃"！ 从此他被列入我们家不受欢迎者的名单。

陈独秀的这个女儿，可能是他晚年红杏出墙的结晶。 她也是个中学教师，丈夫因现行反革命罪而遭到枪决，独自领养着儿子，顶着父亲的右倾机会主义头子的政治恶名，度过了艰难的岁月。 她这时已经得了肝癌，眼见她日渐消瘦下去。 她从我家门前走过，穿着灰色女式中山装，脸色发黄，表情呆滞，从不与我们这些孩子打招呼，犹如一个孑然而行的女鬼。 由于对不肖儿子的绝望，她几乎卖光了家里所有的家具，在外面吃着馆子，享受生命的最后大餐。 在她死后，"小头"一无所有，被送到新疆与表姐一起生活，从此下落不明。

我的同学中最令人难忘的是沈××。 她的祖父是外科医生。她生下时是个阴阳人，需要动手术切除其中的一部分器官。 祖父爱女心切，切除了其男性器官，希望把她变成一个女儿身，结果铸成大错。 小学一年级时，她坐在我隔壁，虽然留着小女孩的短发和刘海，却喉结突出，发出成人男子的嗓音，而且皮肤黝黑，面目丑陋。 这显然是对她祖父杰出的外科技术的严重嘲弄。不仅如此，她的智力只有三岁，成绩一塌糊涂。 每逢下课，她就面对墙壁站着，仿佛一尊雕像。"文革"爆发后，她就不再来上学了。 但时常还能在他们家的豪宅前看见她。 她把带有湖石假山的前院的大门开个小缝，向四处偷偷观望，见有人走来，便赶紧害羞地躲到门后。 后来这幢豪宅遭到查封，她们全家被赶进了汽车间。 此后我再也没有见过她的倩影。

1967年红色风暴的一个直接后果，就是许多邻居一夜间从空气中消失了，那些表情傲慢的小男孩和花枝招展的小女孩，也都相继神秘蒸发。 整个街区变得空空荡荡。 大量的房屋被空置起来，成为我们这些"幸存者"玩耍的天堂。 一到晚上，我们就打碎玻璃，从窗口爬进那些黑暗的屋子，在光滑的柳桉木打蜡地板上玩起了捉迷藏的游戏。 有一个夜晚，我偷了家里的手电筒，和几个小朋友一起钻进了对面的空屋。 在里面上下狂奔，乐不可支，突然看见一个朦胧的白色脸庞正在从玻璃窗外向里面凝视。我恐怖得大叫起来。 所有的孩子都跟着失声尖叫。 那张脸随后就消失在月光里。 从此，我们没敢再涉足那个"闹鬼"的房子。

到了 1968 年，各种鬼魂的传说一度在我们的弄堂里甚嚣尘上。 我们大家对此都深信不疑。 当酷热的夏夜降临时，我们都在外面乘凉，到午夜十二点，四周时常会出现一些神秘的声音，听起来像是乌鸦的叫声。 但上海市中心根本没有乌鸦，而且那声音来自地面而非空中。 它尖利地叫着，飞速地从弄堂的一端经过乘凉者的脚边，掠向遥远的另一端，又从另一端急速折回。所有的乘凉者都感到毛骨悚然。 低头寻查，竟没有任何发现。人们最后纷纷躲回家里，掩上了房门。 闷热的弄堂恢复了死寂。只有昏黄的路灯在暗夜里对愁而眠。

在我们对面一排楼房的尽头，靠近太原路一头的楼房，曾经被我们当做玩军事游戏的秘密堡垒。 但其中的一间屋子我们一直未敢"占领"，因为据说那里曾经自杀过一对乱伦的父女。"文革"爆发的时候，女孩的兄弟们率先起来检举揭发资本家父亲的这一滔天罪行，家族的丑闻立即转变成了公开的政治罪恶。 父女俩内外交困，双双开煤气自杀。 人们打开房门时他们已经断气，但却保持了一个耐人寻味的姿势：女儿端坐在沙发椅上，安静得仿佛入睡了一般，而父亲则跪在她的面前，凝结在一个忏悔者的姿态上。

我不知道这究竟是一个真实的故事，还是人们道听途说和添油加酱的结果。 那扇被十字封条封住的房门，黄铜的圆形把手开始发出绿锈，深棕色的油漆也已经部分剥落，从门缝里吹出了一种淡淡的神秘气息，仿佛是陈旧地毯的霉味。 我很想进去瞧瞧，但终究没敢撕掉那个盖着某某司令部图章的封条。 到了"文革"后期，那楼住入了一个单身老太太，雇有一个保姆，深居简出，很少与外界接触，这就是后来在美国写成畅销书《生死在上海》的郑念。

在郑念南面的一幢小楼里，住着满脸麻子的著名英国文学翻译家方平。 他每天上下班都从我家门口走过，走路的姿势有些古怪。 父亲去世之后，母亲希望换一个环境。 我为此曾经去看过方平的房子，他夫妻俩也来看我家的房子。 我和母亲都很喜欢他家后花园里的那片修剪整齐的草地，四周盛开着丁香和桃花。 尽管最后没有达成换房的协议，但我却和方平有了短暂的接触。 那时，我是个普通的技校学生。

周恩来逝世后不久，方平从西方朋友手中得到了那幅法国记者所摄的著名的周恩来照片，如获至宝，与我一起研究它的构图和用光。 周恩来病入膏肓地坐在沙发上，浑身散发着伟大而孤独的人性光辉。 那只白玉色的茶杯放在他的手边，里面盛放着他最后的渴望。 我和方平都被这满含眼泪的图景所深深地震撼。 在1976年，周恩来仍然是中国知识分子的最高道德偶像。他的死亡以及稍后的毛泽东的去世，终止了历时十年的意识形态革命。 1977年，我家搬到了陕西南路绍兴路口的另一所住宅，与方平的交往猝然中断。 那次搬家的另一更严重的后果是，我切断了与童年的联系。

越过"文革"岁月的苦难和欢乐，我长成了一个神色忧郁的青年。

音乐的秘密节日

　　"文革"并没有摧毁一切，相反，一种小布尔乔亚文化在上海西区悄然流行，成为儿童节的隐秘主题。 沉默了很久的钢琴声和小提琴声再度响起，它们散布在一些法国、西班牙和德国式的住宅间，在太平洋季风中微弱而断续地传送着，宣示了西方意识形态的卷土重来。

　　"文革"中的新兴掌权者忽略了这个信号。 在实现了权力角逐的目标之后，着手建立新经济–文化秩序。 商店开始营业，学校开始复课。 资产阶级和知识分子的子女们从严酷的冬天里重新复苏，他们的脸上再现了希望的笑容。 在 1969 年到 1976 年间，音乐成为他们寻找出路的唯一途径。 由于江青热衷艺术，一些地方和军队的专业文艺演出团体亟需输血来提升其演出质量。人们被迫把视线投射到了掌握着西方音乐演奏技术的资产阶级和小资产阶级阶层。 在纯洁的革命文化与肮脏的反动文化之间，出现了秘密的妥协。

　　具有讽刺意义的是，我七岁开始学习钢琴，却对这个乐器没有任何兴趣。 在无数次挨打和眼泪滴落在键盘上之后，母亲对我开始大失所望。"文革"的到来，进一步粉碎了她希望我成为音乐家的打算。 我重新触摸钢琴，是在几年后的一个周日。 在经历了漫长而潮湿的雨季之后，阳光第一次明媚地在空气里流动。潮气开始蒸发，肿胀的门框和湿漉漉的墙壁都在恢复原形。 一种难得的喜悦在树丛和红色的屋顶间流淌。 所有的邻居都开始了大扫除，把潮湿的被褥和衣服晾晒到太阳下面。 母亲给我的任务是给钢琴打蜡。 我用地板蜡擦拭着那架老式的直钢丝琴，看着深棕色琴身逐渐发亮，忽然有了一种弹奏的冲动。

我用僵硬的手指开始了哈农的指法练习。 这是唯一没有资产阶级色彩的西方"音乐"。 琴声有些发闷，但很动人，像一个在沉默了很久之后突然开口说话的老人。 我心中产生了某种难以言喻的感动。 阳光和景色竟是如此敞亮，琴声在其中飘飞，一直传递到了很遥远的地方。 我知道有许多人在倾听。 爱，轻轻掠过了他们。 他们感到了生活里的这个细微变化。 手指就这样解放了音乐。

从此我开始了一种疯狂的钢琴练习。 在没有任何老师指导的情况下，以"野路子"的方式，探查着隐藏在音乐里的秘密。这场手指的骚动一直持续到"文革"结束。 中学时代我还尝试着写词和作曲，幻想有朝一日成为指挥家。 上海音乐学院就在我家附近。"文革"后期，它开始招收"工农兵学员"，我时常在它的高墙外徘徊，倾听着混杂在一起的钢琴声和"啊，啊，啊"的练习音阶的歌声，渴望成为其中的一个成员。 一些同学先后被军队文工团招走，成为身穿四袋军装（当时是军官身份的一种简陋标志）的特种"文艺兵"，迈向这个社会最值得炫耀的阶层。而我一直在它的外面徘徊。 这个梦的破灭是我童年遭受的最沉重的打击。 我是音乐永久的囚徒。

在中学时代，学校里出现了隐秘的文艺崇拜思潮。 这是一种小布尔乔亚式的情调。 在学校的日常学习生活之后，一些学生聚集起来，举办家庭音乐会，演奏革命音乐和资产阶级作品，参加的乐器包括钢琴、小提琴、大提琴、黑管和长笛。 有时则只有一架钢琴和一把小提琴。 没有人去检举我们的地下俱乐部。

这种艺术思潮导致的直接后果，就是它内在地塑造了"文革"后期上海西区的流行时尚。 受过良好教育的漂亮女孩，多身穿灰色收腰军装，脚踏北京的黑色灯芯绒平底步鞋，走路时脚尖外撇，上身微微前倾，这是军队舞蹈演员最常见的职业姿势和扮相。 另一种更简洁的时尚，就是在街上独自行走，手里提着小提琴盒（里面很可能是空的）。 这几乎成了当时好孩子的主要识别标记。 艺术的面容透过这些黑色盒子，露出了经久不息的微笑。

寒冷而潮湿的冬天来临时，我的两手就长满了冻疮。 这种皮肤病象蛔虫病一样，最终演变成了一场广泛的群众运动。 由于贫困和营养不良，大家都红肿着双手，然后看着它们逐渐破裂和溃烂，直到春天来临才慢慢痊愈。 人人都把手藏在口袋里，看起来就像是要掩盖起一件犯罪事实。 而对我来说，冻疮是比蛔虫更加讨厌的灾难，它使我几乎无法继续在钢琴上爬行。

在寒假里，我时常站在窗口，无聊地眺望弄堂里的风景。 那些脸蛋冻得通红的邻居小姑娘不时经过楼下。 见她们远远走来，我就赶紧坐到钢琴边上，开始手忙脚乱地弹奏，炫耀着可笑的虚荣。 那时候，小男生和小女生之间都不太说话。 我指望这声音能够击中某个小傻瓜的头脑，就像酸话梅和咸桃板击中她们的小嘴一样。 青春期情欲一直蜷缩在沉默的内心深处，这时又不知所措地寻找着喊叫的方式。

但这声音好像并未打动什么人，倒是我自己受了重重的一击。 我第一次暗恋的就是个钢琴女孩，身材矮小，长着一张高额头的娃娃脸，却弹得一手好琴。 在我念初一时的某个冬日，她上我家来玩，这成了我记忆中的盛大节日。 阳光洒在乳白色的琴键上，水仙花从它的圆形球茎上开出了皎洁的小花，整个屋子都弥漫着淡淡的若有若无的香气。 她为我弹奏了贝多芬的《月光奏鸣曲》和殷承宗的《黄河》。 她的手指纤长而灵巧,她的容貌溶解在如梦的音符里,向我展示着世界上最秀丽童真的形象。但我甚至不敢拉一拉她的小手,向她表白心中的欢欣。 她成了伴随我整个少年时代的青春偶像。

这是音乐激情带来的直接后果。 在一个禁欲的年代,我蓬勃发育的情欲转向了肖邦、贝多芬、舒曼、莫扎特、巴赫以及柴可夫斯基。 尤其是萧邦灼热和战栗的言说、舒曼无限忧伤的叹息、贝多芬神经质的宏大抱负和莫扎特的清澈纯净,都是我精神的隐秘摇篮。 我在其间长大,并指望从那些抒情的元素中找到灵魂的住所。

"文革"早期的毁灭性暴力,造成了大量文化产品的毁损。这时,我和伙伴们都面临严重的资源危机,唱片变得像钻石一样珍贵。 乐谱的情形稍微好些,因为可以手工抄写。 我耗费了大量时间去做这项工作,从乐器店里买来空白的五线谱纸,把音符一个一个写上去,但错误百出,品相丑陋。 这时我认识了一个比我大两岁的少年,他练习小提琴无成,却成了罕见的抄谱天才。他花了整整一周时间,为我抄写钢琴协奏曲《黄河》的全部乐章,精美得就像印刷品似的。 从此,我拥有了第一份真正属于自己的完美琴谱。

直到"文革"后期,我们的小圈子才拥有了自己的录音机。那是一种上海产的编号为 601 的老式电子管机器,使用塑胶圆盘磁带,机身极其沉重,必须用自行车小心翼翼地搬动。 我们几个酷爱音乐的朋友就是在这样的机器上第一次倾听了贝多芬的几个交响曲、拉赫曼尼诺夫的协奏曲和斯美塔那的《沃尔塔瓦河》。第一次听"河"时我就止不住泪流满面。 以后每次听这首曲子,我都无法抑制可笑的眼泪。 它把我带往一个光线柔和的家园。不仅如此,对我而言,每一个来自古典时代的音符,都是爱的标记。

在这个覆盖着各种红色政治标语的城市，美被禁锢在那些粗暴或冰冷的形式里面，向我发出气息微弱的召唤。　面对极其有限的艺术资源，我的神经变得高度敏感而纤细，对任何一种声音以及类艺术的事物，都会产生过度反应，所有细胞都被紧急动员起来，以便完成这种秘密的窃听。　创造力尚未走出童年，感受性却已过早成熟。　这样一种不均衡的和畸形的精神发育，正是我少年时代的悲惨写照。

在所有的音乐朋友中，对我影响最大的是大头。　他住在淮海路和常熟路交界的公寓"淮海大楼"里，远近闻名。　父亲病逝之后，我和他成了形影不离的朋友。　他是那种典型的天才音乐少年，长着一个硕大的头颅，性情狂放，目中无人，却对我青眼有加。　他佩服我的文章，把我的散文珍藏在他的宝贝盒子里，同时也对我的音乐感受力和理解力深为赞叹，而我则钦佩他的钢琴技艺和音乐天赋。　这种惺惺惜惺惺的结果是，我们成了莫逆之交。

他时常骑车跑到我窗下，大声喊着我的名字，弄堂里响彻着他尖利而高亢的叫声。　进屋之后，他就开始敲击钢琴键盘，为我演奏贝多芬的《月光奏鸣曲》、肖邦的《夜曲》、《玛祖卡舞曲》和《革命练习曲》。　他剧烈地摇晃着身体，患过敏症的鼻子发出沉重的喘息。　整个屋子都笼罩在他狂热而夸张的个性之中。　然后我们转移到北屋，在那里继续讨论音乐和文学等各种话题。我们一同嘲笑"老柴"（当时我们圈子为柴可夫斯基所起的"昵称"）在《第一钢琴协奏曲》中流露的民粹主义激情。　我们也都被舒曼的"夜曲"中那种悲怆的叹息所震惊。　贝多芬作品中所包含的革命气质则令我们发疯。　我们一起流浪在这类似骗局的王国。

到了午夜时分，我们时常走出屋子，一起在上海西南区的马路上游荡，从太原路、汾阳路走上复兴路，穿过新康花园，到达淮海路，又转回到衡山路和复兴西路，反复搜寻着隐藏在这红色革命策源地背后的诗意。 即使历经大革命岁月的清洗，可恶的旧时代的本性依然屹立在那里，散发出令人心碎的光辉。 街道上寂然无人，昏暗的路灯被法国梧桐所遮蔽，落叶被风卷起，堆积在生锈的带洛可可风格的老式铁栅门边。 花岗石的台阶布满灰尘。 从那些窗户中射出了亲切而温柔的光线。

我们有时也在普希金铜像的废墟附近游荡。 那座带有一个高大的纪念碑式的花岗岩底座的铜像，早已被红卫兵推翻。 汾阳路和岳阳路交界的街心花园露出了光裸的泥土。 在复兴中路和汾阳路口的那个美丽的小玻璃房子，也消失得无影无踪。 旧上海风格的老式电话亭，像一个忠实的守夜人，在街角上孤苦地站了几十年，最终还是被喧嚣的革命所打碎。 除此之外，城市建筑的属性并没有太多的改变。

我们也常站在淮海大楼屋顶上远眺，从制高点上俯瞰沉睡的街区，像占领黑夜的士兵。 街道向四周伸展，稀少的灯火在浮动，仿佛是一些感伤的符号。 越过冬青树丛的暗影，月亮庄严地照临在饱受创伤的城市，像悬挂于永恒之中的神的面具。 时常可以听见钢琴或圆号的声音被风送来。 当世界沉睡了之后，一种不属于大地的歌声在缄默中秘密地诞生了。 只有我们掌握了这个巨大的秘密。

有时我们的夜游一直会持续到黎明。 女工推着送奶车粼粼走过，玻璃牛奶瓶在震颤中互相碰撞，发出巨大的噪声。 早晨的气息已经吹来。 黑夜意象开始从我们的瞳孔里消退。 我们各自回到家里，在床上开始了另一种梦呓。

1977 年开始的大学高考，结束了这个病态的小资产阶级夜游症时代。 国家为精神苦闷的知识青年提供了出路。 我们告别黑夜意象，急切地回到了书桌面前。 但大头报考上海音乐学院意外受挫，父亲又心脏病突发，撒手而去；两年后，他的日本情人与他分道扬镳。这些灾难接踵而至。完美的世界突然崩溃了，坍在他身上。他坐在我的沙发上，口袋里揣着一瓶安眠药片，悲痛的泪水在眼眶里打转，脸上漂浮着梦一样的死亡气息。

这时我已经是华东师大中文系的学生。我们都面对着严重的挑战：他想要死去，而我要阻止他。我们的谈话从卡夫卡开始。我向他详述存在主义的生命经验。可望而不可即的卡夫卡"城堡"、加缪的西西弗的"石头"、无限等待而毫无意义的贝克特的戈多，以及尤奈斯库的"犀牛"，所有这些故事揭发了人的极度无力的处境。人就是那种什么也不是的东西，却必须在极度的苦难中活着。我说，去他妈的傻逼的小资情调，你应该感到幸运，因为你看见了生活的本来面目。

大头开始仔细阅读我借给他的那些小说和剧本，我经常去看望他，和他讨论有关的主题，他也找来了一些现代主义的音乐作品与我分享。斯特拉文斯基和肖斯塔科维奇作品中所迸发出的绝望的尖叫，粉碎了古典时代的那种和谐的忧伤。它们像是一剂砒霜式的猛药，引发了剧烈的心痛。

但这种存在主义疗法还是拯救了他，使之完成了与其所痛恨的生活的和解。他开始放弃傲慢的克利斯朵夫式的生活，把自己下降到一个平庸的级位。他考取普通大学并选择了社会学专业。音乐退化为他生活中绿叶式的点缀。某天他来找我，脸上终于露出了对生活心满意足的笑容，身后跟着一个面容秀丽的女孩。他管她叫"阿弟"。这个女孩以后成了他的妻子。

在小资梦幻破灭之后，我们需要一种能够帮助自己面对现实的思想。也就是说，必须在令人心碎的事实中找到真正的生活。正是由于这种对白昼的绝望，我们从此不再思念茫茫黑夜。在二十四岁的时候，我们先后背叛了自己的最初信念。从那时候起，我们就像死掉了一样，如同卡夫卡的虫子。而我的重新复活，是在很多年以后了。 一个炎热的夏天，我和大头在建国西路上一间肮脏的小餐馆里举起了酒盅。 我们笑着，一脸很成熟很深刻的样子，为葬送掉我们自己的年代干杯。 墙上的日历写着：1981。

书架上的战争

　　上海是水性杨花的城市。 上海的秘密就在于它没有历史。在这个失忆的消费天堂，记忆不过是异乡人的病态反应而已。但随着时间的推移，我越来越强烈地意识到，一个遭到简单曲解的时代，需要动用内在的生命经验来加以修复。 这是我折回历史的原因。

　　其实，我已无法记住第一本有字读物的名字了，但八岁时的日记表明，那年我读了长篇小说《红旗插上大门岛》。 这本现在看来很乏味的书，当时就是我的启蒙者，它是一个犀利的咒语。在儿童读物和连环画之外，我意外地抓住了大人世界的把手。那种狂欢式的喜悦真是难以言表。 但就在那年，我的读书蜜月刚刚开始，就被"文革"打断了。 革命突如其来地蒙上了我的眼睛。

　　我有几本非常好玩的书，来自女同学俞欣。 她是那种典型的迷你资产阶级，身材纤细小巧，肤色白皙，声音轻柔得宛如耳语，而家里的花园却大如操场。 我们是莫逆之交。 念小学一二年级时，每天她都到我的窗下叫我一起上学。 她的叫声细弱得像蚊子，但我却能清晰地听到。

"老大可！"她形销骨立地叫道。

"来啦，老俞头！"我在窗口吼道。

我们那时流行互相在名字前加个"老"字。 那是童年友情的伟大标志。 但她偷着亲我的时候更像是我的妹妹。 我喜欢她脸上的"百雀灵"护肤霜的香气。 我们差一点就成了夫妻。 她好几次对我说要和我结婚。 我们好得形影不离，连小便都互相密切跟着。

小学三年级才开学，她就塞了几本书给我，说是她最心爱的，问我想看吗。 我欢天喜地地拿回家去了。 它们是一套《安徒生童话集》和一本叫《一千零一夜》的怪书。 但还没有来得及归还，她就从我们班里突然消失了。 老师说她家搬走了。 我为此伤心了很久。 后来我才知道她父母被打死，而她则被送到苏南的一个小城，与老祖母相依为命。 这书是她预先藏在我这里的。 她年幼的心灵仿佛预见了巨大的灾难。 我的童年自此揭过了最黑暗的一页。 在她离去之后，我沦为一个性别自闭症患者，几乎无法再与其他小女生说话。

在抄家风炽盛的 1967 年，父亲在家里开始了秘密的烧书行动。 为了掩盖私藏反动书刊的罪行，父亲把门窗紧紧关闭，拉上窗帘，把四大名著和许多珍贵书籍付之一炬，这其中包括那几部封面华丽的童话。 灰烬被抽水马桶反复地冲走。 母亲和我则是销毁罪证的帮凶。

屠书行动整整耗费了几天时间，它看起来很像是电影里常见的那种场面：地下革命者在紧急烧毁译电码和机密文件。 而事实正好相反：我们在消灭那些最危险的思想。 火焰吞噬着书页，文字从空气中迅速蒸发了，脸盆里只剩下黑色而轻盈的灰烬。 而此后的许多天里，屋里都萦绕着书的尸骸的焦味。 书的这种易燃性给我留下了深刻的印象，以至在此后很长时间里我都以为，书就是那种专门用来焚烧的事物。

但还是有一些图书残留了下来，放在储藏室的架子上。 父亲是历史教师，他偷藏的大都是与此有关的书，其中包括吴晗的《朱元璋传》、范文澜的《中国通史》和胡绳的中共党史等。 这个书目篡改了我童年的精神程序：我绕过童话，直接到达了历史。 就小孩子而言，"文革"是童话最辛酸的敌人。

密闭的储藏室既没有窗户，也没有电灯（我很奇怪二十年间父母竟没有想过要去装一盏电灯），在其间找书必须先点燃一盏带玻璃罩的小煤油灯。 储藏室里除了浓烈的煤油气味，就是书的霉味，它让我呼吸到了久远年代的气味。 微弱的灯火闪烁着，燃烧在我手里，在石灰墙上张贴着庞大的影子。 每次我都会产生一种幻觉，仿佛进入了一个藏宝的密室。 这种神秘性所带来的快感真是难以名状。 在整个少年时代，这个小室成了我从事阅读阴谋的营地。 与喧闹的钢琴截然不同，它是永久缄默的，恪守着家庭细小美妙的秘密。

除了历史，我家的储藏室里还有少量漏网的小说，如被查禁的欧阳山的《三家巷》和《苦斗》，以及《红岩》、《青春之歌》和《把一切献给党》等。 由于无法进行选择，我陷入了一种混乱的阅读。 在我的书单里既有各种地下手抄本，也有官方内部发行的供批判用的"反动作品"（如索尔仁尼琴的《古拉格群岛》）。 但对我影响最大的，还是我在16—19岁期间所读的那些书：雪莱的诗剧《钦契》和陀思妥耶夫斯基的《罪与罚》等。我对他们的崇拜，曾经到达了无以复加的地步，前者的清纯与后者的疯狂，都令我窒息和喘不过气来。

那时许多小说书有一个共同外观，就是书页发黄，没有封面和封底，也没有开头和结尾，页码总是从"10"以后开始。 我既不知道书名，也不知道作者。 无数传阅的脏手毁损了它们，令其呈现为一个衰老和残缺的面容，其上不时出现血斑、头发和污迹。　这种肮脏的"盲读"令我生气，因为书页总是在结局呈现之前消失，留下可恶的悬念，逼着我猜测故事的结尾。　后来我就能准确预言几乎每一部好莱坞电影的结局。　革命把我训练成了阅读的高手。

　　我受到的另一种监狱式训练是快速阅读。　一部好书必然面临排队轮候和漫长的旅行，如《苦难的历程》（阿·托尔斯泰）、《静静的顿河》、《基度山恩仇记》和《约翰·克利斯朵夫》这样的多卷巨著，在世面上就像钻石一样珍贵。　通常是晚上八点左右，书被一个人送达了，而次日早晨八点，书将被另一个人取走。　许多人在书上留下不可捉摸的痕迹。　我只有十二小时的阅读时间。　我的眼睛开始高速扫描起来。　灯光照在书页上，昏黄而黯淡，屋里漂动着感伤的气息。　下半夜之前，我总是能够先把全书浏览一遍，而后用剩下的时间细读那些重要的章节。　母亲也加入了我们的轮读行列。　天亮的时刻，我交出了上百万字的大书，犹如交出一个被榨空的钱袋。　我筋疲力尽，但心情很愉快，头脑里布满了清澈的文学阳光。

　　而在短暂的高速阅读之后，我便长时间沉浸在对书的回味之中，这形成了时间上的鲜明对比。　我事后躺在床上，在黑暗里回味那些热烈的意义。　记忆仔细碾过了每一个发亮的细节。　那时，克利斯朵夫的天才生活就是我的明灯，我把那本只在我手中停留了一夜的书变成了自己的圣经。　也许，它还是"文革"后期整个上海西区"音乐帮"的公共指南。　书里的浪漫主义气息像瘟疫一样四处传播，把我们大家都搞得小资兮兮的，说话举止都很克利斯朵夫。　这种危险的情调滋养着我们的信念。　我们借此开拓着世界的未来面貌。

　　在很多年以后，当我回忆那个满含泪水的岁月时才懂得，我从来没有被"八十年代"塑造过。　平庸的大学生涯只能把我毁掉。　我身体的摇篮是"五十年代"，而我的精神摇篮则是光华四射的"七十年代"。 我和许多人在那时就已经做好了迈向文化新纪元的全部准备。 在一个貌似压抑和黑暗的时代，我们茁壮成长，并在残缺不全的阅读中找到了自己的神性。

在中学一二年级的时候，马克思和恩格斯也曾照亮我的头脑。 我尤其喜爱《共产党宣言》和《法兰西内战》。 在精神早熟的前夜，大革命预言家为我勾勒了一幅自我解放的激越场景。马克思的思想有助于平息我的小资情调，并且激励起我对于真理的无限思念。 今天，他的激辩气质仍然镶嵌在我的骨头里，像一颗隐隐作痛的子弹，提示着一种反叛者的热烈意义。 我始终是这个人缄默的信徒。

中学二年级时我们下乡劳动，向农民学习无产者的真实经验。 全班二十几个男生一起住在农民家的客堂里，泥地上铺着潮湿的稻草，昏暗的电灯鬼魅似地在高高的房梁上闪烁，木织机的"咿呀"声从远处断续传来，稻草人正在守望着沉睡的田野。我信口讲起了福尔摩斯的故事，四周鸦雀无声，连呼吸都被恐怖的叙述淹没了。 但这个故事会立即成了宣扬资产阶级思想的罪状。 第二天我就在大会上遭到点名批判。 本来他们想把我拎到台上斗争一番，后来因我母亲的缘故放过了我（她那时在同一所学校教书）。 但从此我暴露了隐藏很久的"本来面目"。

没有任何一个时代像我的时代那样，在书和生命之间建立了最深切的联系。 我嗜书如命，蛀虫般的贪婪。 我们这帮人有时也聚众打架，不为了别的，就为了一个人不还另一个人书。 这样，在书的道义呼声中出现了隐形的帮会。 最激烈的一次，我们甚至动了刀子，对方落荒而逃。 第二天，书被中间人送了回来。我们得意洋洋，到处炫耀着战果。 1972 年，我们那里还发生了一件事：有个女孩遗失了别人借她的书，她唯一赎罪的方法就是从楼上跳下去自杀了。 在她死去的现场，"逼债"的男孩被人痛殴，打断了腿骨。 女孩肝脑涂地的画面变成了一场噩梦。 我惊骇地发现，书不仅刺痛了我们的眼睛，而且开始杀人，它看起来比刀子更危险。 而书就这样用暴力建起了与生命的血的联盟。

当手抄本风靡起来时，我曾经读过至少十几个不同版本的《少女的心》（拙劣的和比较不拙劣的）。 其中有的居然被加上"毛选"的塑料封套，伪装成革命圣典。 这些版本因抄写者加入了自己的感受与想象而变得面目全非。 在图书严重匮乏的年代，抄书的风气像伤风一样在我们之间互相传染。 有人抄唐诗三百首（编注者是另一个叫"朱大可"的老先生），也有人抄中华活页文选。 但我从不抄书。 我只抄写词和句子，在把各种人物描写、景物描写加以归类后，偷偷搬到老师布置的作文里。

尽管《少女的心》、《第二次握手》和《塔里的女人》是截然不同的书，但它们都毫无例外地指涉了情欲。 这个"文革"的内在动力，最终竟然成为造反者的死敌。 许多人因"非法阅读"而付出沉重代价。 我的一个同学，在看了《少女的心》后就出现严重的中毒症状：凶猛地追求他自己的亲姐。 他姐哭着把他送进派出所。 他在挨了一顿毒打之后被放了出来，当晚就把刀捅进了姐姐的肚子。 他被枪毙前在学校操场开了公审大会。 我们平生第一次目睹这种肃杀可怖的场面。 公安和民兵荷枪实弹、如临大敌，高音喇叭里声色俱厉地宣读着罪行。 而我们这些半大的孩子在惊悸地倾听。 他的死是一个信号，显示出书所能达到的那种摇撼人心的力度。 很多年以后，我还能清晰地回忆起他受死前的表情：小流氓在人群里仔细搜寻着我们班的位置，然后冲我们放肆地一乐，露出了黄黄的牙齿。

残酷的青春降临了。 我们被逼到精神世界的尽头，并且要穷尽一种无望的希望。 一个秘密读书公社就这样诞生了。 那是一些令人战栗的黑夜，城市电力不足导致的供电障碍，带来了漫长的黑暗。 几个中学生在小屋里点燃蜡烛，就着迷乱的火焰，朗诵诗歌或小说的片段，然后是一阵长时间的激辩与和解。 我们读过雪莱和莱蒙托夫的抒情短诗、陀思妥耶夫斯基的《白痴》、托尔斯泰的《复活》等，试图逃到光线的最深处。 世界躲藏在那里，向我们发出亲切而倦怠的微笑。 读巴尔扎克《农民》的时候，我做了一份两千多字的笔记，把它写在一个小纸卷上，看起来像支香烟，但展开后却成了思想。 这份幼稚的笔记被人在圈子里传阅，犹如散布一条叛逆的真理。 阶级异己分子终于走出了童年。

灵魂的对白总是在夜深的时候达到高潮，我们沐浴在难以名状的激情之中。 直到现在，我都无法确切地描述那种奇异的经验。 在脆弱的冬天，我们为每本书仔细掸去历史的尘土，探求它们的诸多含义：苦难、爱欲、孤独和道德净化，如此等等。 文学之爱与现实发生了微妙的融合。 这是由几个男孩结成的情感与知识的坚固同盟。 我们野心勃勃，因拥有内在的思想而蔑视女孩。 友谊在我们中间流动，犹如温暖的呵气。

其中那个叫 K 的男孩，是我最亲密的兄弟。 他有一个圆圆的脸和略带忧伤的眼睛。 有很长一段时间，他几乎天天来我这里，我们促膝而谈，互相凝视着对方的眼睛。 我爱他爱得心痛。我们彼此可以为对方两肋插刀。 当我们对话时，我感到四周停顿和沉默下来，整个城市都在倾听。 幸福像不可捉摸的雾气一样笼罩在四周。 这茫茫黑夜就是我们的最高光明。 很久以后我才知道，这是典型的青春期同性恋症候。 在一个严酷的时代，我们靠这种温情涉过了早年的河流。

众神的嬉戏

　　"文革"是自由游戏的光辉年代。 没有任何一个时代能够如此尽其所能地嬉戏和狂欢。 这个国家的灾难在某种程度上就是孩提的庆典。 教育、管制和束缚崩溃了，世界蒙上了一层诡异而脆弱的无政府主义微笑。 越过诸多的苦难，一种新的法则在儿童的王国里建立起来，那就是独立自主、自力更生地开辟游戏的伟大道路。

　　这是一种完全版的乡村化经验。 儿童用品商店已经关闭，越过紧闭的玻璃门，可以看见空空荡荡的货架。 只有那些杂货铺和五金店还在继续出售铁丝、橡皮筋、火药纸或劣质糖果。 这些没有阶级性的初级材料，填补了城市顽童的空虚。

　　游戏智慧成长的最奇妙的时刻降临了。 我们被迫创意并自制各种玩具，从弹弓到火药枪，又从轴承车、滚铁圈到响铃和风筝；从猜汽车票、纸版刮片、抛接麻将牌到跳橡皮筋、跳绳、顶橄榄核、打玻璃弹子。 我们无所不能，无恶不作。 在那些铺天盖地的大字报的缝隙里，全体儿童放射着纯洁的革命光芒。

　　但在游戏方面，我始终是一个弱智。 在记忆里，我似乎没有成功地玩过任何一种游戏。 这情形就像我的算术。 考大学时，我数学仅得了两分，不过当时并未遭到异议，这是我比那个韩寒更为庆幸的地方。 我在游戏方面的智商，甚至还不如那种整天坐在家门口玩鸡巴的男孩。

"王小八，是王八，坐在门口玩鸡巴，一玩完到十七八，鸡巴漏水都不擦。"这首童谣曾经流传一时，犹如一个意味深长的咒语。 在玩具严重匮乏的年代，男孩玩鸡鸡的游戏开始盛行，天生自备的玩具成了超越一切的利器。 我们有时在弄堂僻静处举行比赛，看谁的小鸡最大。 一次我们刚刚亮出家伙，就听得楼上哪家窗户开了，响起一个老女人的高声呵斥。 我们吓得屁滚尿流，夺路而逃。 里弄干部老太太闻风出动，蹬着一对解放脚，在我们刚才的犯罪现场转来转去，用犀利的阶级斗争鼻子闻了半天，然后悻悻而去。 我们则躲在远处的拐角后面胆战心惊地观察动静，天黑了才敢回家。 后来就再也没敢在公共场合干那勾当。我们被迫收起身体的最纯真的玩具，像收起一件反动的凶器。

除了原初的身体游戏，我最早参与的公共游戏都拥有一个非常乡土化的面貌。 我在楼下花园里栽了几粒玉米种子，每天浇水，指望它们会冒芽生长，但它们都在泥土里睡着了，我终究没有见到它们的倩影。 后来我又紧跟潮流养蝌蚪和小鱼。 我和隔壁的伙伴相约，远足到附近的郊区，看见金黄色的油菜花盛放，田野的气息令人心醉。 绿色的水面漂浮着水葫芦、浮萍和各种无名水草。 我们用网打捞蝌蚪、小鱼和鱼虫，顺便也取些水草。其他人会一个猛子扎进水里，乘机游上一会，我则在一边静观。到了黄昏，我们满载而归，裤兜里装满了对乡村的天真记忆。

玻璃瓶成了一个透亮的神奇世界，里面储存着自然的清新秘密，像一个缩微了的童话奇境，其间包含了我对生命的全部爱意。 但由于水中投放了太多消毒制剂，蝌蚪每次都会迅速死去，只有水草安然无恙。 后来学会了把水放养一周，让化学物挥发后再用，似乎也没有太多的作用。 脆弱的生命仍然无法承受这巨大的毒性。 奇怪的是，我却饮着这种毒水茁壮成长，浑身是毒，结实得像头小猪。

我还一度迷恋上了养蚕。 可爱的白色软体动物蚕食着桑叶，散发出浓烈而古怪的气味。 我喜欢把它放在手里。 那些缓慢蠕动的小足挠着我掌心，犹如一片窃窃私语。 由于养蚕风气炽烈，桑叶发生严重匮乏。 为了填饱这些宝贝的肚子，我用糖果去交换有关桑叶的情报，然后走很远的路去寻找一棵尚未被洗劫的树。

不久蚕开始吐丝。 这是它们一生中最庄严美丽的时刻。 我废寝忘食地看着，像观看一幕辉煌的戏剧。 柔软的生物实施着自我禁锢，它们在编织一种洁白而残忍的希望。 一切都显得如此从容，洋溢着我所能理解的那种诗意。 我的鞋盒里逐渐塞满了椭圆形的茧子。 数天以后，一些肥硕的蛾子从茧子里诞生了，它们拍打着翅膀在原地打转，却无法飞翔，像一堆残废了的零件。 这个戏剧性的转变使我感到绝望。 我耐心等待它们的灵魂飞进天堂，然后把它们丑陋的尸体连纸盒一起扔进垃圾箱里。

在热爱一些生物的同时，我们也仇恨另一些生物。 养殖和虐杀是童年那枚硬币的两面。 那些月黑风高的时刻，城市野猫开始发出集体性嗥叫，凄长而哀怨的叫声犹如婴儿的啼哭，或者是邪恶之歌的合唱。 它越过门窗长驱直入，偷袭着每个儿童的耳朵。 一场人猫大战最终变得无可避免。 同学阿三的弟弟阿四头被一只野猫咬了。 他用弹弓打瞎了猫的右眼，猫便嗥叫一声扑了上去，死死咬住了那个弹弓手的脸，像一个疯狂的亲吻，尖利的牙齿深深插入了他的腮帮。 这个倒霉蛋不久就因狂犬病丢了小命。

阿四头的死点燃了整个弄堂的怒气。 小孩们成立了一个叫作"敌敌畏"的组织，几乎所有的少年都加入了追逐和屠杀野猫的战争，甚至连一些长得像野猫的家猫也不能幸免，弄堂里到处是猫类的死尸。 许多猫被开肠破肚，死状可怖。 独眼猫四处逃亡，最后还是遭到了逮捕。

阿三亲自执行死刑，他把它悬吊在一棵夹竹桃树上，淋上火油，看着它在挣扎和狂嗥中化成焦炭。 大约有二十多个孩子参加了这个狂欢的仪式。 火团在黑夜里抽搐着燃烧，像被风鞭打的精灵，我可以清晰地目击脂肪在火中融解和蒸发的过程。 独眼猫慢慢不动了，它凝固在一个狰狞的表情上，然后迅速变成黑色的雕塑。 此后的许多天，那具黑色的尸体始终悬挂在树上，犹如一个不可思议的噩梦。

阿三后来为此被送进一个"学习班"关了三个月，原因是他发动的屠猫行动损害了伟大领袖的形象。 他很侥幸。 如果在"文革"初期，他将为此付出生命的代价。 他出来后对我说过，杀猫跟杀人大概没啥两样。 他从此得了个"敌敌畏"的绰号。后来他成了一名陆军军官，1978年阵亡于战场，成了一个慷慨赴死的英雄。

除了屠猫，我们也屠杀从蚂蚁、蜥蜴到老鼠的所有生物。"文革"就是一场全民虐杀游戏，儿童版的虐杀似乎只是它的一种美妙延伸。 在爱恨交织的童年，豢养和谋杀是同样坚实的丰碑。世界因此而蒙上了一层永久的欢乐。 胆战心惊的狂欢把我拖向了无邪的罪恶。 我们就此进行着生命的初级交易。

当剪纸在民间风靡起来的时候，毛泽东头像和高举红旗的士兵成了最夺目的主题。 从事这项工作，必须先到文具店买一种叫作"蜡光纸"的单面彩色上光纸。 借来纸样后，把蜡光纸覆盖在上面，用铅笔平涂成拓片，而后在拓出的印痕上开始雕刻。 由于拓痕模糊不清，刀片太钝，刀法又很拙劣，我从放学干到午夜，却老在最后关头刻断，前功尽弃，最后只能放弃这种过于精细的游戏。

　　"文革"初期的另一流行时尚，就是自制毛泽东像章。 楼下的一个男人，是一家热水瓶厂的厂医，却每天躲在家里给铝质翻模的毛泽东像章毛坯上色，整幢楼房弥漫着化学溶剂"香蕉水"的浓烈气味。 据说是在为工厂里的某派造反队秘制精神武器。这种工艺的神秘性令我肃然起敬，从此我开始无可名状地爱上了这种气味，甚至至今没有改变。

　　后来，在硅酸盐所工作的舅舅送我了一些陶瓷像章白坯和毛泽东头像贴纸。 我喜出望外，以为大显身手的时刻到了。 把贴纸用水浸湿后贴在白坯上，然后揭下上层膜纸，毛泽东头像就可"印"在上面了。 此后的工序就是拿到煤气灶上去烘烤。 但直到把洁白的瓷片烤黄，伟大领袖的头像还是一刮就掉。 当时并不懂须用高温烧制，白费了许多时间。 这一实验再度证实了我的弱智。 我还试图用药铺里买来的熟石膏翻制伟大领袖的头部侧面浮雕，也都以失败告终。 但无论如何，在偶像制造史上，这双长满冻疮的小手，书写过了平凡而伟大的一页。

　　后来，科学变得越来越时髦。 按照书上的知识，我买一个纸质的线圈和一个粗大的蜡质电容器，指望从耳机里听到电台的播音。 但我从来没有成功过，我的矿石机只有沙沙的噪音。 邻居小孩骗我说那就是太空的信号，我起初真的感到无限神秘，时间久了才明白，那不过是个声音的骗局，被胡乱缠绕在一堆紫红色的细铜丝上。

　　不久，半导体出现了，我又开始买晶体管来安装单管机，后来又逐级升到四管机。 牛庄路跳蚤市场和襄阳路旧货商店里到处晃动着科技群众的身影。 那时，几乎每个男孩都购置了电烙铁，家家弥漫着焊锡与松香的混合气味。 我的那个黑白镶嵌的塑料壳子里更换了多次等级，但依然品质恶劣，只能收听一个电台。 除了本地国家播音员的声色俱厉的社论，就是样板戏的高亢歌唱。 最后在被不慎摔了一次之后，它就永久地沉默了。 后来从太原路搬家，我毫不怜惜地把它扔进垃圾箱，像扔掉一个可耻的记忆。

但许多人成功地成为半导体群众运动的高手。 我的一个同学做了一台七管机，居然可以收听短波。 这个伟大的科技奇迹曾经令我们激动得浑身发抖。 世界一不留神，向我们开启了一道秘门。 我们开始集体偷听"敌台"，冒着巨大的危险。 美国之音、莫斯科广播电台、澳大利亚国家广播电台和台湾电台，是我们光顾最多的地点。

我们把门窗紧闭，拉上简陋的窗帘，神色紧张地从太空的杂音中辨认那些来自外界的只言片语。 台湾电台最为奇怪，每一次都在新闻后进行特工寻呼，说着古怪的联络暗语，它们是一些四个一组的数字，令我们的窃听行为变得更加可怖，仿佛那些指令就是对准我们中的某个人发出的一样。 我们有时也会互相猜疑和打量，看周围有谁长得更像那个被呼叫的特务。

这场战战兢兢的窃听运动遍及了整个中国，成为半导体群众运动的最富戏剧性的后果，它是那个时代下最初的自我解冻游戏。 但许多人为此付出了可怕的代价。 一个我们附近的"偷听小组"遭到检举，五个人全部进了监狱，其中最小的只有十二岁。 而为首也只有十六岁，却被判了一个"死缓"，最后死在江苏劳改营里。 他那个容貌秀丽，令所有男生都垂涎三尺的小姐姐，后来嫁给了一个警察，据说是为了复仇。 有一天警察得急病死了，我们大家都坚信那是个美丽的阴谋。 我们至今都守口如瓶。

"文革"后期我进入中学，在科学上终于有了点细小的进步。我加入学校的天文学小组，开始投身于天文学研究。 我的老师是这方面的天才，他每个周末给我们上课，讲解天文学历史，从赤道到黄道，从托勒密体系到哥白尼体系，从天体物理学到地球物理学。 我总是被他所描述的世界弄得心潮澎湃。 银河与恒星散发出的魔法力量征服了我，使纯真的灵魂听到了上天的召唤。

我们每周轮流值班，爬上大楼顶部，用一架1935年的德制天文望远镜观测月球和流星，并在记录表上写下结果。 宇宙的美丽令我心驰神往。 暑假里的那些夏夜，天体呈现着神秘的阔大景象，它在头顶上缓慢旋转，星光灿烂。 一个圆号在远处什么地方柔和而悠扬地吹响，仿佛是一种奇妙的天籁。 流星掉下来时，我一直渴望接住它，就像接住透明的雨滴。

我掌握着通往大楼顶部的铁门钥匙。 这是一个隐秘的私人国度。 在中学时代，上顶楼看天成了最开心的日子。 天体美学启蒙了我的精神，我阅读康德与恩格斯的著作，被那些美妙的天体结构弄得心旷神怡，指望能从望远镜里看见宇宙生生死死的脉动，它超越了国家提供的精神边界，展示出宇宙法则的细小一角。 微弱的光线越过透镜，抵达了宇宙的内部。 我感到我的灵魂已经被悬挂在那里的某棵树上，像一件印满了星辰的布衫。

我们有时也把望远镜放低，去偷窥远处人家的窗口。 光学透镜的原理改变了观察人生的方式。 我们看到的是一些被倒置的图像：一个女人穿着睡衣颠倒着在房间里行走，昏黄的灯光勾勒出了模糊不清的身影。 我被一种青春期的想象逼得脸上发烧，心脏狂跳，仿佛看见了最激动人心的场面，而其实我什么也没有看见。 但有一次我终于看见了件奇怪的事情，一个男人从汾阳路口五层楼的公寓上爬出窗口。 他站在上面很久，好像一直在犹豫。 最后他掉了下去。 远处的大街上很快响起了警车的声音。 一个人在我的镜头里活生生死去。 城市戏剧拉上了悲惨的一幕。

经过一场乱糟糟的中学毕业典礼，我结束了我的童年，就像结束一个灿烂的噩梦。 我进了一家工厂的技校，在那里学习钳工的技能，成为工人阶级的一员。 就在那里，一年后，大街上传

来了毛泽东逝世的哀乐。 在阳光底下，有人在号啕大哭，有人则在静观。 人民表情复杂地眺望着未来。 我知道，一个喧嚣的时代正在动身离去。

吃喝的自白

关于吃喝，我又能说些什么呢？ 在童年时代，这个问题曾经如此深切地困扰着我发育不全的心智。 在迎接大跃进的时代里，我不合时宜地降生了。 1957 年一个冬日的正午，越过凛冽的阳光，我躺在徐家汇附近的一所医院里，因饥饿而哇哇大哭。不知所措的母亲把乳头对准了我的小嘴，而我却吸吮不到任何乳汁。 在生命的黎明，我面对的第一个困境就是食物的匮缺。 这是一个生命的谶言，它宣喻着童年的饥饿主题。

我不知道奶妈的长相。 她乳房的形状和气息超越了我的记忆，成为不可索解的谜团。 母亲曾经向我描述过她的长相：粗壮、矮小、性格阴郁。 她在我九个月大的时候因肺病离去，而我则开始了吃"奶糕"的漫长历程。 那是母乳或牛奶的代用品，混合着牛奶、面粉和葡萄糖和蔗糖等成分。 我在这种糊状物的哺育下茁壮成长。 直到今天我还能记住它的亲切气味，那种浓郁的香气，一直融入了我细小的骨头，仿佛是遥远而隐秘的亲人。十几年后，我在商店里买回这种食物，企图重温周岁时的蜜月，但它的气味却与记忆相距遥远。 这场失败的"怀旧"实验，解构了我对食物的童贞信念。

可以与奶糕媲美的另一种气味来自鱼肝油。 据说它是鲸鱼肝脏的提取物。 母亲用玻璃滴管把这种油性液体滴在我的舌头上。 特殊的气味从舌尖迅速弥漫到齿间和两颊，继而扩散到整个头腔和身躯。 这是美妙而短暂的时刻。 芳香慰抚剂打开了我对于气味的初始记忆。

但我七岁前的食谱是被时代所限定的。 我们全家骨瘦如柴，状如幽灵，靠疙瘩汤度日。 那种食物是令人作呕的，散发着菜叶被过度烹煮后的恶心气味，尽管加入大量味精可以增加食欲，却引发了味精中毒。 每天吃完面疙瘩后，我都要大口喝水，像一头在旱地里打滚的小狗。 在味蕾迅速萎缩的年代，味精是维系我们与食物之间的危险纽带。

在炎热的夏天，我和隔壁邻居的小孩——一对姐弟在家门口共进午餐。 我坐在小板凳上，从小碗里扒着难咽的面团和菜叶，眼里噙着失望的眼泪。 唯一支撑我进食的信念是坐在对面的女孩F，她的秀丽容颜就是佐餐的美味佳肴，也是我熬过那段岁月的最高慰藉。 我们芦柴棒似的小手，紧密地缠在了一起。

盛夏季节里的最高食礼遇，是四分钱一根的赤豆棒冰或者八分钱一根的奶油雪糕。 中午时分，尖锐刺眼的阳光直射在弄堂里，水泥地被烤得无比灼热，反射着刺目的亮光。 没有人在那里走动。 而我的手心里则攥着从母亲那里讨来的四分钱，坐在大门口的小板凳上，期待着卖棒冰老太太的出现。 那一声"光明牌棒冰"的吆喝，犹如伟大的信号，全弄堂的小孩都欢腾起来。 而在正午的短暂狂欢之后，大地重新沉陷于冗长的令人窒息的缄默之中。 所有的人都在渴望着黄昏时刻的到来。 只有蝉在稀疏的梧桐树枝上大声叫着。 它们嘶哑而嘹亮的声音，是关于酷暑的唯一的生命礼赞。

F的外婆是一个面色阴沉的老人，骨瘦如柴，却贪吃成性，我偷偷送了她一个"臭虫"的绰号。 她的儿子媳妇是有点级别的干部，受用着百姓所没有的特供品，但那些珍稀食品最终都化成了"臭虫"的排泄物。 她每天要吃八个鸡蛋，大便臭气熏天，弥漫着整幢楼房。 她的快感就是邻人们的灾难。 她走进公共卫生间时，我们只好放弃玩耍，赶紧逃回家去，把门紧紧关上，企图把臭气拦截在门外，但它还是不可阻挡地溜进了每家每户。 后来"臭虫"因吃得太多，居然在医院里活活撑死了。 我妈那时居然很严肃地教育我说，那是"鸡蛋中毒"，小孩子要是吃多了，也会死掉的。 但我至今都没能从医书上找到这种古怪的疾病。

尽管鸡蛋的"毒性"给我留下了深刻的印象，但对食物的憧憬还是横贯了整个童年，并对我的灵魂产生了不可思议的影响。上小学以后，商店的货架上开始出现那些曾经稀缺的食品。 糕饼渐次复活了，萨琪玛、杏仁酥、油枣，糖糕，这些粗鄙而美妙的食品，像稻菽一样从店铺里生长出来，稀稀拉拉地分布在高不可攀的货架上，向嘴馋的孩子们炫示着一种难以企及的存在。

孩子们的零食是一些更为廉价的物品。 小学生最常见的"波普食物"，是一分钱一包的"盐津枣"，它长得跟小鼻屎似的，混合着和陈皮以及甜、酸、咸的复杂口味，足以满足味蕾发育和口唇早操的需要，更由于颗粒众多，可以应付很长时间。 它是物资匮乏年代里最"耐人寻味"的食物。

大些的女孩，更青睐于三分钱一小包的"桃板"。 它是一种连核一起对剖的桃干，用盐腌制，咸度惊人。 一个桃板通常能在嘴里含上整整一天。 刚搁进嘴里时，你会觉得掉进了盐缸，但随着盐分的溶解和消散，甜酸气味开始缓慢涌现，与口水一起充盈着舌尖和两腮，幸福感在桃板与齿颊的缝隙间悄然生长。 有零花钱的孩子，还会用话梅、加应子、橄榄和西瓜子来慰问自己饥渴的胃口。 每天下课之后，女孩的课桌箱里总是一片狼藉，到处是深褐色的果核，犹如新生代被子植物的残骸。 轮到我做卫生值日时，我必须费劲地清除这些女孩嘴里吐出来的秽物。 从此我鄙视所有好吃零食的女孩。

大多数男孩拒绝这种零食，因为它们是男人尊严的死敌。母亲从来不给我零花钱，我即便嘴馋，也没有消受这些美食的福分。 在小学期间，男孩们的最高"食物"就是香烟，它成为反叛和标榜成熟的记号。 我厌恶香烟燃烧后的气息，却迷恋烟草的浓烈香气。 我收集了各种牌子的香烟壳，从"熊猫"、"红双喜"、"大前门"、"飞马"到"光荣"和"劳动"，被残留在里面的烟丝所迷恋。 它们被我夹在用过的教科书里，堆叠在书桌上，仿佛是一个细小的纪念碑，渗透着我被压扁了的叛逆信念。

父亲远在浦东工作，只能每周回家一次。 星期六的黄昏是个美妙的节日。 我趴在窗口上，远眺着父亲的身影，然后飞也似的滚下楼去迎接他的手提包。 每次父亲都会取出搪瓷杯，里面是期待已久的四个锅贴，有时则是两个热气腾腾的重油豆干菜包。 童年的美食节就此降临在我的生命里，向我打开世界美妙的大门。 我小心翼翼地咬开锅贴的表皮，用舌尖轻舔着香气四溢的肉馅，周身的毛孔都舒张开了。 这真是一个令人心醉的时刻，我的感官瘫痪在了粗粝的食物面前。 食物成了我和父亲之间伟大友谊的纽带。

不久父亲因慢性肝炎而病休在家。 为了治疗，他开始了凶猛的进补，而我则在一边助吃。 他的冰糖炖蹄膀，成了我最喜爱的点心。 有一次，母亲不知从哪里搞来一只燕窝，为剔除混杂在胶状物里的羽毛，我和父亲分别用拔毛钳清理了整整两天，我至今都能记住它半透明的果冻似的形态。 还有一次，母亲搞来了一副不知什么动物的睾丸，烧熟后呈现为酱红色，父亲把它切成薄片，坐在餐桌前慢慢嚼着，表情似乎有些尴尬，而我在一边观看，发出大惊小怪的声音。 这是短暂而富足的时光，但它仅仅延续了三年之久，就被"文革"的烈焰所焚毁。

　　食物匮乏的年代重新返回了大地，变得更加悲苦起来。 全国进入军事化管理，一切都需要限制性配给。 古怪的票证出现了，从糖、猪肉、食用油、豆制品到肥皂和草纸，所有日常食物和用品都被打上定量供应的标签。 虽然粮食并不缺乏，但却都是发霉变质的陈米，淘洗时，水会因米里的大量霉菌而被染成绿色。 每户一个月只有一斤猪肉和半斤豆油，必须极其俭省地加以规划。 家庭主妇的智慧被紧急动员起来。 她们要从十分有限的资源中，尽可能地榨取生活的乐趣。

　　1971 年，因中苏边界冲突升级，战争似乎已经迫在眉睫。父母开始紧急战备囤积，用积攒的票证采购了许多砂糖、盐、肥皂、草纸和火柴。 这些东西后来却成了巨大的累赘。 我们费了好长时间才把它们用完。 那些白糖（俗称"绵白糖"）被分别盛放在几个大砂锅里，最后都长出了黑色细长的虫子，噩梦般爬行在黑暗的壁橱里，仿佛是来自地狱的使者。

　　由于当时禁止农民私自养鸡和贩卖，吃鸡成了一种罕见的奢侈。 有一次，父亲的农学院朋友，从单位里搞来一只巴基斯坦种的公鸡。 我们全家沉浸于节日式的欢愉之中。 父亲亲自动手杀鸡和烹饪"客家葱油鸡"。 他把鸡切成小块，烧熟后再改为慢火炖煮，用葱油不断浇淋，让葱香透入鸡肉的深处。 我从未品尝过如此鲜美的菜肴，连续好多天都在回味它的奇妙滋味。 从此我坚持认为鸡是世界上最高贵的食物。 在整个"文革"期间，这是我家唯一的盛宴，它怒放在清教主义革命的现场，犹如来自天堂的赏赐。

　　春节购物成了一年中最为艰辛的工作。 在大年夜的前夕，人们必须长时间排队才能买到一点可怜的食物。 1977 年，厂里的同事 Y 特地放弃了自家的需要，陪我一起在嘉善路菜场通宵排队。 由于肉摊和鱼摊过于混乱拥挤，我们只能指望从限量供应的"盆菜"摊那里获取资源。 盆菜的供应方法是每个排队者一份，多一个人，就意味着你能多得一份稀缺的食物。

为了防止插队，纠察用粉笔在每个人的胳臂上都写了编号。昏黄的路灯照亮了黑压压的人群，他们像蓝灰色的蠕虫一样，在黑夜里绵延到几里地外，场面壮观，犹如一场盛大的群众集会。有人在打架，有人在高声叫骂，有人在起哄，也有人在静观。我和伙伴在刺骨的寒风里瑟缩，尽量挤作一团，靠彼此的体温和无聊的笑话取暖。我的长满冻疮的手上，紧紧抓着一只破旧的竹篮。它是菜市场抢购者的身份标志。

在阴冷的第二天早晨，我们买了一大堆所谓"鱼丸"和"肉丸"胜利而归。但这些丸子的主要成分，不过是些劣质的淀粉组合物而已。这年春节，我们全家一直都在吃这种可笑的面团，以致许多年后我看见鱼丸和肉丸，都会产生呕吐的感觉。

在食物匮乏的冬天，为食物翻脸和打架是家常便饭。女孩子为了多吃多占，彼此结下深仇大恨，甚至终生不再说话；而男孩则为了香烟和吃零食的女人发生分裂，打得头破血流。初一的时候，我家附近发生的一场最凶狠的斗殴，就是因食物而起。一个女孩偷了另一个女孩的食物，被窃者叫来了她的男友，扇了女小偷两个耳光。女小偷哭着逃开去，并且誓言要报仇雪恨。中午放学时，打人的男孩在校门口遇到了七八个外校的流氓，被当场打断了三根肋骨。他伤势痊愈了之后，又招来了更多的少年打手展开反报复。他们在女孩家附近的弄堂里伏击她，把她的衣服扒光，施行轮奸，然后割下她的耳朵扬长而去。这是我记忆中最凶残的一次斗殴。食物变成了令人胆寒的凶器，滑行在生命的链锁上。

食物政治学就这样支配了人们的仇恨和友情。那时的女生拉帮结派，主要的拉拢手段就是食物。一枚话梅就能换来一个全新的盟友，她们勾肩搭背，如胶似漆，互相好得能穿一条裤衩，但转眼间就会为了另外一粒话梅糖而背叛先前的伙伴。这种零食至上主义的生活立场，构成了女生社会的古怪秩序。 男生之间从不那样。 他们鄙视这种小娘儿们的行径，但男生讨好女生的方式，却并未跃出食物政治学的范围。

食物是偷情者彼此点燃对方的火柴。 我曾经从家里偷了半斤大白兔奶糖给一个心爱的女孩，并且骗我妈说是老鼠吃的。 这个拙劣的谎言被母亲当场识破。 我为此还挨了一顿打。 但我还是感到了生命中最脆弱的甜蜜。 女孩回赠给我的，是一副用旧毛线编织的无指手套，上面有一些深蓝和杏黄色相间的波纹，散发出若有若无的香气。 我戴着它度过了那些寒冷的冬天。 几年后，我把其中的一只丢在了公共汽车上，而另一只则被我收藏起来，像藏起一个爱的秘密标记。 但后来，在一个突如其来的深秋，它从我的抽屉里神秘消失了，仿佛被风吹走了似的。

父亲去世后，母亲与我相依为命起来。 我们形影相吊地行走在"文革"晚期的黑夜里。 她提前退休，而我则在一家照相机厂里当了钳工。 我们生活小康，无所欲求。 母亲有时会带我去附近的乔家栅点心店，吃两毛五分钱一碗的鲜肉馄饨，半透明的面皮下面，暗褐色的猪肉馅隐约可见，面汤里漂浮着葱粒、紫菜和蛋皮。 店堂里空空如也，没有什么顾客在这种高档食店里流连。 而我们却在那里悠闲地小坐，望着大玻璃窗外的襄阳路风景，心情庄严得像个贵族。

"文革"结束后，国家食谱开始发生微妙的变化。 我和密友"大头"经常出没于上海音乐厅，聆听交响乐团的演出，然后再步行到淮海路上的一家饭店，叫上一客"两面黄"（一种在油里煎过的面条，上面浇淋着被切碎的肉丁、青豆、胡萝卜和黄瓜粒）和一份糖醋黄鱼，幸福地大啖起来。 这是我在"七十年代"所能吃到的最奢侈的夜宵。

有时，我们也去位于淮海西路的上海牛奶公司门市部（俗称"牛奶棚"）去吃两毛钱一杯的"掼奶油"，那是牛奶和奶油经过高速搅拌后的混合物。 在那些初秋的黄昏，在茂密的梧桐树下，在那座简陋的建筑物里，"资产阶级奶香"飘散于清凉的空气之中，仿佛有一种细腻柔软的爱在静静地融化，慰抚着我们如饥似渴的肠胃。 在那个美妙的时刻，好像所有的顾客都感到了某种叫作希望的事物，他们的眼神里露出了暧昧的笑意。

祭坛上的童年

盲人们,摸着他们的眼皮,叫喊说这就是历史。

——加缪《反叛者》

1963 年初秋,我以优异的测试成绩进了一所有名的小学念书。尽管班主任总是抱怨我屁股上有钉子,喜欢在座位上扭来扭去,跟身边的同学"讲闲话",但我仍然是班里成绩最好的学生。我总是抢先响应老师的提问,第一个说出他们期待的答案。我的捣蛋和我的成绩构成了正比关系。这使老处女的班主任深感困惑。

直到小学二年级,我才对这种自我分裂的情景有所察觉。我要在思想品德上来一次彻底的翻身。为了显示学习雷锋的决心,我决计狠狠做它一次"好人好事"。那是"六一"儿童节的日子,母亲很早就按约定把我叫醒。我跑到学校的教室里扫地,又用自己带去的抹布擦桌子椅子,搞了一个多小时,弄得浑身臭汗,然后在同学进教室前悄悄溜走,躲到低年级的厕所里假装出恭,一直蹲得两脚发麻,以免让任何熟人瞧见。这场笨拙的道德练习，看起来就像是一次可笑的偷窃行为。

第一堂课是新班主任的政治课，老师开始用戏剧性的语调表扬一位学雷锋的"无名英雄"："他今天早上悄悄地做了好事，把我们的班级打扫得干干净净，让我们有一个良好的学习环境，这个同学现在一定就悄悄地坐在我们中间，可是他一点都没有说出自己的名字。他的优良品质，值得我们大家好好学习……"

我瘫痪在自己的座椅上，两眼含泪，周身溶解在圣洁的狂欢之中，仿佛全世界都在仔细地注视和倾听。这是从未有过的崇高时刻，一种乌托邦式的情感，淹没了我幼小的灵魂。我是后宰门式的儿童，早熟和幼稚的混合体，犹如诡异的鲜花，盛开在神秘而庄严的祭坛上。

但这场危险的道德实践随后就成了历史。1966年，"史无前例的无产阶级文化大革命"开始了，我们的顽童本性获得了解放。只是由于过于年幼，我们被抛弃在运动的边缘。我和这场革命的唯一联系，就是为它跳过几场舞蹈。那时所有学校都"停课闹革命"了，我所在的小学，成立了毛泽东思想文艺宣传小分队，并且由于演出水准不错，有幸成为"上海幼小教造反总队司令部"的直属宣传队，奉命在各企业和学校的造反大会上演出，而得到的唯一的犒赏，就是美味的肉包子和榨菜蛋花汤。

我和另两个小男孩头戴白毛巾，鼻插假胡须，扮演热爱毛泽东的老农，在新疆风格的音乐里一步三晃，笑容可掬。由于身体肥胖，我跳得非常笨拙，但这却是我被老师选中的原因。我是那种可爱的丑角，一出场，观众便开始吃吃发笑。在2006年的元旦之夜，越过四十年的漫长岁月，我在书桌前回望时间的开端，看见一个天真无邪的小胖孩，与无数成人一道，为酷烈的红色革命，幸福地勾勒着喜剧性的花边。

但正是在这样的喜剧表演里隐含着无限的杀机。派系斗争时常会危及我们的生命。有一次我们在郊外的焦化厂演出，台下两个派别突然激烈开打起来，有人当场被飞舞的铁棍打死，鲜血和脑浆一直溅到了台上。 人们惊叫着四散而逃，而我们则吓得赶紧从台上溜走，由两个好心的工人带着，沿水渠逃出了暴乱的厂区。 我们在路上拦车，面容失色地回到了上海。

我们为这场演出付出了惨重的代价。 宣传队的一个十一岁小歌手，不幸死在武斗的混乱现场。 她是一个面容俏丽的女孩，却酷爱风格坚硬的军装。 当她浑身包裹在粗陋的制服里时，俨然一个袖珍型号的女兵。 这身装束就是她被造反派误伤的原因。 她是宣传队里最照顾我的姐姐。 每次上车，她都给我留个位置，然后冲着我大喊：这里这里！ 她的笑靥就是我的安慰。

我用她清亮的歌声，编织过关于音乐的初级梦想。 但她的小身子竟然在革命者的暴力下破裂了，犹如一株被无情践踏和揉碎的植物。 她是我记忆中最温柔完美的形象。 我和其他几个小伙伴一起，抱头大哭了一场，痛悼神仙姐姐的夭折。 她的母亲也是个美丽的女人，她神色苍白地来到学校，又掩着脸绝望地离开。 从此，她和她的一切都从我的生命里消失了。

但死亡却因此变得离我们很近，仿佛就悬挂在自己的前额上。 宣传队被下令解散了，我回到家里，变得无所事事。 在那个年月里，街上很少有我这样的胖孩。 夏天出门去，老是遭到围观，甚至被人摸着胳臂说："这个小人真好白相"（这个小孩真好玩）。 害得我不敢穿短袖衣服出门。 父亲见我万般苦恼，就说还是练拳去吧，练练拳，你就会瘦的。 他把我带到附近的一所公园，见了一位姓何的少林师傅，请他收我为徒。 从此我开始了练拳的江湖生涯。

与酷烈的文革景象截然不同的是，公园是安详而和谐的天堂。 逃避"运动"的人们在这里找到了临时的栖所。 到处是练拳的人群，还有带孩子在草地上散步的端庄女人。 我在这里压腿、拉韧带，练习十二路弹腿、小黑虎拳和陈式太极拳。 我还有一大堆师哥师弟，个个肌肉发达，拳脚坚实。 而我只是混杂其中的一支滥竽，成天摆着虚浮的花架子，不肯下功夫苦练，只是每天去公园玩耍，看阳光、浮云、苍狗、拳民、幼童、老妪和变幻的大千世界。

在宁馨的黄昏，公园里人渐稀少。 夕阳斜射在东正教教堂的天蓝色圆顶上，似乎要关闭一个正在凋谢的童话。 有个老翁兀自站着，面朝树丛，神色庄严，仿佛陷入了沉思。 他的影子被拽得很长，一头在他脚下，另一头悄然爬上了我的脚面，而他的孤寂像水流一样注入我的身体。 也许正是从那个时刻开始，我转型成了一个感伤少年，很容易被黄昏的光线所伤害。

以后学校开始恢复秩序，我们重回课堂，以一种古怪的方式接受新体制的规训。 每天早晨，我们迎着凄厉的寒风，在《东方红》的乐声里观看升旗仪式，然后是第 N 套广播体操。 那些稚嫩的身躯，瑟缩在过于宽大的粗布衣服里，宛如一些营养不良的豆芽。 操后，我们排队走回教室，先由班长大人高喊"全体起立"，班长领词叫道："敬祝伟大领袖毛主席——"，全体跟着叫道——"万寿无疆！ 万寿无疆！"，班长大人又喊："敬祝林副主席——"，大伙又跟着高声狂喊——"身体健康，永远健康！"之后，开始集体背诵"老三篇"，从《为人民服务》、《纪念白求恩》，一直到最枯燥乏味的《反对自由主义》。 每天里最无聊的时刻降临了，我们高声吟诵，像和尚念经一般，蓄意发出古怪的拖腔，借此改造着无聊的仪式，令它散发出油滑可笑的气味。

在教室正面的黑板上方的中央，贴着毛泽东画像。 在画像的两边，分别贴着他老人家为我们书写的座右铭："好好学习，天天向上。"每个字都闪烁着金色的光芒，照亮了我们卑微的居心叵测的灵魂。

语文老师，一个脸蛋滚圆的高大女人，正用她的上海普通话念着课文——"王杰叔叔奋不顾身地推开了战友，扑在炸药包上……"，她表情生动的讲解，低回在顽童们发出的纷乱噪音之中。 这通常是课堂偷袭战的时刻。 各种粉笔头、纸团和话梅核开始在教室里四处横飞。 被打痛的男孩子开始怒骂，女孩则在一旁嬉笑。 老师在讲台上用力拍着教鞭，气得满脸通红。 课堂的气氛顿时变得活跃起来。

1968 年的冬天，我们就这样子在教室里上课，忽然听见操场里的学生大叫大嚷起来。 我们把脑袋伸到窗外，看见东边天空上出现了巨大而阴险的烟柱。 所有的孩子都涌出校门去看热闹。 我们沿着永嘉路向东狂奔，最后在陕西南路口看见了火源。它燃烧在"文化广场"的庞大建筑里。

巨大的火焰从墙垣里喷射出来，发出地狱般的酷热。 我感到整个身子变得灼热起来，仿佛与那座可容纳上万人的建筑物一同燃烧起来。 随着火焰的走势，看热闹的人群不时发出惊呼，狼狈地向后逃开，随后又涌回原先的地点，远远看去，仿佛是一些随着火焰舞蹈的波浪。 有人跌倒了，又被其他人踩伤，发出尖利的惨叫，现场变得更加混乱。

我们中没有人加入救火行动。 面对巨大的火势，甚至消防队的水龙头也只能是杯水车薪。 黑色的烟柱不断上升，伞一般在城市上空徐徐展开，遮蔽了衰弱的冬日。 到了傍晚时分，上海最大的建筑物在烈焰中慢动作崩塌，化为悲壮的废墟。 几根残剩的发黑钢架，像胳膊一样固执地指向天空，似乎在向人们诉说一宗隐秘的罪行。 但人们用隔离墙挡住了那些残骸，企图遮蔽这个可耻的景观。 方圆十几里的地面上，到处散布着从烟柱中跌落的黑色炭灰，好些天都难以清除，犹如一些细小生命的尸骸，为那场革命做了噩梦般的诠释。

第二天回到学校后，前去看热闹的学生都被要求做书面检查，因为我们没有奋勇参加救火行动。 我很真诚地招认了自己的怯弱，并且发誓要向英雄黄继光和邱少云叔叔学习，在下一场火灾里改邪归正，争当一个自我献身的少年英雄。 在那个年代，这种集体内省活动有一个古怪的名称，叫作"斗私批修"，它严厉地要求孩童进行精神自虐。 我们是天生有罪的生灵，只有借助自我批判和彼此揭发，沾满资产阶级尘土的灵魂，才能获得被救赎的契机。

但就像所有的灾祸那样，在这场空前的火难里，涌现出了大批"英雄人物"，足以让我们这些胆小鬼羞愧到死。 其中最著名的一位，恰好是我小伙伴 Z 的三哥。 他的照片和因救火而英勇牺牲的事迹，被显著地张贴在《解放日报》和《文汇报》上，成了所有红色少年的伟大样板。

Z 是个心地善良的孩子，比我小三四岁，长着一对黄黄的大板牙，小脸上永远挂着无忧无虑的鼻涕和笑容，他喜欢跟我这样的"大人"玩，成了我最忠实的"跟班"。 三哥的死并没有影响他的玩性。 火难发生的第二天，他就跑来跟我玩，好像啥事都没有发生过。 他有三个哥哥，四个姐姐。 他并不在乎少了一个。

但对于 Z 来说，这其实是他家庭失去的第三个成员了。 他的父亲因反革命罪，在 1965 那年被枪毙。 他母亲是中学教师，颧骨高耸，面容丑陋，却有着惊人的生育能力，差一点就成了"英雄母亲"，但在"文革"的高潮里，她却因参加过"三青团"而沦为批斗的靶子。 除了白天在学校里挨整，回家后还要接受全体亲生孩子的严厉批判。

Z 的大姐是红卫兵组织的领袖。 我至今还能依稀记得她的形象——一个身穿军装，腰扎武装皮带的高颧骨女人。 也许因为出身不好，她看起来比任何人都更为激进，并在虐母方面显示出惊人的原创性。 每天晚上，她都要率领众弟妹围攻母亲，逼迫她在家门口下跪，反省和忏悔自己的罪恶。 她在子女们的"打倒"口号声里沉默，偶尔也作小声地自我辩解，甚至发出低低的哀求。 但没有得到任何响应。 这样一直折腾到午夜，她才被准许起身进屋睡觉。 今天看来，这显然是蓄意导演的闹剧，它旨在向外人宣告：她已经与反革命老妈划清了政治界线。

数天后的一个上午，人们发现了 Z 母的尸体。 她乘孩子夜半熟睡之机，缢死在自家的厨房里。 在死亡的前夕，她甚至烧掉了所有的银行存单和剩下的少量现金。 让那些忘恩负义的小瘪三们饿死吧！ 我猜想，她一定带着这最后的诅咒，大步逃离了地狱般的家园

现在，基于那场意外的大火，一个新的道德英雄终于从反动家庭里脱颖而出了。 这是最富于戏剧性的事件，它的非凡意义，超越了寻常的政治逻辑。 大家很乐意接管这个家庭的生活开支。 他们没有成为沿街乞讨的孤儿，而是以"可教育好的子女"的面目，成为"文革"中最幸运的家庭之一。 但大姐完全可以从世人的眼神里读出内在的鄙视。 她对此的迷惘和恐惧是我们无法觉察的。 几个月后，知识青年"上山下乡"运动爆发，她热烈响应了伟大领袖的号召，向祖国最遥远的边陲进发，从此变得杳无音讯，犹如一朵熄灭在夜空上的焰火。

她的逃亡在家里形成了短暂的权力真空，但不久后，Z 的二哥就接过了大姐的革命传统，继续践踏着母亲的政治遗体前行，并因此成为新一代的思想标兵，先是被提升为上海市红卫兵组织的领导人，继而成某工业局的革委会副主任。 只有那个最年幼的小弟，继续跟我一起玩耍，下棋、习拳和看小人书，对这些热烈的家庭事变置若罔闻。

整个小学时代最激动人心的事件，是我一度被老师选中，参加在虹桥机场欢迎西哈努克亲王的仪式。 这是一项无比荣耀的使命。 我确信被选中者都是学校的精英分子，代表着革命的未来。 我们每天穿着白衬衫和蓝裤子，在酷热的阳光下操练，学习立正、稍息、向左看齐、齐步走，向后转……我甚至要求母亲为我买一双白色球鞋，每天用清水轻轻拭去尘土，保持它的洁白，

以便更好地向神圣的团队靠拢。 这是身体和思想的双重操练。我的皮肤被晒得黝黑，而灵魂却在剧烈地变红。

但这场艰苦操练的结局却出乎意料。 两个指导老师之间发生了权力斗争，作为失败者的一方，我被无情地淘汰出局。 这是我童年时代遭受的最大的心灵创伤。 老师在大会上宣布参加欢迎仪式的正式名单，却没有我的名字。 我向校革委会主任申诉，他晒笑着推开我，好像在推开一件愚蠢的物体。 就在那个时刻，正义在我面前崩塌了，带走了我对理想的最热切的企望。 我无限痛苦地懂得，即使在最明亮的正午，我们都无法规避丑陋的阴影。

是的，在1970年的秋天，我被一架掌控灵魂的机器推开了，成了真正的精神弃儿，流浪在我自己的家园。 我脱下了制服，并且再也没有穿过那双白色的球鞋。 就在2006年元旦，当我在书桌前凝视童年的命运时，我才真正懂得，正是那次意外的打击拯救了我。 我看见，十三岁的盲人在那个时刻死掉，又在那个时刻获得了秘密的重生。

1967 年的鸡血传奇

广泛的政治死亡引发出对生命的酷爱。 民间养生运动的火焰，竟然在 1967 年就已被点燃。 那是"文革"最酷烈的时期，国家权力机器全面瘫痪，广场革命席卷整个中国。 一些人在自杀的道路上狂奔，而另一些人却在探寻永生的秘密。 解放军是养生运动的先锋。 军队医生发明或推广了各种疗法，从针刺麻醉到鸡血疗法。"老军医"介入了人民的日常生活，为他们殚精竭虑，寻求健康长生的道路。 他们的事迹开始越出神秘的兵营，成为引导民众生活的伟大指南。

关于鸡血疗法的起源，有着截然不同的传闻，而父亲是从街上一毛五分钱的油印小册子里得到灵感的。 该手册宣称，鸡血疗法是某解放军医院的伟大研究成果，它具有治疗高血压、脑中风、胃溃疡、感冒咳嗽、支气管炎、妇科病、牛皮癣、脚气、脱肛、痔疮和阳痿等的神奇疗效。

父亲长期受慢性肝炎困扰，对这些神秘偏方，表现出无限浓厚的兴趣。 他从学校附近的农民手里，买下一只长相漂亮的小公鸡，并且亲自动手，从鸡翅根部抽出鲜血，打算注射到自己的胳膊上。 但鸡的奋力挣扎打破了父亲的阴谋。 玻璃针筒跌成碎片，到处是狼藉的鸡血，看起来有些惊心动魄，而鸡仍在地上顽强地扑腾，发出尖利的叫声。 虽然鸡血疗法失败了，但传统的鸡肉疗法依然有效，于是那只反抗的小公鸡，成了桌上的美味佳肴。 进餐的时候，我甚至还能感觉到小翅膀的颤动，仿佛是一次最后的呼救。 但它最终只是轻轻地抚慰了我的肠胃而已。

自我注射失败之后，父亲就放弃了这个冒险的实验，但民众的热情此刻已经变得不可遏止。 我们家附近地段医院的注射室门口，开始排起长蛇般的队伍。 人人提着装鸡的篮子或网兜，等待护士小姐出手，一边交流打鸡血的经验与传闻，地上到处遗留着肮脏的鸡毛和鸡屎，此外就是鸡的尖声惊叫。 它们的恐惧像瘟疫一样传染给了整个时代。

然而，鸡血不仅是养生的圣药，而且给疯狂的种族注入了诡异的激素。 民众的血崇拜来自嗜血的文化天性。 在某种意义上，鸡血无非是人血的某种代用品而已。 自从鸡血疗法盛行之后，全中国人民就跟打了鸡血似的，变得无限亢奋起来。 革命的热血奔涌在身上，而革命的烈火则燃烧在祖国的大地上。 从1967 年到1968 年，打鸡血盛行的时间，据说维持了十个月之久，与"文革"最疯狂的时刻完全暗合。 它跟造反狂热之间的神秘呼应，至今仍是一个难以索解的悬谜。

但随后就有大量的传单在街上飞行，上面说鸡血免疫疗法弊端很多，有不少人甚至因此中毒身亡，等等。 各种消息有名有姓，说得跟真的似的。 这种传闻后来越来越多，像野草一样疯长，恫吓着嗜血的民众。 最终，那些小公鸡的性命得以延缓，鸡血疗法的热潮迅速平息，但它却打开了民众养生的强大欲望。 各种新的疗法蜂拥而至，成为对一个朝不保夕的年代的奇妙诠释。 一方面是大规模的死亡，一方面却是民众强烈的养生和长寿欲望，这种严重的精神分裂，才是"文革"最真切的图景。

　　比打鸡血风潮稍晚一些，一种更加诡秘的"681卤碱疗法"也开始兴盛起来。油印的传单和小册子上都宣称，它在治疗癌症方面具有神效。许多人卷入了这场新的医学神话，就连许多高级医院，都用这种据说来自某个内蒙水塘的卤碱治病，它的代码之所以叫"681"，也许是因为它被"政治鉴定"的日期，就在1968年的1月。很多年以后我才看到一份研究报告，称"文革"中因政治生态恶化而引发的癌症患者，人数一度达到历史的高点。这是间接性迫害致死的证明。在一个死神横行的时代，"681"是那些挣扎在病痛里的人的脆弱信念。

　　盐卤是底层"卑贱者"所创造的"新生事物"，曾经在民间流传了近千年，其间蕴含着"以毒攻毒"的古老信仰。在样板戏《白毛女》里，在漫漫大雪的黑夜，它是贫苦农民"杨白劳"含愤自杀的毒药，而在"文革"初期却成了拯救众生的圣药。我家隔壁的邻居，一个落魄的格格，面色蜡黄、骨瘦如柴地行走在弄堂里，脚下悄然无声，犹如一个白昼的幽灵。人们都说她得了肺癌。我只记得她总是用枯槁细长的指爪，紧抓着一打黄纸包的中药，像抓着几根救命的稻草。

　　她是街坊中第一个大量服用"681"的病人。她从民间圣药里索取生命的希望，却一直向邻居抱怨这种药弄得肚皮很痛，屎也拉不出来。她在诉说时用手帕抹着眼泪，随后又神色凛然地走开。但一个月后，她却被人裹上白布从家里抬走了。卤碱并未治愈她的肿瘤，反而提前杀死了她，把她变成一具僵硬的尸体。她死后只有几天工夫，北京南下的红卫兵就上门揪斗了，在获悉她已经死掉之后，带队的男生沉吟了片刻，用标准的京腔嘲笑道："妈的，这老娘儿们死得好！"说罢，率众扬长而去。我后来才意识到，她是少数最成功的逃匿者之一。面对普遍的政治迫害运动，及时死亡就是最大的幸福。她无意中超越了自身的噩运由于毒性太大，跟鸡血疗法一样，卤碱疗法的闹剧也迅速销声匿迹，成为历史的过眼云烟。 但随着形势的变化，新的红茶菌疗法开始蔓延全国。 这是所有革命疗法中最具生命力的一种，延续在"文革"后期的严酷岁月里，犹如悬挂在政治枯枝上的一片绿色残叶。 不知道从什么时候开始，这种柔软的物体，居然成为家家户户五斗橱上的主要摆设。 它漂浮在大型玻璃罐里，像海蜇和水母那样缓慢生长，其间蕴含着某种令人不可思议的神秘性。 它的大小和形状，成为邻里间互相炫耀的母题，而它暗红色的浸出液，则很像是被稀释了的血液，令人想起了生命的图腾。在昏黄黯淡的光线里，它法相庄严，散发出宁静而诡异的气息。

我们全家都参与了全民大修炼的仪式，每天要喝那种甜酸味的"丹药"，但我并不喜欢它的味道，那股酸劲儿跟醋完全不同，隐含着某种令人不安的陌生气息。 但父亲却孜孜不倦地喝着，想象这药水会像打点滴那样慢慢注入肝脏，清除着那些卑鄙的微生物。 父亲意志像磐石一样坚硬。 他借此藐视着病毒强加给自己的命运，并且要在这之中找回真正的生活。

但红茶菌的生命有时比人类更加柔弱，它在滋养人类之前，必须首先接受糖分的滋养，并且惧怕有毒的自来水，否则它会悄无声息地死去，把药液弄成了一罐臭水。 我们家的红茶菌宝贝已经为此屡遭不幸了。 我和母亲不得不上邻居家，讨要一小块红茶菌组织，以此作为种子，开始新的培养历程。 在"副食品"配给供应的年代，几乎所有能买到的白糖，都成了制作红茶菌液的材料。

这似乎是一种漫长的期待。 每一次饮用都会激发隐秘的企望——指望父亲的肝病能够就此终结。 但红茶菌没有创造出任何奇迹。 它只是一种自制的饮料，在物质匮乏的年代慰藉着我们日益衰退的味觉。 它是所有"文革"异端疗法中最安全的一种，直到"文革"结束，它才被新的"醋蛋疗法"所代替，恋恋不舍地退出了历史。

但"文革"期间我们家吃得最多的，并不是那些公共流行物，而是有"仙草"称号的野生灵芝，它长着坚硬的冠盖和根茎，俨然是上帝业余制作的小型木雕，拥有流畅的年轮般的线条和纹理，向人们暗示一种超自然的存在。 它们生长在闽西的深山里，被药农采集后私下贩卖给熟人。 每隔一段时间，乡下亲戚就会按父亲信中的要求，收购一批这样的灵芝邮寄到上海，以致我们的供货源源不断，有时也成为馈赠亲友的重礼。 我的任务是用剪刀艰难地把它切碎，然后浸泡在低度的劣质黄酒里，成为父亲和母亲临睡前服用的仙液。 据说它有治疗神经衰弱、高血压和肝炎等无限众多的功效。

父亲跟我讲述过乡下关于灵芝的传说。 它是女人的精魂，同时也是拯救生命的圣药，它出没在山林里，以拯救那些好人的性命。 他说他的祖母，也就是我的曾祖母，曾经在深山里赶路时被一只豹子咬伤，送到家里时已经奄奄一息。 幸亏家里有一枝数百年的灵芝，用它磨碎了敷在伤口上，另一半煎成汤药喝了下去，第三天就基本痊愈了。 这个家族的传说严重鼓舞了我们。但这种数百年的灵芝，其实无处可求，能得到这些大株的野生仙草，已经足以令人宽慰。

我们全家都是"灵芝教"的信徒，生活在这种神秘植物的阴影下长达数年之久。 但在我的记忆里，灵芝并未治愈母亲的失眠症，也没有给父亲的肝疾带来任何好处。 它的暗褐色碎片，漂浮在暗褐色的酒液里，满含嘲讽地眺望着一个渴望健康的家族，却拒绝交出传说里的巫力。 直到父亲去世为止，它都没有向我们显示过任何神迹。 在料理完父亲的丧事之后，我们就废弃了灵芝，把它扔进垃圾桶，就像扔掉一个被粉碎了的神话。

因为从小喜欢游泳，每年6月到11月都在泳池里泡着，我九岁时就耳膜内陷，经常出现严重失聪，而且还患有严重的气管炎和鼻炎。 为了治疗耳聋，我做过耳膜穿刺；为了治疗慢性鼻炎，我打过金针，还吸过好几年鼻烟，差一点弄成个少年瘾君子；为了治疗气管炎，我也做过"文革"流行的"羊肠线疗法"，让医生把羊肠线埋在肚脐下的穴位里，至今还留有淡淡的疤痕，但所有这些疗法都毫无效果。 当我开始发育时，青春痘开始在脸上大规模涌现，而所有的慢性病似乎在一夜间消失得无影无踪。

这种不战而胜的经验是奇异的，它更改了我对世界的基本判断。 我们在各种疗法中茁壮成长，而正是从这些疗法中我们获取了存在的证明。 吃药，就是要探求生命的契机，以劝慰那些朝不保夕的个体。 在这种疯狂的民间药疗中，隐含着政治反讽的信念，它旨在消解人们对于迫害和死亡的恐惧。

奇怪的是，随着"文革"临近尾声和"新时期"的开启，各种"神奇物质"逐渐退出了全民养生浪潮，而那些更加安全、简便甚至无添加物的疗法，开始成为人民选择的主流。 它们包括醋蛋疗法、饮水疗法、甩手疗法和逆行（倒走）疗法，等等。 人民要借此穷尽各种养生的道路。

饮水疗法显然是其中最风靡的一种，因为它把养生的成本降到零的地步。 它仅仅要求参加者每天起床后空腹喝掉三杯凉水，据说能治疗各种消化道和尿路疾病，甚至有预防感冒、中风、减肥和长寿的功效。 而甩手和倒行不仅成本为零，并且没有任何风险，甚至无需频繁上厕所。 跟鸡血、盐卤和红茶菌相比，它们丧失了生命探险的想象力和刺激性，但却更符合大众的平庸口味。

在父亲去世之后不久，母亲也从一所中学的教师职务上退休，开始了甩手和饮用冷水的长征。 她每天清晨大量饮水，然后不停地上卫生间，要么就站在窗前永无止境地甩手，仿佛执意要甩掉身体内部的隐秘的秽物。 她露出了对于疾病的内在焦虑。

而在 20 世纪 70 年代，她摆动胳臂的姿态却成了一个时代的剪影。 在我的记忆里，她退休后的主要行为就是甩手，这个单调的动作从早晨一直延续到晚上。 她的手臂有节律地前后摆动，像一个走时准确的机械钟摆。 时间从她身后悄悄地溜走，而她失神的目光却停留在记忆深处。 她的影子投射于油漆龟裂的墙上，随着光线静谧地移动，与革命的喧嚣图景形成尖锐的对比。 父亲去世之后，母亲更加狂热地甩起手来，她的激情感染了周围的人们。 她们彼此交换心得，为这种简易的体操而欢欣鼓舞。

这个据说由苏格拉底传授给柏拉图的秘密疗法，经过长达两千年的孕育，终于在远东变成了声势浩大的运动。 大批老年男女在清晨的阳光下甩动着手臂，在街角、弄堂口、门洞和树荫里，到处是甩手者的身影，他们表情呆钝，无处不在，像梦魇一样弥漫在城市里。 甩手是一种集体主义的时间体操，并且注定要成为柔软的国家钟摆，诠释着"一万年太久"的激进主义时间表。 而甩手疗法的另外一个作用，就是作为一种初级课程，为日后气功在中国的泛滥开辟了道路。

然而，成人养生游戏对儿童的健康没有任何精神暗示作用。他们照样生病，感冒、发烧、咳嗽，笼罩在流感和肺炎的阴影之下。 在药物匮乏的年代，廉价的四环素和土霉素，成了救世的良药。 它具有广谱的抗菌作用，但它所携带的色素却严重腐蚀了幼童的牙齿，在上亿人中制造出无数颗"四环素牙"来。 这种牙齿在阳光照射下呈现明亮的荧黄色，以后便逐渐变成棕褐色或深灰色。 奇妙的是，正是我们所高声颂扬的阳光，促进了牙齿的这种色相转变。

在四环素泛滥的时代，我已是十几岁的少年。 鉴于它只对六岁以下大量服用者产生作用，我侥幸躲过了它的腐蚀。 我满含妒意地目击着弟妹们的成长，他们比我们更健康，有着更多的食物和玩具可以选择。 时代匆匆掠过他们，给他们留下一个鲜明的记号。 如同电影纪录片镜头所呈示的那样，年轻的人民在阳光灿烂的街道上昂首阔步，露出了幸福的笑颜和一嘴坏牙。

领与袖的红色风情

　　1966 年"文革"爆发时，我只有九岁光景。 父亲时常带我去外滩，看见大字报被糊上了大理石的高墙。 到处是仰头观看的人群。 宣传车上的高音喇叭宣读着战斗檄文，尖锐刺耳的声音，在痛击人们的灵魂。 但我所迷恋的，只是高楼上翩然降落的传单。 这是一项伟大的发明，它利用了民众娱乐的样式，成为点燃革命的导火索。 人们在可笑地争抢那些传单，其中一些纸片落在黄浦江上，仿佛是无数细小的纸船，在波涛上漂浮了片刻，便被浑浊的江水所吞没。

　　我和父亲在高楼下行走，卑微得像两条一大一小的虫子。铅灰色的天空上密布着乌云，人们的表情狂热而不安，他们的焦虑像瘟疫一样四处传染。 而我却在传单的捡拾中，体验到了童年的狂欢。 我积攒这些传单，犹如收集字词的积木。 我向伙伴们炫耀这些花花绿绿的战利品，然后把它们保存起来，直到"文革"结束。

　　革命的雷声还在十多公里外的外滩滚动，但它的炽热气息却已大步逼近。 我们所居住的徐汇区小街，即将被红色风暴所吞没。 西方国家开始了大规模撤侨行动，住在我家对面的几家外国侨民都悄然搬走。 那个环佩叮当，花枝招展的白人老太太，浑身散发着脂粉的香气。 她曾经抚着我的脑袋，把巧克力塞进我贪婪的小手。 现在，她在花园里晾晒衣物的身影也消失了，变得杳无芳踪。

经过最高领袖检阅的北京红卫兵，在《人民日报》社论的煽动下，开始全面南下，推动了全国范围的"破四旧"运动。 他们在大街上拦截那些衣着时髦的人士，当场修剪他们的头发和衣裤，我从未看到过这样的街头暴力，一个被剪了头发的女人在高声叫骂，近乎歇斯底里，红卫兵开始痛殴她，而警察则不知去向。 围观的路人分裂成了两派，一派支持小将的革命行动，而另一派则在抨击红卫兵的粗暴行为。 但资产阶级时尚最终还是遭到了彻底铲除。

第一支开进我们弄堂的，是北京和上海红卫兵的混合编队，大约三十人左右，乘坐解放牌卡车。 他们的清一色军装、鲜艳的红色袖章和严肃的表情，就是政治正确的标志。 这是伟大的象征性时刻，革命终于地降临了我的家园。

首当其冲的是我家楼下的印尼华侨。 来自雅加达的三个女人，被押上了"审判台"——几张凳子，她们的头发被剪成了稀疏的鸡窝，她们的脸和旗袍上都涂满了墨汁，她们家里所有的化妆品和图书被当众焚毁。 就在那些日子，大规模的破四旧、街头批斗和抄家行动席卷了整个上海。 资本家、干部、高级知识分子被挂上牌子、戴上纸糊的高帽子当众批斗，然后跟大批抄家物资一起被带走，从此下落不明。 许多房子变得空空荡荡，逐渐散发出霉变的气息，仿佛在验证造反者的预言。

这场动乱宣告了"文革"元年的到来。 在旧事物被彻底霉变之后，新事物开始大规模涌现。 1968 年，造反者已经洗劫和销毁了所有旧文化产品，革命委员会成立了，红卫兵失宠，而新秩序被逐步建立，清教徒式的日常美学开始支配我们。 军装和军帽，这些寻常的事物，竟然成了庞大中国的最高时尚。

我对父母的最大怨恨，就是他们无法为我搞到军装。 后来我自己用一只玩具狗从小朋友那里换来了一套军装上的纽扣，包括五粒大扣和两粒上衣袋的小扣。 它们是一种半圆形的赭色塑胶物，正面是"八一"的阳纹，背面是坚硬的铜丝扣环。 母亲把它们连夜缝到我的蓝色中山装上。 这是公然用军扣伪造的制服，从此我无限自豪地加入了革命的队列。 两年后，母亲又从商店里为我买了一条仿制军用皮带和一双军用胶鞋。 我还曾搞到过一顶软檐军帽，但不久就被飞车党抢走了。 他们肆无忌惮地掠夺着军帽，然后用每顶两块钱的价格卖给跟我一样的小孩。

然而，像我这样小知识分子出身的杂种，永远都无法企及革命时尚的核心。 只有那些干部子弟，才拥有真正的军装及其正统造型。 徐汇区的干部子弟，在 1971 年结成了一个庞大的帮会。 他们到处寻衅滋事，向"下只角"（贫民区）的流氓群体示威。 但他们最令人惊异的并非群殴的手段，而是他们的前卫装备。 他们像小说《敌后武工队》那样武装了自己：每人一辆轻便自行车，车把上安装着最时髦的双铃，身穿四个口袋的军官服，腰扎军用皮带，脚穿黑色灯芯绒面的北京懒鞋，斜挎着军用书包，里面藏匿着锋利的菜刀。 他们还说一种发音古怪的上海官话（我长大了之后，再也没有听到过这种行政方言），借此作为彼此辨认的标志。 他们出动时通常有四五十人到上百人，不停按动清脆的双铃，在大街上呼啸而过，那种甚嚣尘上的气势，令所有的路人都目瞪口呆。

这支青年流氓军团，以后遭到了刚成立的"公检法"的严厉打击。 他们的领袖被判了重刑，而下级成员则作鸟兽散，被表情严肃的家长领回家洗心革面去了，而他们所制造的军事时尚，却成为"文革"年代的最高典范。

　　军装狂欢的热潮以后逐渐消退，我的兴趣后来转向了毛泽东像章的收集。 在军事美学统治中国的年代，像章成为最高的礼物，在世人的手上制作、传递、交换和收藏着，成为一种全新的政治饰品，为每一个拥有者提供身份证件。 这是"文革"初期的徽号，它好像在对所有的观察者说：我不是异端，我是伟大领袖的忠诚小兵。

　　这种像章竞赛，一度演变为以大为美的激烈角逐。 我亲眼见过的最大像章，直径达到 80 公分，跟一只脸盆似的。 有人甚至把它直接佩戴在胸前的皮肉上，借此表达效忠革命的激情。但这种政治自虐只是少数疯子的专利而已，它并不属于寻常百姓。

　　毛泽东像章的等级，不仅取决于它的材质、造型和大小，还取决于它的制造者。 那些制造者的签名，被直接浇铸在像章背面，多是凸起的阳文，虽然书法低劣，却足以成为探查的依据。其中最高等级，多出自军方机构，如总参、总后和南京军区，其次是那些著名的国营企业和造反组织，最差的是那些没有任何标志的无名章。

　　那时候我们总喜欢去翻检佩在对方胸前的像章，以鉴定它的品质优劣。 一次我翻看邻居姐姐的胸章，无意中碰到了新近隆起的酥软小胸。 她脸蛋涨得通红，而我的心也在胸腔里狂跳，却像小流氓一样装得若无其事。 这是性觉醒的微妙时刻，越过那些坚硬的徽章，我第一次触摸了女人的芬芳。

　　但政治标志带给成人世界的，却是截然不同的感受。 父亲的朋友兼同乡 Z，有一次很兴奋地告诉父亲说，他从农学院下放到钢铁三厂劳动，当他穿着工装下班时，居然在公交车上被人叫了声"老师傅"。 他当时觉得天旋地转，差一点晕乎过去。 他讲述这段经历的时候，自豪得像个真正的"无产者"，而父亲的脸上则流露出无限羡慕的表情。 我至今还清晰地记得他所穿的工装，正是那种最寻常的蓝色劳动布上装，左侧胸口还印着"安全生产"四个隶体字。 这是产业工人的鲜明标志，它为卑微的知识分子提供了新的政治身份。

在军管期结束之后，劳动布工装开始走向它的荣耀年代。 大街上到处是蓝色的"革命牛仔"，胸前扛着"安全生产"字样，而我这样的小孩却只能穿灰色或蓝色的中山装，成为庞大的无产阶级阵营的细小陪衬。 军装狂潮开始逐渐消退，但那些卖春的"拉三"（上海人对卖淫少女的称谓），却是女式军便装的最忠实的粉丝。 我家隔壁有一位"拉三"，每天穿着军便装从窗下走过，扭动着与其16岁年龄完全不符的硕胸和肥臀，而我和伙伴们则在楼上窗口窃笑和吐口水。 她有时不予理睬，有时却抬头向我们伸出中指骂道：小赤佬有种下来？ 不过侬还是先摸摸自家的卵泡，看长毛了没有！ 说罢，表情轻蔑地撇下这些十多岁的小屁孩，扬长而去。

后来我才意识到，她是女式军便装的无可争辩的象征，因为这种服饰领子开得最低，腰身收得更细，足以彰显其夸张的性感身段。 上了中学之后，本班的两位"拉三"，居然也穿上了军便装，从一年级一直穿到了毕业。 这种惊人的相似性使我更加坚信，女式军便装就是"拉三"的集体制服。 在大革命的时代，它是展览情欲的唯一合法的容器。

女人永远是时尚的第一触角。 大革命并不能矫治她们的这种天性。 在最严酷的日子过去了之后，她们开始了玻璃丝（一种彩色塑料细绳）编织的潮流，用各种颜色的玻璃丝编成小金鱼之类的钥匙圈饰物，继而又掀起了钩针运动，用小铁钩编织袜子、桌布和围巾，最后是一场旷日持久的全民毛线大编织运动，全中国的女人被总动员起来，成为各种奇妙织法的创造者。 工厂基本停工了，男人们在打牌聊天，而女人在为自己和家庭打毛衣，不倦地编织着有关乌托邦的廉价梦想。

　　20 世纪 70 年代初某年夏季到来的时刻，一种俗称"的确良"的人造纤维面料，突然开始盛行起来，取代了稀缺的棉织品，成为八亿中国人民的最爱。　人们竞相穿上白色"的确良"上衣招摇过市。　越过半透明的布料，男人隐约可见女人的胸罩，女人隐约可见男人的乳头或背心。　与此遥相呼应的是，在所有城市的大街小巷，到处晾晒着女人的月经带，犹如成片黄白色的海带。　这是"文革"时代女体的奇异标志。　它们像旗帜一样，高高飘扬在"文革"中国的上空。

　　"的确良时代"就这样出乎意料地降临了，它的特征就是夺目的洁白，似乎暗示着主体灵魂的纯洁性。　但它在多次洗涤后很容易泛黄，于是市面上出现了一种漂白剂，被用以捍卫这种脆弱的白色。　但大多数穷人是穿不起"的确良"的。　念中学期间，我从未享受过这种光鲜时髦的服饰。　我唯一的"的确良"财产，是两件用"的确良"碎料拼凑成的假领。　母亲教我在毛衣外翻出这种假领,俨如出示一件高贵的华服。　它的白得耀眼的色泽，照亮了无限灰暗的少年时代。

　　这种"文革"时期重现的假领主义，是"的确良时代"的副产品，这种假领又叫"经济领"或"节约领"，是旧上海贫民的伟大发明，"文革"中从上海扩散到外省各地，有效地维系着中国人民的面子。　另一项类似的发明是领圈，一种六到八寸长，两寸宽的毛线织品，两头缝有揿钮，围在脖子上后，可以有效抵御风寒。　寒冬时节来了，女孩们戴着露指的绒线手套，围着彩色的绒线领圈，露出纤纤玉指和皎洁的小脸。　她们梳着刘海的姿容，是我旧时记忆中最纯真的影像。

　　我们躲藏在革命的假领和领圈里，度过了寒冷的政治冬季。而在夏天，冻疮跟缺少衣物的困窘一起消失了，大多数男孩恢复了尊严，并且竭力要重塑自己的形象。"小瘪三"们喜欢剃个板刷头，光着肌肉鼓胀的膀子，汲着人字海绵拖鞋，在弄堂口成群结队地站着，从国际时政一直议论到女人的身体，并且冲每个过路的女孩发出淫笑。 情欲在悄然滋长，而社会却坚定地看管着他们的肉体出路。

面对军装绿、工装蓝和中山灰的单调世界，就连它的始作俑者江青本人，似乎也忍无可忍起来，在革命样板戏大获成功之后，革命样板服变得迫在眉睫。 1974 年秋天，江青授意设计师制出新款连衣裙，作为"国服"在天津展出，尔后向全国推广。它的上半身是小圆领（俗称和尚领）唐装，而下半身是苏式布拉吉。 但这种中西元素的简单拼贴，却遭到了出乎意料的抵抗。绝大多数女人反感这种没有翻领和腰带的僵硬式样，更没有足够积蓄去迎合江青的服饰美学。 忙于阶级斗争的人们，也无力资助革命样板服运动。 服装店橱窗里陈列的国服，无人问津，逐渐积满了尘垢，变得黯淡无光。

但推行"江青服"的一个意外后果，是连衣裙款式被政治解冻，从而刺激了革命女青年的布拉吉热潮。 到了第二年夏天，各种非江青化连衣裙在街头悄然出现，大多带有可爱的白色小翻领和飘逸的腰带，我家周围的邻居姐姐们，都穿着这样的裙子上街。 这是"文革"晚期的服饰骚乱。 沉睡的小资美学苏醒了，向城市审慎地推行推销着女人的风情。

就在 1974 年，菲律宾总统马科斯夫人伊梅尔达访华。 她身穿白色耸肩露背装，向毛泽东举止优雅地伸出了手，而动作迟缓的毛，出乎意料地用嘴唇行了一个吻手礼，弄得小伊梅尔达热泪涟涟。 这个激动人心的场面，被拍成新闻纪录片，在全国到处播映。伟大领袖的绅士派头，令广大民众顿时心猿意马起来。

来自高层的信号导致了误判，以为西方时尚即将得到解放。就在一周之后，马科斯夫人的性感露背装出现在上海西区。 一位聪明美丽的神仙姐姐，穿上按报纸照片剪裁的伊梅尔达服，裸露着性感的玉背，袅袅地走在从五原路到乌鲁木齐路的马路上，身后尾随着上千个看热闹的行人。 十五分钟后，巡逻的武装民兵把她带走了。 当我和伙伴们闻讯飞奔到现场时，只剩下大批围观者在交头接耳。 他们的表情是如此兴奋，犹如亲眼目击了外星人的入侵。

这是我毕生中所遇到的最富于勇气的时尚女人。 在民兵指挥部，她因"流氓罪"而遭到残酷的拷打，随后被"公检法"判刑，从上海西区彻底蒸发，成为"文化革命"的最后祭品之一。 就在她离去之后，有关她的传说开始在坊间流传。 有人说她在狱中上吊自杀，有人称她被一位地方官员救出后去了香港。 还有更为离奇的说法，说她是某高官的私生女，盛装出行的目的，是要蓄意传递出某种特殊信号，如此等等。 这是关于时尚女子的神秘传奇，像一首美艳而凄凉的歌谣。

迷津里的少年行旅

　　童年的地理空间是无限狭小的。 它仅限于我所居住的街区。 在小学期间，我的夏季出游主要是为了游泳、看电影和捉鱼虫。 我仿佛置身于这三种道路的中心，或者是记忆的三岔路口，面朝无法知晓的迷津尽头。

　　我和小朋友几乎走遍了附近的游泳池：常熟路游泳池、上海跳水池、五十一中学游泳池，等等。 我紧紧揣着妈妈给的九分钱，其中五分钱买游泳票，而另外四分钱用来买棒冰。 每一所泳池都有自己的独特风格。 五十一中学泳池是简陋的，像一个寒伧的穷人，被粗糙的水泥所包裹，消毒池散发着浓重的脚垢气味。 常熟路泳池精致而不炫耀，像一个资产阶级小开，瓷砖地面光滑洁净，慰抚着我冰凉的足底。 上海跳水池最为气派，看起来酷肖国家的尊贵形象，拥有宽敞明亮的淋浴室和更衣间，以及三座威仪堂堂的高大跳台。

　　捉鱼虫的道路比较艰辛。 我们去的最远的津流，位于斜土路东段的平阴桥附近。 对于我们来说，肇嘉浜以南就是荒凉的郊区了。 我们需要冒着阳光，在酷暑中行走半个小时。 道路两边都是破烂的工厂和仓库，路上几乎没有人迹，甚至没有卖棒冰的烟纸店。 那些稀疏矮小的树木，无法遮蔽酷热的阳光。 劣质塑料凉鞋被灼热的大地烤得发烫。 马路上到处是溶解的黑色柏油，像狗皮膏药一样张贴在我的记忆里。

总有野孩子在河边游泳、钓鱼和打捞鱼虫。 这使我对钓鱼充满了好奇，但我的出游仅限于收集那些浮游生物和长相丑陋的低级水草。 那些发绿的水面下隐藏着无数不可知的事物，它们像蛇一样等待着我这样的猎物。 我曾经被一种无名的水虫咬过，红肿了整整一个月。 河水就这样捉弄了我，从此我成了它的叛徒。

臭气熏天的日晖港粪便码头就在附近。 我们曾经好奇地沿河而上，目击到那个令人目瞪口呆的现场：多得难以计数的驳船挤满狭窄的渡口，里面装载着城市南部的全部粪便。 而那些抽粪车正在岸上排成长龙，用粗大的橡胶软管向驳船排放秽物。我不敢相信自己的眼睛：人类的细小肛门，居然会排出那么多物体。 那些黄褐色粪便簇拥在船舱里，无耻地保持着完整的条状，仿佛在出席一场盛大的狂欢。 就在粪船舰队的近旁，一个女人正若无其事地在河里洗濯被单，她白皙壮硕的胳臂，汇入了这一波澜壮阔的场景。

父亲在浦东的学校，位于我的本埠地理学的尽头。 每年暑假，父亲都带我去他的学校图书馆看书。 我们乘 42 路到十六铺码头，买船票摆渡过江，再换乘 N 路郊县汽车，到达小火车站，继而改乘小火车，缓慢地行驶三十分钟后，又换乘 M 路郊区汽车，最后才抵达我们的目的地。 路上需要使用五种交通工具，耗费整整六个小时。 正是由于行路的艰难，父亲每次只能在周六黄昏回家，又在周一凌晨四点动身离去。 他是我们家的匆匆过客。

这是令人畏惧的空间距离，它超越了我幼小经验所能承受的范围。 但城市地图已经在我的身下悄然展开。 我甚至没有意识到，我就此开始了超越家园的地理学实践。

父亲的宿舍是一座地主宅院，前后有四个院落，前厅、正房、左右前后厢房、耳房、库房、各种房间层出不穷，犹如一个不可逾越的迷宫。 暑假时分，老师们都回家了，只有我和父亲在这个破败的院落里形影相吊。

乡村的气息就这样融入了我的梦乡。 窗口和房梁上到处是阴险的蛛网。 屋里弥漫着腐物和泥土的混合气味。 大黄蜂在四周巡视，发出低沉的吟唱。 到了夜晚，在茂密的梧桐树和刺槐下面，在那些藤蔓纠缠的深处，紫荆、紫薇、木槿、月季、海棠、石榴与金合欢正在酷热中沉睡。 它们倦怠的姿容躲藏在月色里。

陈旧的家具发出叹息般的声响，好像鬼魂在四处走动。 父亲说，这里几年前曾经吊死过好几个被审查的老师。 有一天夜里，我正在昏暗的电灯下读书，看见一条白色的影子掠过窗外。我惊惧地大叫起来。 在另一个屋子睡觉的父亲跑来安慰我。 但从此我一直被某种巨大的惊骇所纠缠。 我脆弱的想象力，悬挂在那些神秘的黑夜里，犹如鬼魂脖子上的系带。

南京是我童年里去过的最远之地。 1963 的冬天，我跟母亲坐船去了那座陌生的城市，那年我七岁，一团雾气在迷津中逐渐散开，露出世界的初始容貌。 我记得熙熙攘攘的码头、冰冷而坚硬的金属船体、四等舱的简陋铺位、轻轻摇晃的船身、混浊的江水、阔大的雾气迷蒙的江面……这些破碎的物体和景象，成为生命远航的起点。 踏上南京陆地三天之后，我仍能感到大地的摆动，仿佛置身于一艘巨大无边的航船里。 这就是童年的南京，它持续摇晃在一个美妙而庞大的水泥盒子里。

在船舱里，广播喇叭一直在播放《红梅赞》，这首优美的歌曲成为那次旅行的主旋律。 它萦绕在我年幼的心头，成为最初吸食的政治大麻。 那个伟大的女人，以绣红旗和慷慨赴死的姿容，书写了完美的母亲乌托邦。 从此我总是按那个样式去衡量所有女性长辈，但每一次我都大失所望。

然而，正是在那个女人的曼妙歌声里，另一个小女孩的身影浮现了，她是我的小表姐林玉、我童年里最亲密的女性。 她比我大三岁，却是我的小妈妈，搀着我的小手，把我引向了世界幸福的中心。 但我却常跟她的两个弟弟合起来欺负她，跟她闹别扭，直到把她气哭为止。 我们乐不可支，放声大笑，但她却并不记恨。 几分钟后，她又带我走向寒冷的院落，在那里堆起了雪人。我们在雪地里撒野，塑造着洁白的形象。 几天以后，我看见它在阳光下慢慢消融，像花一样发黑、变形、消瘦和凋谢。 这种情景引发了我的感伤。 它离我们而去，犹如一个不祥之兆。

七年以后，我再次乘火车前往南京去度暑假。 小表姐已经夭折。 她死于慢性肾炎引发的心脏病。 她的肖像挂在墙上，像一个甜蜜的幽灵。 她的纯真笑容冻结在时间的迷津里，仿佛是一个隐形的雪人，站立在我的心里，成为永久的伤痛。 我去南京的秘密使命，就是去会见她的灵魂。 但我跟她的永诀似乎在当年就已注定。

姨妈所在的中科院地质古生物研究所，就在原"中央研究院"的大楼，琉璃瓦顶的民国建筑，法相庄严，金碧辉煌，但它的大理石楼梯和走廊，却散发出坚冷昏暗的气息。 姨妈从抽屉里拿出三叶虫化石给我看，告诉我那是属于寒武纪的动物，此外还有石炭纪蕨类化石的残片，长着粗壮肉茎的腕足动物，以及一枚海绵动物的清晰样本。 它们带着数亿年岁月的分量。 我以为它们会很重，但实际上却跟普通石头一样。 越过黯淡的石面，我似乎看见了时间本身的容貌。 我的心变得狂乱起来。 我热爱那些远古的事物。

表哥米郎带我到处游荡。 我们去看刚建不久的南京长江大桥。 它矗立在扬子江上，拥有庞大而丑陋的钢架织体，成为一个坚硬的政治奇迹。 人们都说它是毛泽东思想的伟大胜利。 那时民间正在流行地下惊险故事《绿色的尸体》，说台湾特务装成母亲推着童车上桥，车里有具发绿的婴儿尸体，里面藏着烈性炸药……我在桥上行走的时候，一直在留神看有没有这种推车的女人，很想抓她一个，由此成为刘文学式的英雄。 可惜这种隐秘的愿望，始终没有实现。

我们去雨花台，绕过英雄纪念碑，在干枯的旧河床上捡了些光滑的石子。 我们也去中山陵，在宽大的石阶上赛跑。 圣人躺在纪念堂里的石像，诡异得像个视觉的骗局。 我们还搭乘中科院车子去了紫金山天文台，在那里看古天象仪的复制品，几件造型神奇的金属制品，上面布满了绿色的铜锈。 天文台的圆形屋顶在阳光下烁烁发光，犹如巨大的闭合的嘴唇。 从那里下山需要几个小时。 我和米郎在丛林里行走。 大山很寂静，只有鸟啼和脚步的声响。 蝉在高枝上集体颂扬着夏天。

玄武湖附近的明代古城墙，是我去得最多的地点。 有一条僻静的小路在附近延伸。 下雨的时候，窈窕的女人打着伞，像云一样行走，在湖上留下了几朵影子。 米郎因尿毒症去世后，我还时常独自在那里徘徊，被城墙上的砖石和藤蔓所倾倒，成为它最年轻的朝圣者之一。 十四岁那年，我开始写起了散文，模仿那些无病呻吟的文体，做出咏物伤怀的姿态。 我的另一灵感策源地是明孝陵。 那些拱列的石人石马，在细雨里散发出化石般的气息。 我早熟的灵魂，可笑地融入了这些古旧的物体。

那时我已是开始身体发育的中学生，乘火车成了我的暑假惯例。 除了去南京，我有时会去福州，因为那里有我的另一个姨妈。 但那座城市并未给我留下深刻的印象。 据说它跟厦门一样，布满了台湾特务和北京的便衣。 它面目可疑地蜷缩在台湾海峡一隅，焦虑不安地等着战争的飞临。

在混乱肮脏的火车上，我养成了期待艳遇的恶习，我满心指望不可告人的青春期故事，但这种浪漫事端却从未发生过。 那时车速很慢，从上海到福州要耗费两天时间，木质座位很硬，上面没有软垫，出差人都自带小枕头垫着。 有一回我从福州回来，四周没有可以说话的女生，沉闷得跟监狱似的，只能独自在窗前呆坐，结果臀部磨出两个大泡，很久都没有痊愈，后来终于结痂了，像是敲在冻猪肉上的一对深色戳记。

有一次，两个逃票的小流氓看上了我的座位，企图把我挤走。 我起初一直没吱声，后来突然发起狠来，一拳打落了高个的门牙，再出几拳，打得矮个满脸是血。 于是我们战成了一团。故事的结尾是这样的：小流氓被乘警赶下了车，而我则穿着被撕成碎片的汗衫，坐在乘警室里写检查。 那时因练过少林拳，打架总是占了上风，却弄得坐相难看，好像每回都是我在欺负人似的。 这是我毕生所写的第一份检讨书，它躺在乘警的桌上，像个可怜巴巴的孩子。 下车时，我看见乘警偷着把它团成一团，扔进废物箱里。 我觉得好玩，傻乎乎地大笑起来，弄得乘警很不好意思，把脸扭向一边，冲着某乘客大声叫道："喂，你！"

为了准备与苏联的战争，在毛泽东的指示下，军队从 1969 年起开始大规模野营训练，到了 1971 年，全体人民被紧急动员起来，公路上到处是野营拉练的队伍。 上海更是别出心裁，把工人和学生组合在一起，展开"结对子"式的训练。 革命时代的政治创意层出不穷。

这是少年时代最艰难的徒步行旅。 我穿上全套军装和军用跑鞋，斜挎军用水壶和军用书包。 被子用军用布带扎成九宫格状，也在肩上背着。 我们在操场上集合，互相打量和起哄。 几乎所有同学的装束都一模一样，俨然就是对方的精密镜像。 这是神圣而又壮观的场面。 我们是毛泽东麾下的少年军团，除了枪杆和杀气，我们几乎拥有军人的一切。

在开过气氛热烈的动员大会之后，两个年级共 28 个班级，

1700 名学生，跟徐汇区部分工厂的 1200 多名工人合为一个以"团"命名的编队，开始向上海郊区庄严进发。我们的路线将经过上海县、奉贤、金山、松江和青浦，绕上海西南郊走半圈，全程达 800 多公里，需要花费两周以上的时间。革命地理学的逻辑，就这样戏剧性地展开了。脚足和道路的关系变得亲昵起来。

我们每天需行走 20～30 公里的路程，最多的一天，我们居然步行了 40 公里。正是梅雨时节，我们在田埂上行走，目击秀丽如画的乡村风景。沿着铁路线行军时，火车排出的粪便总是飞溅我们一身。一个长得很傻的女生甚至失足掉进了粪缸，成为所有人耻笑的对象。这些细小的喜剧，像雨一样滋润着我们的政治苦旅。

我们吃着难以下咽的压缩饼干，宿营后还要吃生虫发霉的米饭，没有油水和烧煮过度的青菜，或者发僵且淡而无味的馒头。我的脚肿胀起来，布满了水泡，疼痛难当。在农民的宽大堂屋里，我把塑料布铺在潮湿的稻草上，像小猪一样倒头就睡。有一回，一位同学在半夜大呼小叫起来。我们都被吵醒了。他揉着眼睛说，梦见了伟大领袖，于是我们大家都感到很幸福。

我们的编队是按性别进行的，男生跟着男工，女生跟着女工。工人阶级们身穿藏青色工装，言行却完全出乎我们的意料。他们当着我们的面，肆无忌惮地谈论女人，用那些江湖口吻互相打趣，说谁谁看上谁谁，谁谁跟谁谁上了床，如此等等。起初我听得心惊肉跳，后来也就慢慢习惯了。他们还阔论时局，分析昆明军区政委谭甫仁遇刺的黑幕。工人的价值判断，跟主流意识形态大相径庭。一个因派系斗争而失势的前造反队头头，当年曾跟党的副主席一起举事，现在沦为一个普通电工，每天都在抱怨弊政，嘲笑那个造反新秀。

我所遇到的农民，另一个伟大的领导阶级，跟报纸打造的形象也毫不相干。我们侵占他们的住宅，踢他们家的狗，掏梁上的燕窝，在屋旁撒尿拉屎，踩坏地里的油菜和稻子，把秸秆撒得到处都是，女生甚至把花裤衩晾在了骨灰盒边。他们怒气冲天，对我们充满敌意，却又不敢发作。一次我听见房东老太太在柴间里祈求灶王爷保佑，叫那些"假解放军"赶紧滚蛋。我心里一凛，像是发现了个天大的阴谋。

队伍驻扎在金山朱泾时，正好遭遇大雨。我们在那里逗留了整整两天。青工们结伙去了附近的古镇松隐，回来后就扬言说，他们看到了"松隐三宝"：松隐塔、松隐桥，还有一位打着油纸伞窈窕而行的美人。他们向她问路，而她用婉转低迴的声音为他们指路，眼睛忧伤得像要滴出泪来。我们第二天赶去，松隐塔依旧在细雨里兀自独立，而美人却踪迹全无，只有两个高颧骨的老妪在桥上吵架，脏话骂得惊天动地。那位传说中的美人，以后成为整个野营拉练的核心话题。那些小资青工露出了无限思念的表情。他们的浪漫梦想，超出了我们所能想象的限度。清教主义革命消灭了知识界的情欲，却允许它在产业工人中蓬勃生长。

这是我第一次近距离观察"文革"年代的"领导阶级"。他们的粗俗、坦率、机智、幽默、油滑、玩世不恭，跟学校里道貌岸然的"工宣队"大相径庭，彻底解构了我们心目中的政治传奇。直到毕业后加入工人行列，我才最终明白，工人并不是一个伟大的物种，它只是一种寻常的谋生职业而已。

那次，我跟一位戴眼镜的小资青工成了莫逆之交。这是野营生涯的意外收获。他是松隐美人的发现者、书法爱好者和古典诗词作者，也是所有青工中最儒雅的一位。我从他那里借了《三言两拍》、《东周列国志》、《镜花缘》和《聊斋》。我们经常切磋古文到深夜。他后来找了一个女人，据说酷似松隐桥上的美女。他把下班时间都耗费在热烈的爱情之中，从此我们变得疏远起来。有一回我去他家还书，看见了他的新娘子，骨骼纤细，面容平淡。 侬饭吃过啦？ 阿拉没啥招待你的。 吃杯茶再走吧！ 她坐在椅子上嗑着瓜子，脸上带着亲切而世故的微笑。 这是我少年地理学的最后一课。 新的迷津已经展开。 我离开了这位比我大整整十岁的工人朋友，走向没有诗意和美女的庸常世界。

疯癫的喜剧

今天收到一份来自北京朋友的快递，里面竟是一张 1957 年 1 月 24 日的《人民日报》。它的头条是《周总理和乌达德首相发表联合声明》，而它的副条是社论《进一步加强中国和阿富汗的友谊》，这些遥远的事件，突然跟我的生命有了一种可笑的联系。李商隐说："锦瑟无端五十弦，一弦一柱思华年"。这是一种怎样的记忆啊，惘然爬行在岁月的墙垣上，犹如灵魂的苔藓。

我记忆中第一个疯子，出现在住宅附近的马路上。每天上学我都要经过他的地盘。那是人行道边的一间三平米的独立木屋，大门敞开，里面只有一块简陋的床板。这也许是人们向疯子所能提供的最高待遇。他穿着肮脏而宽大的衣服，瘦骨嶙峋，坐在自己的御床上，眦着发黑的黄牙向路人傻笑。我们喊他的名字时，他则继续用笑声回报我们。"文革"开始后，由于没人监管，他被飞驰而过的卡车碾死了。他是我见过的最和善的疯子，一个用滑稽元素捏成的泥偶。他的退场，令附近的许多孩子都惘然若失，仿佛失去了一座童年的路标。

　　"文革"降临之后，在我的个人编年史里，这是迷乱的图景，浮现在脆弱的记忆里，犹如戈雅和萨德所描述的梦魇。 疯子像雨后春笋一样涌现，其中一部分是由于精神错乱，而另一些人则在佯狂。 对于后者而言，疯子，就是一种表情狂乱和令人迷惑的面具。

　　在 1967 年，我们小学有个老师疯了。 她雕塑般坐在校门口，蓬头垢面，衣衫褴褛。 孩子们向她吐口水和扔石子，而她则用仇恨的眼神给予回报。 一次我出于好奇，拿了两颗糖给她。她表情漠然，似乎没有看见，我把糖硬塞进她的手里，却看见她眼里滴出一颗很大的眼泪。 我吃了一惊，仿佛窥见一个不可告人的秘密。 回家吃饭时，我把这秘密偷偷告诉了母亲。 她赶紧摆手说，小孩子不要乱讲。 一年以后，大革命的狂潮开始消退，女老师的疯病突然痊愈。 我在办公室里遇见她，她马上认出了我，嫣然一笑，转身拿两颗糖给我，仿佛是一种蓄意的回报。 我吓了一跳，小脸涨得通红，好像被她看穿了当时捉弄她的心思。

　　疯子与常人的界限是如此含混不清，充满了迷样的色彩。在"文革"早期，我们到处都能看见这种似是而非的疯子。 发疯最初是一种逃避政治迫害的策略，而后却成为一个无法摆脱的身份，甚至转换成内在的本质。 但他们仍被怀疑是装疯卖傻，受到严密的审查和监管，关押于各单位的临时"牛棚"，或被强制劳动，清扫铺天盖地的垃圾，而他们自身就是最令人不耻的垃圾。

　　政治罪犯和疯子的双重性，是文化疯癫史的重大特色。 与那些"牛鬼蛇神"和"黑五类"（地主、富农、反革命、坏分子和右派）相比，政治疯子遭到了双重的歧视：他们既是疯子，也是无产阶级专政的悲惨对象。 他们是双料的罪犯，并且要接受加倍的痛击。 只有极少数人得以在佯狂中偷生。

　　这双重的迫害就是最致命的希望。 早在魏晋时代，佯狂已经成为士人知识分子的主要自救策略，但在许多世纪过去之后我才发现，没有人能够因佯狂而摆脱死亡。 我住的弄堂里有位杰出的外科专家，曾给一些北京高层干部动过手术，却在"文革"初期的批斗会上突然失疯。 造反派在观察了很久之后，断定他不是装疯卖傻，总算放过了他。 他躲在家里，吃大小便和身上搓下来的垢泥，声称是世界上最好的健康疗法。 几个月之后，他坐在壁炉前，浇上煤油，把自己烧死了，犹如烤熟一头绝望的公羊。 这是超越疯狂界限的叛离，它终结了全部的个人苦难。 在大革命壮丽风景的边缘，这种死亡勾勒出浓重的阴影，从反面论证着核心事物的明亮。

疯子和罪犯具有高度的同一性。 疯狂就是罪恶，因为它的思想是阴暗的，不能被领袖的伟大性所照亮。 忠诚是最高的美德，但疯子并不理会这点，他们因而成为新伦理的危险敌人。

1969 那年，安徽发生严重水灾，大批难民涌入上海市区。我家对面空置的底层车库里，住进了四个灾民。 我不知道他们是如何找到这个隐秘家园的。 我每天趴在窗口眺望那个尤奈斯库式的舞台，面对一个怪异的家庭——满头白发和两眼蒙翳的哑巴老妪，领着三个同样聋哑和满眼白翳的孙子，我们分别叫他们大哑子、中哑子和小哑子。 白翳和聋哑是两个受难的记号，它表达了双重的责罚：他们既不能看清自己的面容，也无法说出肉身的悲痛。 只有小哑子偶尔拿出一个破烂的课本，蘸着口水，试图阅读那些简单有力的语句："毛主席是我们的大救星……"但他所发出的，只是一种含混不清的叫嚣。

有一天，这家的母亲突然出现了，据说是被公安释放的。 她两眼长着厚厚的白翳，却能够开口说话。 但这种话语权是致命的毒药。 我看见的是一个典型的精神病患者，她披头散发，在花园里高声唱歌，并不停地咒骂最高领袖，她的三个孩子把她强行押进屋子，但随后她又幽灵般溜回花园，继续从事她的反革命宣传活动。

也许是里弄干部告发的缘故，一周之后，弄堂里出现了七八个公安，要对现行反革命分子实施无产阶级专政。 女疯子对此毫不在意，哈哈大笑。 大哑子愤怒得脸部肌肉都扭曲了起来，发出尖利而痛苦的叫声，似乎要表明她只是一个精神病人而已。但公安战士不为所动。 疯狂就是罪恶，而反对领袖的疯狂，则是所有罪恶之上的罪恶。 女疯子被强行带走，很快就执行了死刑。她的母亲和三个儿子也随即突然消失，变得无影无踪。 在黄昏的光线里，舞台沉寂下来，只有小学课本被遗弃在花园里，被风所随意翻动，上面残留着小哑子的肮脏指印。

邻居们终于露出了欢喜的表情。 他们为除掉害虫而弹冠相庆。 但人民所驱逐的，其实只是几个可怜的乡村残障者而已，他们甚至不能明晰地喊出这最无力的绝望。

在某种意义上，呆傻也许比变态和疯狂更为安全，因为它更易于被观察和解读。 上中学时，每个班里几乎都有一两个傻子，他们是用来制造戏谑效果的丑角，点缀着大多数常智者的无聊生涯。 本班的傻子绰号"24点"，这是因为他虽然数学成绩只有零分，但算起24点来，却是全校无敌。 有一回我策划了一场车轮大赛，邀请本年级最好的数学高手来跟他比试，结果所有人都被打得丢盔卸甲，大败而归。

24点没别的爱好，就是有点好色，曾经在厕所里偷看小姑娘撒尿，被当场抓获，就转学到我们学校，从此变得非常老实，对漂亮的小姑娘，最多只敢斜眼偷窥。 他的唯一策略是终年穿着黄绿呢的中山装，扣子一直扣到脖子。 他坚信这样能够得到女孩的青睐。 中学毕业很多年后，我在永嘉路上遇见他，依然穿着那件洗淡了的中山装，一脸道貌岸然的样子。 我叫他的名字，他却已经认不出我了。 这使我感到有些丧气。 24点是旧时代最坚贞的信徒，当整个世界都起身飞走了之后，他还在原地固守着旧时代的美学。

傻子之傻是永久的，它不能被治愈，但疯子之疯却是可以矫正的。 那时的报纸，到处刊登着毛泽东思想治愈精神病的故事。革命意识形态显露出全知全能的特点，它战无不胜，创造着各式各样的精神奇迹。 从学校的高音喇叭里，我们每天都能听见新事物的诞生。

而在疯人院墙外，人民正在遭受日常疯狂的困扰。 中学毕业后，我在一家照相机厂做钳工。 一名中年女工，因无法承受她所暗恋的年轻组长的训斥，当场口吐白沫倒在地上，浑身抽搐。我们把她送到附近的新乐路地段医院，医生诊断说她是歇斯底里症，给她注射了葡萄糖安慰剂。 组长也跑来温存地道歉。 患者平静下来，脸上露出幸福的笑意，一路小跑地回去"抓革命促生产"了。 从前，《人民日报》总是义正词严地形容"美帝国主义发出歇斯底里的战争叫嚣"，但直到成年之后，我才从工人阶级那里见识了这著名的疯病，它是如此的可爱，揭发着人性中最暧昧温软的弱点。

这种短暂的疯狂，在"文革"后期像感冒一样流行，成为日常生活的戏剧性调料。 我的同事兼好友Y，20岁那年突然发病，目露凶光，用货车猛撞车间的大门。 医生说这是突发性精神分裂，但十几天之后，他竟奇迹般地自我痊愈了。 事后我才知道他是被公安吓疯的。 前晚观看露天电影，邻居的钱包被窃，由于他就在现场，便成了重大嫌疑。 但他无法承受公安的盘问，刚走出派出所就疯了。 当时正是雷雨交加，他一把夺走陌生女孩的雨伞，在大街上疯狂地逃跑。 两周之后，当他再次遇到公安时，却被突然吓醒，犹如从梦中惊醒了一般，疯病遽然痊愈，没有留下任何后患。

这是我所遇到的最奇妙的精神分裂，它起源于无辜者对权力的极度惧怕。 在遭受权力的威胁之后，Y只是渴望拥有一把伞而已。 这是人所能获取的唯一庇护。 伞是柔软可笑的盾牌，它要向暴戾的天空请求和解。 在这无疑是一个被神所精心叙写的寓言，其间囊括了各种隐喻式密码：伞、雷电、大雨、警察和逃遁等。 在 Y 的疯狂背后，深藏着人类无法索解的理性。

1975 年，我曾通过"关系"参观了上海最大的精神病院。此举只是为了满足我对疯癫世界的好奇。 那是个夏季的正午，我跟伙伴一道走进灰色的大楼，被准许在窗外观看那些正在集体进食的疯子。 他们吃得如此专注，仿佛在从事一项伟大的事业。一切都那么井然有序，跟我们先前想象的截然不同。 我们未能看到传说中的那种场景—看守的暴力殴打和强制灌食、赤身裸体绑在铁床上进行电击，等等。 只有一个疯子跪在地上，向我们看不见的神祈祷，自言自语和自我对话，痛责自己的罪恶。 他满头白发，表情疯狂而谦卑。

他的神起初似乎对他置之不理，而后便开始责备他，而他则不住地解释和忏悔，请求神的宽恕。 半个小时之后，奇迹出现了。 神原谅了这个罪人。 他喉咙里发出了哭泣般的笑声，然后开始泪流满面地进食。 我们转到另外一个窗口时，终于看见了疯子的神，那是贴在墙上的表情慈祥的领袖肖像。

"文革"结束之后，那些曾经宣判他人为疯狂的人，被钉上了疯狂的耻辱柱。 疯狂的定义被改写了。 这是最具讽刺意义的价值倒置。"文革"是一个疯狂的年代，人们恍然大悟道，仿佛完成了一次重大的觉醒，疯狂的属性就此被外推给了那个已经流逝的岁月。 但无论如何，我们已经从疯狂中复苏，成长为有理性的人，并且保持了对疯狂的回忆和警醒，因为我们曾经为此付过沉重的代价。 但疯狂并未消失，而是悬浮在理性世界的上空，热烈觊觎着我们恬淡的生活。

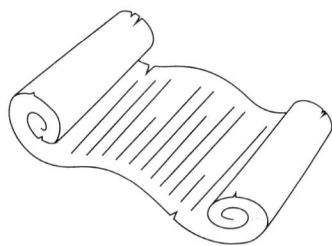

澳洲往事

　　寓居于悉尼，以"盲肠"自嘲。 异乡人的漂泊经验，像一些细小的珠子，散落在忧思的书页里。 阳光带着干燥的芳香书桌。 他慵懒地打开了纸笔，试图回到母语写作的状态，而手指却如同所有的异乡人那样，轻得像一片失重的树叶。

沉默的火焰

　　住在隔壁公寓里的莎拉，是我在澳洲所结识的第三个西方女人。　她是那种典型的地中海人：卷曲的黑发、晒成古铜色的皮肤、忧伤的大眼和柔细的腰肢。　我们通常在楼梯上相遇，彼此说一声"你好"，双方的交往仅此而已。　但有一天，她突然来敲我的房门，想约我去英皇十字街喝咖啡。　我猜她或许刚失了男人，需要某种来自邻居的慰藉。　我们在一家有名的"诗人沙龙"找了两张临街的座位，彼此运用着一些蹩脚的英语，但似乎都没有为此感到困顿。

　　她毫无顾忌地紧挨着我，说出一些使她痛苦的感情回忆，还有那些很糟糕的身世。　我有两个爸爸和两个妈妈，两个爸爸都很坏，她说。　凡是男人都该死掉，因为他们是女人的天敌，不过听说中国男人有许多好处，也不知是真是假。　她斜睨着我说，吃吃地地笑了起来，浑身散发的几种香水的混合气味使我晕眩。

　　我的视线越过了她的头顶，看见一条失散的狗正在走来，周身披着洁白的长毛，像一只沙漠大羊。　我说："这狗真他妈的好"。　莎拉大笑起来，仿佛我说了一句很妙的笑话。

意大利式咖啡的芬芳越过白色的泡沫，萦绕在我们之间，使空气变得柔和而惬意起来。 白晃晃的澳式阳光从道尔顿瓷器的边缘上折射出了细小的光芒。 当她的思想有些迷惘时，就开始把大拇指搁进湿润的嘴唇，很用心地咬着，仿佛小猫咬着自己的尾巴。 后来，她开始把小纸袋里的砂糖倒进嘴里嚼了起来，然后孩子气地笑着，摇晃起美丽的脑袋。 我面对她蓝灰色的眸子时，总有几颗天真的雀斑掉进我的视线。

我们分手的时候，彼此都有些不舍。 她吻了我的脸颊，而我只是轻轻地拍了一下她温软的小手。 她说她过两天会去看我，给我看她过去的相片。 我望着她袅袅而去的背影，突然有了一种怜惜的心情。

一周以后，她用一把男人的老式剃刀把自己杀死在盥洗室里。

我最后看到她的时刻是在那个下午的四点，呼啸的警报器招引了一些附近的居民。 警察用担架把她的尸体抬走。 她的脸和身躯都被掩藏在黑色胶袋里面。 警察向我问话后，我悄悄溜进她的房子，看见大片暗褐色的鲜血凝结在光洁的地砖上。 她甚至还在临死前用血写下了一个带惊叹号的英文短语："Don't"。

这是一个女人留给世界的最后消息，它静静地浮现在浴室门的背后，带着她所残留的指纹，像留给我的一个凄丽的谜语，或是一枚沉默的火焰。

直到搬离那个住处很久以后，我仍然保留着那种难以言喻的震惊和悲伤。 莎拉的绝望是因为太炽热的爱和期盼。 世界曾经从她的身边掠过，而她却把自己带到了生命的反面。 死亡使她的脆弱形象获得了一种反叛的力度。 她一直企图拥抱这个陌生的家园，但最终她选择了打碎自己。 莎拉说："不要"，这个言简意赅的词像一道冰冷的光线，照亮了她所面对的异乡人的境遇。

穿越中国迷园的小径

以"谊园"命名的中国花园，坐落于情人港广场的左侧，它的对面，是具有象征性桅杆和帆索的国际博览会的白色建筑。这显然是一个精心策划的后现代布局：大道两侧对称地投放着东西双方的标记，借此象征一种空间和时间的宏大对话。但中国花园是一个强行插入的符码，停栖在一片典型的西方风景里，使游客变得茫然和不知所措。它们与其说是在宣示和解，不如说是在表达对抗的姿态。

越过漂流着树叶和花瓣的小河（水沟）、带有漏窗的山墙和飞檐走壁的游廊，中国花园在腼腆地诉说它的游戏和美学传统。该传统来源于明清两代的江南造园法则，并且被精心地加以模仿和复制。它酷似那些中古的苏州和上海园林，以致我第一次进入时，恍如折回到历史的深处，我在其间走动，然后迷失于曲折的路径。

用回廊、楼台、山墙、水树、石舫、屏风、荷塘、假山、瀑布、亭阁、泣柳以及各种树篱构筑的世界，是一座精心策划的露天迷宫，由于举办画展，我曾在这里工作了将近十天，并且目击了大量游客的迷失，他们手里拿着画有线索的地图，竟无法找到那个唯一的出路，最令人吃惊的记录是由一个英国游客创下的：他和妻子在其间迷途，耗费了两个小时，却不能找到出口，我为他们指了一条捷径，而一个小时后，他们仍在占地仅几公顷的花园里打转。 最后，我把他们领出了这该死的迷宫，英国人的脸上充满愤怒而又无奈的表情，他为古代中国的游戏方式和美学规则所惊吓，他把地图掷向马来西亚裔经理，然后像考试不及格的坏孩子那样逃走。

这一戏剧性场面给我留下了深刻的印象。 正是在西方的背景中，中国花园的迷宫特点才得到了彻底的展现，不仅如此，它还显示了把全部自然纳入个人游戏的框架的极端意图。

下雨时分沿游廊散步，我看见的是一个浓缩的平面中国，蜷缩在立体的西方楼群之间，带着永久感伤的微笑。 高大的华丽泣柳披着柔软的长发，野鸭与锦鲤在荷塘里闲游，画舫里停栖着精致的大理石镶就的檀木棋案，一个老妇人斜倚雕栏，聆听从瓦当上落下的水滴声，静静等待雨的终止，她脸上的安谧表情，完全融入了花园的凄迷景色。

这真是个令人沉湎其中的空间。 假如人并不急于离去和寻找出路，便会感到某种时间回旋的幸福。 所有这些东方园林的话语构件，每一个意象和每一处风景，都被精心编织进了个人的时间进程，成为线性历史中的隐喻：小径、护廊、曲桥和山洞象征行旅，而画舫、水榭、山亭、茶阁相当于驿站，在敞直与弯曲、前进与折回、平坦和起伏、水与泥土、岩石和草木、行走和休憩、居室和野外、风雨和阳光、迷失和辨认、希望与绝望等诸多要素的变化之间，人实践了他的生命旅程，并就此看见了他内在的道路，不仅如此，中国花园是一个经过高度压缩的世界模型，它还要以一种自足的庭园话语体系来取代整个世界。

东方和西方冲突的时刻降临了。 一个印度人称，这是他毕生所到过的最奇妙的地方，它是世界的一个小巧玲珑的盆景，而一个澳洲人则向我痛斥说："我从没有见过如此矫饰的园林，它是一种虚假的自然，并且从头到尾都是一场视觉的骗局。"这些激烈的言词都企图从知性的角度对它做出判决，这表明中国花园在其本质上是人与世界发生关联的一种古怪的方式，究竟是人应当向世界开放和投入世界的框架，还是应当让世界向人开放和压缩进人的框架，这两条截然不同的道路，正是西方和东方的分野。

我曾经在各种不同类型的迷宫里行走，《山海经》的神话迷宫、《红楼梦》的文字迷宫、古琴曲《平沙落雁》的声音迷宫、明清故宫的建筑迷宫，它们像中国花园一样散发着伟大而博学的品质，却失去了单纯、锐利、狂喜和痛楚的气息。我坐在回廊，注视着这自我缠绕的空间，我感到我会在认识这世界之前就肤浅地死掉。

我卑微的视线掠过那些非凡的景色，而后停留在黄昏的白鹦鹉群上，只有这些飞翔的灵魂逾越了迷宫的平面，它们鸟瞰着中国花园，如同阅读一张地图，白鹦鹉的黄色凤冠在风中抖动，像一些细小的风标，向迷失者做出语义闪灿的暗示。

在那些花色温柔的黄昏，疲倦的阳光正在凋谢，某种黑暗的影像开始从池塘和树丛深处升起，迷宫转入更加隐秘和暖昧的状态，游客开始撤离，他们被召回到西方理性的道路上去，门在他们身后沉重地关闭起来，昏黄的灯笼里射出叹息般的光线，但迷宫并没有终结，它只是重新躲入了历史的黑暗。

市政厅:风快速掠过手指

　　悉尼的午夜，也是南半球最寒冷的时刻，那个中国人在市政厅旁的花岗石广场游荡，橙黄的路灯照亮了他孤独而迷惘的表情。　四周是维多利亚时代的教堂、尖锐和圆浑的浮雕立面、无花果纹样的灯柱、汇集在灯下的灰色群鸽、冰凉似水的长凳、倒卧在一大沓《悉尼晨锋报》下的流浪汉，以及远处大街上喧嚣的车辆与行人。

　　中国人坐在长凳上，越过几行黑色的标题，他注视着流浪汉一动不动的躯体。　一个倒空的酒瓶横陈在他的腹旁。　有只雏鸽从它的群体里飞来，落在几尺外一座抽象青铜雕塑的底座上，中国人甚至可以清晰地辨别出它眸子里三种变幻的色彩。　由于文明光线穿透了黑夜，鸟修改了时刻表。　它们习惯于在晚上飞翔与降落，以眺望这座城市半明半昧的夜景。

　　有许多东西从这里沉没，渗入永久无语的寒武纪花岗石地面。　灰鸽和新西兰红嘴鸥的爪痕与屎糊、塔斯玛尼亚苦啤酒的液滴、被南太平洋季风吹来的雨水、凋零的蓝花楹树叶、流浪汉肮脏的手迹，还有这黑夜散布出的宁馨而恬淡的气息。　它们聚集在石头背后，并且正成为历史的一个无法读取的片断。 中国人依然在独坐，整个灵魂都融解于这含泪的缄默之中。 他能够感觉到某种秘密的消息正在从这景象中涌现，但它们是难以言喻的，像风快速掠过手指。 中国人的忧伤，同南方大陆的忧伤发生了轻轻的触碰。

在三年以后的今天，中国人还能透彻地回想起那些初到澳洲时的生活场景。 它们像一些细小的珠子，散落在忧思的书页里。有很长一个时期，他时常独自面对着窗外土生的桃金娘和黄桉树，面对它们用花瓣与枝叶说出的絮语。 一只三声杜鹃在远处的丛林里寂寞地啼叫，仿佛在不断重复另一只鸟的名字。 一个东欧裔的园丁收拾着花园里的草地，成簇的风信子兰花在四周发出芬芳的气息，而园丁老迈的容貌和肢体，完全融入了这安谧的场景，犹如灵魂融入正午时分的温热。

到了星期天的早晨，钟声会缓慢地敲响，鸽群扑打着翅膀，从马路对面的天主教堂背后升起。 做礼拜的人群发出了欢喜的声音。 阳光带着干燥的芳香爬上我的书桌。 中国人慵懒地打开了纸笔，试图回到母语写作的状态，而手指却如同所有的异乡人那样，轻得像一片失重的树叶。 中国人向镜子里打量，看到了一个全然陌生的人形，两眼空荡，在玻璃空间的深处昏昏欲睡。 这是谁？ 你他妈的是谁？ 中国人缄默地问道。 他沉陷于关于自我辨认的忧思之中。

唐人街上的肉身礼拜

　　全世界的唐人街似乎都是由一个设计师和他的同一张图纸决定的：以高大的牌楼作为它的空间起点，用诸如"德备天下"或"中华一心"的题写来昭示种族意义。 蹲在带有铭文的底座上的石狮，以深不可测的目光斜睨着世界。 此外是用琉璃或类似的筒瓦覆盖的屋顶、花岗石板铺砌的狭窄道路，以及高悬的中式餐馆门外的红色灯笼。 而在它的尽头，是另一座牌楼和另一对石狮。 说着广东话的身材矮小的中国人在其间行走，像拥挤在一座孤立无援的古代村庄。 它与西方世界的失调为我留下了极其深刻的印象。

　　餐馆无疑是唐人街最坚硬的风景。 庞大的餐馆，置放着近百张覆盖着白色桌布的餐桌，侍应推着放满精美点心的手推车，在暖烘烘的餐桌迷宫里穿梭。 人们喝茶、吃东西和高谈阔论，进行着各种私下的交易。 所有人都在声嘶力竭地叫喊，试图让对方听见；所有的耳朵都在紧张地耸立和转动，生怕遗漏来自对方的消息。 整个大厅在这呐喊和谛听中，散射出粗俗的热力，而人的感官快意就此获得了周期性实现。 正如土耳其浴室是通往肌肤按摩的门扇，唐人街是通往口唇享乐的走廊。

从这嚣张的美食激情中，我看见历史在海外飞驰的停顿。文明正在流露出它最为软弱的一面。 远东的美食文化在宋代开始兴盛，而与此同时，中华帝国启动了走向衰败的计时器。 这不只是一个时间的巧合，相反，似乎就是肉体的信念阻止了精神的进程。 没有任何力量能够把帝国的官吏和人民从美妙的餐桌上拉开。 而在餐桌隔壁，古老的厕所臭气熏天。

只有一种东西能够短暂地取代美食对人的操纵，那就是舞龙和醒狮。 每年的春节和中秋，龙狮的队伍从唐人街的一端出现了，鼓点与锣声像风雨般袭来，龙和狮在盘旋及跳跃。 民族的容貌闪现于这些神物夸张的面具上。 演员气喘吁吁，大汗淋漓，似乎难以承受神物的重负。 游客和路人带着古怪的微笑观看这数百年以来一成不变的仪式，明晃晃的阳光像脂粉那样涂在石狮脸上，使它露出了几千年以前的表情。

在墨尔本以南的淘金时代小城班迪戈，竟然有一条号称世界第一的布质长龙。 它不动声色地盘踞在"金龙博物馆"的大厅里，由一把大锁小心翼翼地看守着。 它的长度被隐瞒起来，以便能够随着各种新的世界纪录而不断生长，并永久保持其"第一"的称号。 我只能从门的缝隙中约略窥到它的法相。 这一由华人淘金者后裔所创造的神迹，表达了某种渴望和寻找民族伟大性的焦虑。 是的，班迪戈没有唐人街，但它却拥有世界上最庞大有力的龙，澳洲的黄金戏剧性地转换成了这条龙的肤色，为它的品质做了不容置疑的保证。

有一些晚上，我独自走过位于悉尼德信街口的中国牌楼，阑珊的灯笼在风中摇晃，绿色瓦当下的铁铃发出单调而失意的声音。 在失眠的午夜，尽管路人已非常稀少，那些灯火辉煌的酒楼却尚未达到美食的高潮。 吃"夜宵"的人们才刚刚启程，为他们准备的菜肴还停泊在厨房的案板上。

这真是令人惆怅的时刻，在历经了整个白昼的紧张和躁动之后，唐人街开始变得松弛而柔软，空气中弥漫着它所特有的那种厨房气息。 有个女人在路灯下哭泣，还有一个男人则在生气。 一只野猫追赶着另一只野猫，飞快地穿越街道，消失于"海港城"宽大台阶的阴影里。 巨大的月亮照临在这里，像照临着一座细小的围城。 一种若有若无的隐秘的琴声在四周响起，但没有人知道它来自何处。 唐人街的沉默比它的聒噪更加耐人寻味。

这就是一个漂流到南半球的少数民族所呈现的全部外貌。文明的步履停顿在诸如龙、狮、麒麟和牌楼之类的古代标记面前，使唐人街拥有历史博物馆的全部特征。 而在它的里面，充满了商贩式的贪欲、欺诈、角斗、勤奋和生意激情。 这些永垂不朽的罪恶，同伟大的传统一起涌现，散发出二手文化市场的气味。那些精于算计的脸庞，流露出赌徒般贪婪而友好的混合表情。

面对盎格鲁–撒克逊民粹主义者的攻击，人们用旧文化和金钱堆起社区街垒。 内在的孤立主义，环绕着唐人街的周缘，像一道经久不衰的栅栏。 在历经了一百多年的岁月之后，中国的历史场景终于凝固在了方圆不足一公里的西方国土上。 在我看来，唐人街是最坚定地对世界进程说不的地点，它既拒斥西方，也拒斥了东方的进化。

这正是我开始喜欢它的主要理由。 我惊喜地看见唐人街固守在时间的涌流之中，充当了政治多元化的标签。 唐人街使我产生了自卑和自豪、冲突与和解、厌恶与亲切的双重情感。 我在如此的心情中接纳了这个令人迷惘的形象。 它起初只是民族母体的一种海外代用品，但最终却扮演了心灵教堂的角色。 在每一个周末，人们扶老携幼，举家前往唐人街"饮茶"，这无疑是一种特殊的肉身礼拜，就像传统的"庙会"那样。 它企图以安抚口腹的方式完成对个体的精神导引。 而实际上，这种极端的物质化的方式，已经对人的灵魂做出了安排。 在这没有爱的繁华里，每一个华人都能从中找到自己的座位。

歌剧院的乌托邦

在悉尼歌剧院的海滨散步长廊上，我曾经像所有的游客那样徘徊过许多个奇妙的夜晚。 都市的玻璃幕墙大厦像透明的水晶盒子，在星辰灿烂的天幕下熠熠发光。 海湾因此而呈现出一种闪烁的气质。 都市和巨大的铁桥颠倒着映射于海上，在暗蓝色的水波间晃动，像一个被刻意制作的梦境。 灯柱沿着海岸排成一条弧线，把柔和的光注入了我行走着的思想，而在我的背后，是悉尼歌剧院那贝壳式的屋顶，有一些精心布置的射灯环绕着它，照亮了其乳白色的庞大轮廓和台阶，仿佛一座人类的圣殿，散发出天堂般的光明气息。

一个金发的年轻人在灯柱下练习吹萨克斯管。 美国黑人布鲁斯音乐的忧郁旋律，从他的呼吸里徐缓诞生，越过铺着阿托克地砖的露天走廊，旋涡般隐没在月色迷蒙的海面。 离我不远的那张长椅上，一对恋人正在热烈拥吻，我甚至可以听到嘴唇和舌头碰撞的激情之音，此外是海水拍岸时发出的低语。

我还听见了我自己的孤独和沉默，仿佛被这令人销魂的美所震撼。 我焦虑的灵魂正在这乌托邦夜景中软化，转向一种和平的无奈。 在注视着这个都市之夜的同时，我已经确切地意识到它其实并不属于我，它只是从我生命四周浮现过的无数美景中最美的一种而已。 在传统的历史崩溃之后，我甚至无法回忆这一用玻璃、石头、釉瓦和灯光构筑成的后工业场景。

1997 年元旦前夕的夜晚，我在这个地点观看澳大利亚人的新年狂欢和全球最壮观的烟花表演。 从现代美术馆门前的草坪，可以目击到从歌剧院和悉尼大铁桥背后升起的绚丽烟花，它们像冰冷的火焰一样树状展开，天空、大地和海洋发出了奇异的微笑。

在这稍纵即逝的时刻，某种乌托邦的幸福笼罩着这个南太平洋的海岸，我和在场的近百万人，都感受到了这种被火焰照亮的幸福。 它是清澈透亮的，把我们推向自身灵魂中最纯真的一面，然后熄灭在焰火燃尽的午夜，也就是熄灭于日常生活重新开始的时刻。

而在这火焰熄灭之前，它所拥有的爱的能量是令人震惊的。金发蓝眼的英格兰和爱尔兰人、法国、意大利和希腊人、披着头巾的阿拉伯人、黑发黄肤的亚洲人，以及皮肤黝黑的太平洋岛国人和澳洲土著人，所有这些来自世界各地的人种都涌现于狭窄的港口，构成了肤色的完整谱系。 仇恨短暂地消融了，人民毫无隔阂，互致问候，"Happy new year"的声音此起彼伏，一种爱的临时话语在其间传递。 和解的微笑降落在所有的面容上。 人们手里拿着一种能够发出冷光的绳圈，如同握住一条柔软的希望。在焰火燃放的间隙，它们萤火般浮动于万头攒动的人流之中，代表着无数卑微而渴望的灵魂。 而焰火则是这些灵魂所发出的呐喊。

当人民在午夜转身离去的时候，歌剧院继续偃卧在那个很小的半岛上，在射灯的照耀下保持着乌托邦式的庄严。 它刚刚目睹了一幕宏大歌剧的演出，在它的外面而非它的里面。 那些庞大的剧场里没有观众，座椅空空荡荡，安静得如同古庞贝的废墟。 昏暗的灯光勾勒着诸多立柱的阴影。 一些蟑螂在舞台和楼道上出没，贪婪地搜索着人的气味。 咸涩的风从玻璃大门的隙缝里吹入，带来了潮汐的消息。

墓地的缄默和光线

　　十七岁的少年推着一具用白布裹住的尸体，走过了漫长而阴冷的走廊。 这是发生在 1975 年冬夜的影像，它永久地贮存在我破碎的记忆里。 那年，抑郁成疾的父亲在上海中山医院断了气。我仔细擦拭他的躯体，清洗着刚刚降临的死亡。 父亲的身体柔软而余温尚存，仿佛一个熟睡的满头白发的婴儿。 之后，我和护工一起把他送往太平间，放进了灰色的冷冻箱。 当沉重的铁门被砰然关上时，我无法止住痛惜的眼泪。

　　数天之后，他在龙华火葬场化成了一缕轻烟。 我看见父亲的亡灵越过我的肩头，轻盈地离开了苦难的大地。 他找到了解脱的最寻常的方式。 后来，我和母亲把他葬在南京东郊一处风景秀丽的山坡。 但多年以后，那座无人管理的坟场被城市开发的推土机夷为平地，父亲的骨灰瓮从此去向不明，消失在新建筑群落的庞大阴影里。

　　扫墓是一种间歇性的回忆。 坟地荒凉而阴冷，弥漫着令人害怕的气息，仿佛有许多亡灵在空气中闪烁。 它们就分布在我的四周。 我看见一株小树无缘无故地摇晃起来，仿佛有个精灵在泣诉它的苦痛。 纸钱的灰烬在风中飞旋，形成了一个"V"字。 在家乡的传说里，那是死者怨气的表达。 我不仅直接触摸了死亡，而且也触摸了死亡背后的事物。 有一次，当黄昏降临的时刻，我甚至看见了传说中的磷火，像鬼魂一样飘忽，在风中诡异地舞蹈，散发出令人惊骇的气息。 恐怖就是亚细亚墓园的特征。 坟墓的阴森意象无疑是对生者的一种警告，它要确立关于死亡的惧怕，并要求人们因这种惧怕而求乞现世的长寿和永生。

许多年以后，我再次返回了墓地，但并非南京的乱坟岗，而是悉尼南区的弗莱明顿墓地。 在悉尼居住的那些年里，我有时会去那里散步，在阳光下寻找死亡的诗意。 墓地像一座巨大且不可思议的迷宫，却充满了理性有序的气息。 素净的墓冢安宁而平和，被鲜花与苔藓所簇拥。 那些坚硬的花岗石和大理石块，像一些简洁的立方体雕塑，象征着死者的最高信念。

古旧的坟墓带有鲜明的维多利亚风格，而更多的墓碑却是个人主义的，我看见过这样一座墓碑，它是一家大理石的钢琴，以纪念曾经是钢琴家的死者。 还有一块光裸的黑色石头，突兀地竖立在灰色石林里，它的主人是一个黑人。 此外我也见过一根阳具型的圆柱，死者是在二战中失去性力的老兵，指望能在天堂里恢复自己的雄壮。 我所见过的最漂亮的墓碑，是一块被油漆涂得眼花缭乱的钢制画板，它的拥有者是一位热爱绘画的孩子，死于家庭暴力，却在烂漫的光色中获得了永生。

我的一个希腊朋友曾经想开墓地清洁公司，为扫墓者提供除草清苔的服务。 他的发财梦想寄托在墓地，这是死者的家乡，也是他自己的梦园。 后来他成了一家清洁公司的老板，专门负责清洗悉尼市中心的公共厕所。 但他仍然没有放弃对坟墓的热爱。 最后他在墓地边买了一幢房子，把自己变成了那些亡灵的忠实邻人。 在圣诞节的夜晚，他家客人中出现了一张古怪的脸，那是守墓人老戴维。 他的满脸皱纹书写了墓地的历史。 老戴维的幽默令所有人都笑声不绝。 有个女人甚至捧着肚子倾倒在沙发上。 越过众人的笑声，我看见了一种被狂欢所照亮的死亡。他们与死神为伍，却没有任何惧怕。 他们身上所洋溢的生命气息重塑了关于死亡的定义。 基督徒老戴维解释说，这是神眷顾的地点。 这就是我们无畏的原因。

有关永生和死亡的信念就这样平分了东方和西方。 它们是产生恐惧和无畏的根源，也是塑造不同墓地风格的幕后之手。这种不同的气质引发了我对存在的追问。 2001 年秋天，当我离开悉尼返回祖国之前，我再度动身去了墓地。 我坐在那个孩子的墓碑前，看见阳光在天真的画板上闪烁，言说着缄默的真理。墓地终结了死者的悲剧，并且向生者打开了喜剧的大门。 正是对死亡的敬畏使我变得无所惧怕。 越过死亡的空间，我进入了那光线所抵达的最深处。 我的心平静如水。

下篇
拯救与观察

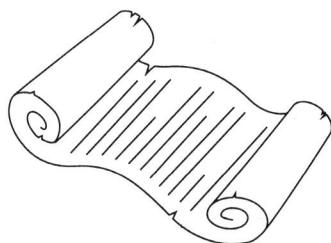

文化呐喊

　　文化的困境是个沉重的话题，在众声聒噪的时代，我们注定要在浮华的欲望中迷失，如同走入了一个难以逾越的迷宫，同时迷失的，还有我们的生活、习惯、趣味、美感、艺术和教养。

寻找文化怀旧的工业根基

美国一家创新机构日前发明了一种筷子和叉子两种特性的混合餐具——筷叉（Chork）。它由两根独立的叉子组成，单用时为叉子，而组合起来调个头用，就是一双筷子（实际上是一种类似筷子的夹子），可以轻松地夹起诸如寿司之类的东方食物。基于该项发明可满足东西方用餐者的不同需求，有人戏谑地宣称，这项发明将有助于解决东西方的矛盾，避免第三次世界大战。奇怪的是，如此机智的设计却跟中国人无关。清朝被迫向世界开放，至今已有170年之久，但没有一个本土设计师设想过这种木棍与刀叉的联盟。在工业设计的创造力方面，中国注定要面对这个令人尴尬的事实。

"文化产业大发展"的口号目前已响彻云霄。但基于原创力的狭小瓶颈，中国文化产业的品质，始终未能获得根本性改观。其中最引人注目的动漫产业，尽管产量（按分钟计）的 GDP 不断上升，却无法重返 20 世纪 60 至 80 年代上海美影厂所创造的黄金时代，推出令世界刮目相看的杰作。2011 年上影集团将经典美术片《大闹天宫》翻新为 3D 片，耗资巨大，指望能在市场上大捞一笔，结果由于立体效果不佳，犹如简陋的"画片"，观众恶评如潮，上映几天后便偃旗息鼓。 但《大闹天宫》3D版的挫败，以及《泰坦尼克号》3D版的成功，却为原创力衰弱的中国电影产业，提供了"以旧翻新"的权宜性策略。 在原创力尚未复苏之前，中国的文化产业，只能走贩卖"古董"的怀旧道路。 只要处理得当，手中的存货似乎还能再继续折腾数年，为文化产业GDP的短期增长，贡献出有限的原料、题材和动力。

中国唱片总公司上海分公司（以下简称中唱上海公司）最近推出一套复刻版黑胶唱片，其中包括《黄河》（1970年殷承宗录制版本）、《梁山伯与祝英台小提琴协奏曲》（1959年俞丽拿录制版本）以及周璇、白光和姚莉三张人声专辑。"梁祝"有限量版编号，定价高达三百元一张，但居然销售良好，很快便已告罄。 而价格高昂的原因之一，是唱片必须拿到德国去加工生产，因为中国的最后一条流水线早在1998年便已拆除，从此中国大步走向磁带–数码技术的先进行列。 具有讽刺意味的是，据说正是这家中唱上海公司，将百代公司制造的经典款黑胶唱片生产设备，以一万元人民币的废品价卖给了日本人。 中国人如释重负，而日本人如获至宝，双方各得其所。 但沉浸于"现代化"狂喜中的人们没有料到，仅仅过了十几年，这种"过时的"技术竟然卷土重来，成为文化市场的重大题材。

人们究竟要从黑胶唱片中获取什么呢？ 本雅明当年所缅怀的"灵韵"，不仅出现在古典艺术品之中，而且现身于遭其鄙视的"机械复制时代"，这也许是本雅明始料未及的。 那些在制作、贩运和收藏过程中出现的"擦痕"与"杂质"，制造出"有意味的噪音"，并融入音乐，构成老歌和老杂音相混的声音织体，为历史怀旧提供了真切的信息母本。

这就是老唱片重出江湖的原因。 在夜阑人静的黑夜，细小的唱针在飞旋的黑胶唱片上摩擦，释放出"有意味的杂音"，仿佛是流逝岁月的刻痕，跟音乐一起，去点燃细小的感伤火焰。 这是所有黑胶唱片消费者所期待的柔软场景。 而那些可资缅怀的"杂质"，大量存在于机械制造时代的各种产品中，如感光胶片（照片）、铅字印刷并带墨香的书籍、电子管大盘带录音机，以及用以播放黑胶唱片的机械唱机等。 它们曾在旧工业时代担纲文化主角，却在20世纪90年代的前进浪潮中被彻底遗弃，成为历史的悲剧性过客。

上世纪末的国企改造，大幅推进中国工业的现代化进程，同时也付出了极为沉重的代价：大量优质的民族工业企业被粗暴地摧毁，六级以上的高级技工被迫转业、下岗或退休，积蓄百年的近现代工业制造技术，顷刻间化为乌有。 电子管收音机、机械照相机、感光胶片、机械手表、经典缝纫机、铅字印刷机等，所有这些能够产生"文化杂质"的装备，今天早已荡然无存，仅以铅字印刷机为例，除了极少数被藏家所收留外，仅剩的几台，只能龟缩在偏远小镇上，以缓慢的节奏，印制着简陋而满含历史杂质的族谱。 这的确是一场彻底的文化清洗，它逼迫中国人向工业遗产告别，却没有为未来的记忆和缅怀，保留最基本的条件，以致我们今天必须到德国或捷克，利用他们的古老设备去制造黑胶唱片，由此为强大的欧洲文化产业注血。 历史大声嘲笑了那些目光短浅的庸人。

慢生活的宋明样本

现代中国人追忆宋代和明代的生活方式，因为那是士人主导的社会，它的节奏被控制在"词人"的手里。 帝国的时间被改写了。 越过皇帝时钟的高大围墙，自主的文化时钟在悄然行走。

乐曲是文化时钟的第一样式。 但这并非宫廷和寺庙的礼乐或雅乐，而是民间乐坊和妓院的"淫乐"，也就是那种跟"词"结合的情色诗歌，其词牌结构时而短小，时而冗长，填词者可以据此调节时间的短长。 演唱通常在大堂或密室进行。 每一种词牌都是一种秘密的时间约定。 诗和旋律在一起流动，抑扬顿挫，跌宕起伏。 得意的官员和失意的士人，据此建构着自己的私人时间。

这是一个幽闭的场所，诗意的空间在其间徐缓展开，灵魂和肉体获得了双重的满足。 而时间是相对静止的，它爬行在女人的床帏、帐钩和枕衾上，然后在那里沉睡，把人送进时间倒转的梦里。 八百年后，我们仍然可以从诗词的节奏里读到时间的秘密。 它冻结在那里，示范着一种被仔细调校过的时间。

此外还有其他类型的时钟。 李清照在《声声慢》中写道：

"守着窗儿，独自怎生得黑？ 梧桐更兼细雨，到黄昏，点点滴滴。 这次第，怎一个愁字了得？"这是缓慢的雨钟叙事。 它是忧郁的象征，代表失眠、孤独和悲痛。 灵魂像水滴一样，在绝望中孕育着微小的希望。 而在晴朗的白天，巴比伦日晷将继续讲述时间的故事。 孤独的晷针向着灼热的太阳，而它的细长影子在晷盘上缓慢爬移，犹如姿势笨拙的蜗牛。

明代人发明的泡茶手法，成为文化时钟的第二样式。 一盏茶的冲泡和品尝，是一种新的计时单位。 明代士人的内在时钟，缓慢地行走在瓷器和肠胃之间，仿佛是一架利用流体原理运行的水钟。 你甚至可以安静地到听见水在其体内流动的声息。 茶桌的流畅弧线、纤细的靠椅、柔软的丝质靠垫、被微风卷起的窗帷、假山四周的垂柳，以及池塘里嬉戏的鸳鸯。 所有这些宁静的事物都跟茶盏结盟，汇入了延宕时间的细流。

这两种时钟，都曾改变过中国人的生活。 到了晚清，经过复制和移植，江南园林和士大夫时间一起，成为满族皇帝及其家族的享用对象。 在圆明园、颐和园和避暑山庄，帝国的时间变得日益缓慢，并最终脱离了时间的世界体系。 但八国联军的火焰，焚毁了这种自闭的时间，迫使它跟世界再度同步起来。 新的大英帝国时间体系，由一大堆齿轮传动装置组成，雄踞在各地海关大楼的顶部，向所有殖民地居民发布时间的律法。 而后，各种以格林尼治时间为标准的计时器（便携式钟表）开始盛行。 而另一方面，报时器也变得更加多样，它不仅来自海关大钟，而且也来自广播电台和有线高音喇叭。

1949 年以后，中国时间开始了第一次加速的进程。 新的时间体系，支配了全体人民，继而诞生了各种政治图景灾难。 晚近的改革开放，则是中国人的第二次时间加速，它把全体中国人送入了更加狂热的运动中。"时间就是金钱"，这个口号成为一种严厉的国家咒语，它点燃了国家和个体的物欲，令所有人都陷入疯狂的时间焦虑。

中国式时间综合征的临床表现，大致有下列几个方面：第一，所有人都自我延展工作时间，而把旅游和休闲视为浪费，导致全体中国人的生活品质急剧下降；第二，不断催熟儿童智力发育，从儿童三岁起就开始了汉语、英语、美术、音乐和舞蹈的训练，卷入应试教育的怪圈，而令他们完全失去童真与欢乐；第三，把政绩跟市政建设挂钩，令全体官员都成为高速机器的推动者，而以粗暴的方式（如强制性拆迁和城管暴力执法），加快城市现代化的进程。 而这种加速运动的后果，只能是诸如高铁追尾之类恶性事故的发生。

这正是所有慢时间开始受到青睐的原因。 宋时间和明时间，并非退回农业文明的理由，却可以治疗我们因时间过快而带来的诸多创伤。 这是清醒者开始缅怀过去的缘由。 但具有讽刺意味的是，高速经济运动导致了文化退化，以致我们如果没有经过专门训练，就无法正确返回慢生活的时代。 许多人甚至无法阅读当时的文献，更无法理解慢生活的逻辑和美学。

为了打破这种僵局，一些禁语课程开始走红起来。 报名者被送进福建长汀的某座著名寺院，被迫禁语两周以上，而跟整个尘世临时性隔绝。 这是强行放慢时间的精神疗法。 另一种辟谷课程，则要求每顿只吃一个苹果、三枚红枣和七颗松子。 其中苹果每咬一口，则必须咀嚼81次以上，有的甚至多达120次以上。整个进食过程被严重放缓。 而这种方式不仅改变了吞咽节奏，而且改变了整个日常生活的节奏。 这是一种强制性的介入——从口唇运动开始，"中国速度"的生活模式得到了矫治。

然而，传统的道家疗法，只能修正极少数人的生活方式，却无法改变整个中国的时间程序。 时间加速体系是一条巨大的贼船，一旦上了，就很难再度逃离，直到你被强制性退休为止。 我们到处都能看到这样悲剧在重演：一个高速运转的个体，由于突然退休，造成机体衰弱或崩溃，而被疾病夺走了生命。 这是急刹车所带来的精神与肉身的双重危机。

对于 21 世纪的中国人而言，慢生活是最奢侈的愿景，它仅属于极少数能够战胜欲望的人。 在这样的场景中，无聊、闲适、缓慢和无所事事，正在成为一种罕见的美德，它反对过度繁忙的时代，而向我们发出了心灵健康的劝告。 慢生活是一剂良药，足以拯救那些为物欲而战的肉身。 这是唯一的解决方案，此外更无其他出路。

天价文物和贱价文化

　　农耕时代的技术传承、演化和堆积，形成了数量庞大的古代器物文化遗产，却在时间的动乱中大量湮灭。 而吊诡的是，最近一二十年中，古器物又以波澜壮阔的方式大规模复活，并颠覆了器物史和器物工艺史的陈旧格局。

　　华夏古器物的出土运动，大致可分为下列三种相态：第一，城市新建筑浪潮的崛起，城市大规模扩展并蚕食乡村，导致周边土地被全面翻整，大批文物就此露出地面；第二，大规模的高速公路建设，深度触及原始山林，重型挖土机逼迫古物现身；第三，近年来的新农村建设，广泛实施山林承包制度，农民进山种植树木，刨挖树坑，令古器重出江湖。 二十多年来，中国的每一寸土地几乎都遭掀翻，而埋藏于土地中浅层的古器物，均被挖出地面，被迫面对 21 世纪的贪婪阳光。

　　古器物的黑市贩卖网络，支撑着这个庞大的出土器物阵营。乡村贩子从农民手中以低价购入，再层层转卖给城市藏家，继而以工艺品名义流向港台和海外，最终被国内藏家以亿万以上的惊人高价拍回。 这个庞大的文物黑市，就是民间资本生长的最大温床。

　　鉴于其唯一性，古器物的市场价值早已高于黄金，而潜在的价值，甚至直逼钻石，比毒品的利润更高，成为隐藏于中国民间的最大财富。 有人估算，目前民间古器物总价值，应在 12 万亿人民币以上，接近沪深股市总市值 26 万亿的一半。 迄今为止，文物精品拍卖单价在 2010 年已经高达亿万元，而作品数量居上万件之多的齐白石，其 2011 年的最新单品价格，竟已升至 4.2 亿。 2011 年，中国古器物市场大步迈入"亿万年代"，成为旷古罕见的吸金黑洞。

　　在古器物大爆炸的同时，各种丑闻层出不穷。 2009 年，一件清代镂空粉彩瓶，在伦敦被某浙商以 5.5 亿高价拍下，制造了华夏器物拍卖史的奇迹，但该瓶除了工艺比较精良以外，没有多少玩味之处，器型、色彩、纹饰，都散发出乾隆时代的艳俗气味。 在我看来，该器的实际价值，顶多只是其成交价的一成而已。

　　另一丑闻发生于纽约的亚洲古董拍卖会。 一只普通的民国斗彩瓷罐，估价仅为 0.8 万～1.2 万人民币，居然被数位中国文物贩子追拍到 1.2 亿，酿成国际拍卖市场近年来的最大乌龙。 全球古器物藏家都在掩口而笑。 第三件丑闻发生于天津文交所。一幅二流画家的水墨画《黄河咆哮》，被天真的股民炒到 1.8 亿元，令人目瞪口呆。

　　不断出现的丑闻，露出中国古器物收藏者的三种特点：第一，艺术智商低下，不具备起码的艺术鉴赏力；第二，缺乏古器物鉴别能力，无法对古器物的真伪作出正确评判；第三，鉴于上述两种缺失，贩藏者只能以赌徒的身份参与，押宝心理支配了整个交易过程，

　　文物市场的博彩化，是古器物收藏以及文明传承的最大误区。 古器物市场正在转型为超级赌场，成为资本赌徒冒险的乐

园。 这是中国股市命运的戏剧性重演。 赌场效应摧毁了古器物收藏和流通的基本逻辑。 它只能制造一大堆超级赌徒，而无法培育器物文化的热爱者、鉴赏者与保护者，更不能将其转换为推动文化复兴的良性动力。

尽管文物的市价被越抬越高，形成了巨大的财经泡沫，而器物藏贩者的文化水准，却在一路狂跌。 中国最大的文物藏所和文化象征——故宫，近年来多次书写反面传奇，展现出其文化败退的严重迹象。 如果说安保系统的漏洞百出，还只是管理能力的问题，那么在表扬信和致歉信中所出现的错别字和病句，已被民众视为文化素质低下的典型。 而垄断公共文化资源，将其变成少数人的敛财工具，更揭示出文化所面对的真正敌人，其实就是侵吞和垄断文物的官僚权力。

一方面是文物价格的惊天哄抬，另一方面是总体文化水平下降，这种对比形成了尖锐的讽喻。 中国历史上从未出现过如此诡异的场景。 文物市场和紫禁城的故事向我们证实，作为公共资源的历史文化遗产，被肆意侵吞、炒作、瓜分、消耗、贬损和荼毒。 似乎没有任何人为此负责，也没有推动文化制度矫正的迹象。 当文化沦为牟取暴利的工具之时，华夏文明正在从古老历史的悬崖上坠落。 全体民众都听见了它痛苦的尖叫。

文化毒奶和脑结石现象

毒奶事件，成为所谓"后奥运时代"的典型案例。 本国奶粉品牌几乎全军覆没，引发了人们对食品制造业的强烈怀疑。 但奶粉只是冰山一角而已。 那些无耻的科技发明，已经应用到食品工业的所有领域，由此捍卫着食品消费的完美格局。 已经有许多人正确地指出，利润至上和零度道德，就是毒害中国食品工业的两个主要原因。

有毒食品工业构成了庞大的集体犯罪链。 首先是化工和食品工业领域的专家们，在各大研究院和高校实验室里夜以继日地工作，不断创造出各种造假和使毒的技术，为食品制造业提供技术支持，他们是大规模造假和使毒的始作俑者。 企业为谋取利润，向食品中贪婪地注入各种有毒的化学添加剂，把劣等和造假的食品推向市场。 一些人为实现 GDP 指标，纵容和包庇食品犯罪。 食品检验机构不仅没有发现这种造假事实，而且还向其颁发免检证，为投毒行径开放门户。 向所有上述这些环节问责，进而向整个食品制度问责，才能击碎食品罪链，维系基本的安全防线。

　　闹得沸沸扬扬的毒奶事件，吸引了全世界的目光，而比毒奶更为惊心动魄的，应当是中国文化的自我毒化。 但它却至今未能得到必要的审视与警惕。

　　尽管民众对文化的渴求不如食物，但由于大规模人口基数的存在，终究形成了庞大的文化诉求需要。 在有限的文化生产和无限的文化需求之间，出现了类似食品的尖锐矛盾。 然而，我们既丧失了制造当代原创性产品的能力，也丧失了从历史库房里提取文化资源的能力。 文化的巨胃悬浮在空中，在长期面对文化匮乏和文化饥饿之后，它变得比其他任何时代都更为贪婪。

　　为了满足文化之胃的渴望，大量文化产品被加速制造出来，其间饱含着从注水（口水化和价值稀释）、造假（抄袭、伪造、篡改）到使毒（添加各种有毒文化观念）等繁杂工艺，它们构成了密切关联的技术体系，对它们的解读，有助于我们对现有文化产品做出明晰的判定。

　　在文化注水方面，××文学公司网站向我们提供了有趣的案例。 当签约作家连载小说的写作速度太慢时，饥渴的网民就会发帖抱怨，由此逼迫作家加速写作，以致一些作家被迫从三千字一天的正常写速，加快到一两万字一天以上。 这种"文学现象"，就是典型的文化兑水和造假过程。 也就是我们所说的快餐化过程，它的原理跟在牛奶中大量注水毫无二致。 它势必导致文学质量的严重下降。

　　写作速度，无疑是测量文化产品是否垃圾化的重要尺度。德国汉学家顾彬宣称，一个德国作家写一部长篇小说，通常需要三五年的时间，而据我所知，才华横溢的中国作家，却只需要一至三个月时间。 本土畅销书作家写速更快，有时只需一到两周时间，就能炮制一部长篇小说。 据说，香港武侠作家拥有三万字一天的速度，而科幻作家倪匡的写速，则到了五万字一天的惊人地步。 但这显然不是天才式写作的标志，恰恰相反，它只能体现某种垃圾化写作的特点，但这种可笑的书写模式，却为消费时代提供了激动人心的样板。

中国人对书籍的传统热爱，引发了图书市场的狂热扩张。据称，每年中国有 24 万种图书得以出版，但其中大多数是毫无价值的垃圾。 中国人近年来对古史阅读的饥渴，也导致大量注水历史书的诞生。 动辄上百万销量的畅销读物，加上票房率惊人的"大片"，以及收视率超群的电视连续剧，形成了注水快餐的盛宴。 在某些语境里，"畅销书"往往就是低质书和问题书的文化同义语。

测算文化产品的另一尺度就是它的真伪。 快餐的注水终究是有限的，而且它多少还能保留一点被稀释后的价值残汁，而造假却是更为彻底的欺诈。

2008 年奥运会开幕式和闭幕式，都出现了备受指责的假唱事件。 不仅在现场用事先录音伪装成真唱来欺骗全球观众，而且还要播放他人的声音。 但奇怪的是，被造假者利用的无辜羔羊，居然还拥有大批粉丝。 他们热爱"造假产品"，藐视最基本的艺术伦理，从未替造假者感到过羞耻。 这种对文化造假的集体声援，就是造假运动得以繁荣的根源。

崔健关于"真唱"的呼吁，已经喊出许多年了，但他的声音竟是如此微弱，在整个流行音乐界只有空谷回音。 相反，有些假唱积极分子，在粉丝们的拥戴下振振有词地为假唱辩解，宣称它可以制造更好的效果，是对观众负责的表现。 中国民众对假唱上瘾。 他们对此有着强大的依赖性，因为录音棚制造的声音是经过技术修饰的。 假唱能够制造出完美的声音骗局。 这种自我盗版、"伪而不劣"的音乐产品，就是中国音乐爱好者的美食，他们享用假唱的陶醉表情，描绘出文化造假的美妙前景。

值得谈论的另一个例子，是郭××的小说抄袭案。 法庭经过调查，宣判被告违法，并判处其缴纳罚金和道歉。 而耐人寻味的是，××作协在没有要求抄袭者公开认错的前提下，草率地吸纳其为会员，并借助媒体大肆宣扬这场"加盟秀"，无异于向世人宣告，造假者是可以畅通无阻获得文学荣耀的。 尽管郭××的才能需要鼓励，但这种反写作伦理的门户开放政策，却很值得商榷。

抄袭无疑是严重的诚信问题，但造假兼投毒，则是一种更危险的行为。 那些被强加于中小学课本的文化毒品，已经成为戕害少儿的事物。

耐人寻味的是，文化制造业生产的劣质品和毒品，并未像毒奶那样面对必要的警惕。 因为文化中毒的症状，总是显示出更为隐蔽而"温和"的特点。 它们以补品、营养剂或特效药的面目出现，由此制造更大的欺瞒效应。 例如，样板戏唱词和旋律具有通俗性和悦耳性，而余氏散文则充满"历史感"和"煽情性"等。 但那些样板戏散发出的阶级斗争气味，用"眼泪"制造出的伪善文风，以及对普世（人类）价值的恶意围剿，正在伤害一代乃至数代人的灵魂，其危害性远甚于三聚氰胺，因为它所制造的后果，并非只是身残，而是更为严重的"脑残"。

"脑残"这个描述精准的语词，首先出现于互联网上，进而成为被广泛运用的文化关键词，传递出人们对这一文化弊像的焦虑。

肾结石患者可以通过B超进行确诊并加以治疗，但文化三聚氰胺所制造的"脑结石"患者，却难以用寻常手法加以确诊。 令人不安的是，当"知道分子"的脑残症状比普通人更为严重时，他们又何以医治民众的灵魂疾病？ 基于"知道分子"的无效性存在，以及批判知识分子的严重缺失，医师变得寥若晨星，根本无力承担救治的使命，从而加剧"文化脑结石"的群体性症状，把受害者推入"脑残"的命运。 只要观察一下互联网空间的言论，就能对"脑残者"的数量，做出令人悲观的估算。 在"文化复兴"的热烈欢呼中，这种大规模病变，才是最值得世人关注的事件。

行、立、坐、躺：读书的四种姿态

通常有四种阅读姿态出现在读书人的生涯之中——行、立、坐、躺。

行是最为怪异的读书姿态。在我的记忆里，它仅仅出现在校园考试的前夕。我奔赴考场，却总会忘掉某些教科书的内容，只能临时抱佛脚，边走边看，重温那些冗长乏味的句子，以便能够混个高分。这一招数通常是非常有效的。奔走阅读增加了短期记忆，维系着我大学期间的"全优"记录。但这种短期记忆无法形成有效的知识，在考试终结之后，那些僵硬的教条就遭到了彻底的遗忘。

在20世纪七八十年代，行走式阅读一度成为知识分子的标志。电影和小说里都在大肆渲染知识分子如何苦心读书，钻研技术，为祖国的"四化"建设效力。他们一边行走一边阅读，然后撞上了电线杆或者美丽的女人，由此成就了一段奇妙的姻缘。这是意识形态化的阅读，其间隐含着对于现代化的时间焦虑——对于知识和科技提速的极度渴望，以及对于知识（地位）与爱情之内在关联的重新指认。

立式阅读是行走式阅读的延展。 在地铁里，到处都能看见上班族的阅读身影。 一手拉着金属扶手，一手拿着当日的报纸或时尚杂志，这种场景已经成为地铁文化的日常风景，与报贩的叫卖、乞丐的跪求和乘客争抢座位的行为，汇聚成了地铁的基本图式。 它属于白领和中等收入阶层，也属于青年亚文化，以及在大都市里寻求机遇的知识浪子。

地铁立式阅读的中西差别是耐人寻味的：中国男人多喜读报，女人则爱读时尚杂志，西方男人亦多读报纸，而女人则多嗜读畅销小说。 中国人读报之后会仔细收好带走，而西方人看完后常弃之于座位。 当乘客在终点站全体下车之后，车厢里突然变得空空荡荡，唯有那些报纸在风中放肆地飞舞，构成了伦敦、纽约和悉尼地铁的共同场景。

地铁阅读者应当就是各种"早报"的主要对象。 为这类读者设计的报纸，就应控制开面，例如把它限定在 8 开以内。《新京报》是这方面的范例，而上海的《东方早报》却因为追求大报风范而尺寸过大，始终不能成为地铁阅读者的主流报纸。 与之同城的《青年报》和《上海晨报》，则由于大小合适而占尽便宜。这是蔑视和重视地铁站式阅读的两个后果。

坐式阅读无疑是阅读的主流。 几乎所有人都喜欢采用这样一种姿势：一方面能够抗拒引力，节省阅读所消耗的体力，延展阅读的时间，另一方面又能保持稳定性和注意力，提高阅读的质量。 坐姿的这种双重优势，正是它博得青睐的原因。

我是在坐式阅读中茁壮成长的。 早在小学一年级，我就被教导应当如何挺直腰背，两手扶在书的下端，然后高声朗读。"正襟危坐"是规训教育的第一课，它从一开始就设定了我与书本的礼仪关系。 这是坐姿中最累的一种，却严密维系了书本的尊严。其间暗含着敬拜与屈从，并向我们昭示了教科书至高无上的威权。 它提供的知识永久正确，完全不容置疑。 直到中学毕业之后，我才知道这是彻头彻尾的阅读骗局。

在正襟危坐的反面，沙发和躺椅出现了。 它们不仅意味着身体的解放，也是思想获得自由的起点。 身体松弛地斜倚在坐具上，被落地灯的金黄色光泽所环抱，把灵魂带入半明半昧的的世界。 字词在书页上闪烁和流动，仿佛高山流水。 在沙发的近端，是一个精致的茶几，上面放着骨灰瓷的茶盏。 乌龙茶的香气从瓷杯里袅袅上升，萦绕在灵魂与书籍对话的现场。

躺式阅读只是沙发阅读的延伸而已，只是坐具由沙发变成了床榻，它显得更加柔软，符合大地的法则。 有时我会面朝下俯卧着阅读，为了能够更方便地吃西瓜和别的食物。 这是口唇和精神的双重美宴。 而更多的时候，躺在床上的阅读，只是睡眠前的放松。 我在阅读中喜悦、深思和打哈欠，然后在浓烈的倦意中沉睡，手里攥着尚未看完的图书。 阅读把我引入了那些事后根本无法记取的梦乡。 越过柔软的枕头，在那个虚拟的阔大空间里，我与书实现了秘密的拥抱。

茅台酒的文化象征

　　茅台酒，中国最贫穷省份之一所酿造出的美酒，经过上百年的文化酿制，击败所有酒种，擢升为华夏民族最昂贵的奢侈饮品。

　　酒是充满政治气味的日常饮料。 但朗姆、杜松子、伏特加和威士忌等烈性酒，被各国政治外交场合所禁止，却唯独能在中国官场豪迈地流行。 正是这种榜样，鼓励了盛大的美食和纵酒运动。 尽管最近有些地方出台限酒令，严禁公职人员工作日和非工作日执行公务时饮酒，但它却没有对酒的销量产生负面影响。酒桌政治的最佳时刻，不在执行公务之时，而是在"下班"后的晚餐上。 禁酒令机智地绕过了最重要的时刻。

　　茅台酒，色泽澄亮而微黄，芬芳四溢，在夜幕下说出了中国式的美妙酒语。 酒桌是它的唯一战地。 酒酣耳热之际，身份的强硬边界变得柔软了，人的羞怯与警惕悄然失去，舌头变得或灵巧或笨拙起来，言辞随意而嚣张，营造着一种自信、恳切和亲昵的气息。 像所有50°以上烈酒一样，茅台扭转了权力场的角色关系，并重塑着所有饮者的公共面容。 与此同时，茅台酒自身也成了中国酒桌政治的芬芳隐喻。

这是中国式关系学的最高境界。 它要重新修订被限定的身份规则。 酒桌政治，无非是微观权力叙事在餐馆里的投射，也是一种办公室政治的亲密对偶，它令人联想起各种有趣的政治术语：权力舞台、官僚政治、名利场、贪腐圈和行贿通道，等等。酒桌是如此暧昧、肮脏而又亲切，在杯盘交错之中，密谋被轻松地达成了，仿佛只是些漫不经心的私语。 以一个旁观者的偏激眼光看去，似乎每个酒杯都装满了难以启齿的秘密。

不仅如此，茅台酒还支撑了男权主义在中国的绝对地位。茅台是男人的顶级用品，它跟女人基本无关。 茅台赞助了男权文化，把男人跟权力、野心紧密编织在一起。 茅台是中国男性符号的转喻，它要重申男人炫耀、博弈、社交和放浪的微观权力。这权力超越了社交酒桌的范围，而向内扩散到私人客厅、卧房和家庭，呈现为跟温软酒香相反的坚硬格调。 那些造型保守的红白二色酒瓶，伫立在豪华的玻璃酒柜之中，被射灯照亮，仿佛是一座权力的界碑，向家庭女眷们发出含蓄的警告。

酒桌权力学是中国人发明并光大的文化体系。 华夏农业时代曾向它的居民提供过各种酒品，如各种谷类酒（如白酒和黄酒）、果酒、花酒（桂花酒、菊花酒、莲花酒）和药酒（椒柏酒、枸杞酒和人参酒），但没有任何一种酒能像茅台那样，从中国政治权力结构中获取强大的象征价值，而我们竟然难以知晓这其间的因果关联。

茅台酿造的神秘性、困难性，以及数量稀缺性，可能是支撑这种神话的重要原因。 据说，茅台酒的酿造，依赖于空气中的神秘菌体，而该菌体仅存于茅台酒窖方圆数百米的上空，任何迁移式的仿制，都无法再现茅台原浆的独特风味。 但这只是一个迷人的推测而已。 迄今为止，没有任何生化手段能测定和捕捉这种传奇生物。

　　茅台酒奇特的自我表达能力，也许是推动神话叙事的另一种力量。 有一则被不断引用的传说声称，在巴拿马国际博览会上，送展者故意打破茅台酒坛，导致酒香四溢，引起了参观者的轰动。 这个无法考证的传说，后来居然跟周总理发生了重大关联。民间讲述者甚至宣称，正是周恩来本人亲自向送展者密授了"碎坛传香"的妙计。 然而，在举办该博览会的 1915 年，周恩来还在天津南开中学念书，恐怕没有机会指导那场爱国营销活动。依据晚清和民国的统计资料，我们也没有发现茅台酒因酒香四溢而被海外大量订购的记载。

　　茅台酒厂编撰的宣传文本还进一步指出，该酒在 1915 年巴拿马国际博览会上获得金奖，而这一殊荣已成了茅台魅惑世人的价值支柱。 但《看历史》杂志的记者调查发现，它当年仅获得一枚普通的四等银奖而已，同时获奖的中国产品，其数量高达 1211个，其中一等奖 57 个，荣誉奖章二等奖 74 个，三等金奖 258个，四等银奖 337 个，第五名铜奖 258 个，荣誉奖 227 个。 而在如此众多的中国产品之中，茅台并未实现"脱颖而出"的梦想，反而是山西汾酒和张裕葡萄酒，拿回了真正意义上的一等奖章。

　　茅台神话催生了所谓"茅学"的诞生。 该"学问"被用以专门制造、捍卫和传播这种酒品神话，并跟制造商和经销商构成了紧密的联盟。 那些热情编织的颂扬文字，过去曾在皇帝身上大范围运用，而今却成为一种关于酒品的隆重赞词。 所有这些神话都只有一个目的，就是不断推升茅台的价格，把它变成中国最昂贵的饮品。 但这场价格泡沫的狂飙，却无法改善贵州民众的贫困生活。

　　一个世纪以来，每市斤酿造原料仅需 2.4 斤高粱和 2.6 斤小麦的茅台，其价格飙升了数百倍之多，2010 年已涨至每瓶千元以上，只是在市场上大量涌现的茅台，八成都是仿冒的赝品。 而奇怪的是，一方面它被中国人狂热地品尝和收藏，另一方面，这一据说跟苏格兰威士忌、法国科涅克白兰地齐名的三大蒸馏酒之一，却始终没有被西方人接纳，成为其日常生活的必备饮品。 这情形跟景德镇瓷器、江南丝绸、松江棉布和徽闽茶叶的遭遇，截然不同。 后者曾经是欧洲市场上最受青睐的器物。 茅台酒的全球化计划，面对着坚固的口味壁垒。 追求含蓄风格的西方人，似乎并不喜欢这种香气浓烈的饮料。 而茅台酒的自产自销，加剧了它的"土产"特征。 最终，越过一个世纪的"巴拿马金奖"之梦，茅台酒大步退缩，成了孤芳自赏的文化象征。

古琴:被尘封的大音

　　我是在西洋音乐的摇篮里长大的。 我自幼学习钢琴,迷恋贝多芬、肖邦和舒曼,坚信钢琴与小提琴的魅力,而对所谓"民乐"充满了轻蔑。 但1990年冬天在苏南的小城丹阳,我意外地感受了古琴的力量。

　　我和作曲家刘湲蛰居在那里写作。 长江里的阴寒,越过数十公里的大地向我们涌来。 气温是-6℃,而室内没有任何取暖设备,脸盆里的水结了厚厚的冰层,写作已经难以为继。 刘湲跟我商议之后,打了一个电话。 当天下午,一个瘦骨嶙峋的青年,携着他的法国妻子和混血儿子,出现在我们下榻的招待所里。这就是琴师陈雷激,著名古琴演奏家龚一的入室高徒。 他的到来改变了我们的冷冻状态。

　　琴师把琴放在床上,用一首只有十分钟长度的《广陵散》简本做了开场白。 这支古曲,相传由先秦隐士所作,因嵇康受刑赴死前的弹奏而著称于世。 那琴也是一件古物,据说来自明代,有数百年的历史,其形状看起来是如此弱小,却出乎意料地发出了悲怆而博大的声音。 演奏结束时,两位当地不通音律的诗歌青年，突然伏在床上号啕大哭。 而我则泪流满面。 这是一个奇怪的开场白，哭泣者事后都有些腼腆，仿佛是做了错事的孩子。 后来我才意识到，只有古琴的力量才能撕开坚韧的苦痛，并给所有无望者以最高的慰藉。

第二天，我们在一栋清代老宅里举行了正式的古琴演奏会。我点燃印度的奇南香，沏上一壶由台湾制壶家赠我的冻顶乌龙，开始了虔诚的倾听。 在场只有寥寥数人。 窗外是呼啸而过的寒风，古老的屋子空旷而凄清，冷得犹如冰窟，却弥漫着难以形容的香气和暖意。

琴师演奏了《平沙落雁》、《高山流水》、《阳春白雪》和《胡笳十八拍》的节本。《平沙落雁》的宇宙叙事，超越了我以往的全部艺术经验。 我无法描述当时的震撼：手指在七条细弦上抚动和滑行，似乎在悄然触摸着世界的边界。 乐音犹如天籁，有时则发出裂帛般的声音，仿佛是世上一切事物的总体性叹息。 这是唯一没有尘土的声音，勾勒出月华浩大、星光灿烂的图景。 到处弥漫着无限的光线，它们推开了所有存在物的阴影，也推开了我内心的寒冷、纠缠与焦虑。

琴、乌龙茶、奇南香、清代古屋和冰封的小城，这些物体就像是零散的字词和短语，被诗性的语法交织起来，重组了正在时间中湮灭的灵魂。 我有了脱茧而出、焕然一新的奇异感受。 没有任何一种记忆能够让我从这样的光线里离开。 这是伟大的经验，它描绘了中国文化所能企及的精神顶点。

但琴的地位已经被十四弦的筝所篡夺。 我们看到，古筝手成了国乐团的核心，他通常坐在舞台中央，像弹奏竖琴一样快速推动着琴弦，令它发出流水般轻盈的琶音。 在世界各地的豪华演出中，筝与二胡、琵琶、阮、埙、笛、唢呐和编钟的合奏，演绎着东方国家主义的宏大趣味，但那种凌乱、嘈杂及其不和谐的声音狂欢，却掩蔽了古乐器的灵魂之声。 国乐团的队伍越发庞大，其音量也越发嘹亮，但它的内在力量却变得日益轻忽，一如伟人所笑指的道德鸿毛。

遗世独立的古琴已被人淡忘。2004 年初，北京知识界举行了一场古琴会，两百多位学者、诗人和警察济济一堂，高谈阔论，大声喧哗，到处弥漫着喧嚣的话语尘土。陈雷激的古琴孤立无援地躺在一边。它所发出的微弱声音，淹没在鼎沸的人声里。这就是古琴的命运，它的寒伧容貌及其吟唱，遭到了人们的轻蔑。

我的一位朋友家里，也陈放着一具晚清的古琴，琴弦已经松弛或中断，琴身上的生漆也已剥落，其上布满了日常生活的尘埃，仿佛是一具收藏声音骨灰的木匣。是的，早在先秦时代，古琴的知音就已难以寻觅。俞伯牙和钟子期的默契，竟然会成为一种流传久远的神话，它向我们证实了琴及其乐音的脆弱。它的暗哑性和孤独性从诞生时就已注定。但它的伟大性却依然延续了两千年之久，存活于音乐学院课堂和民间琴社之间，这是个不可思议的奇迹。我意识到，基于倾听者的普遍缺席，以及他沦落为附庸风雅的道具这一现状，历史正在回收这个奇迹。它向世人宣告了古琴湮灭的噩耗。

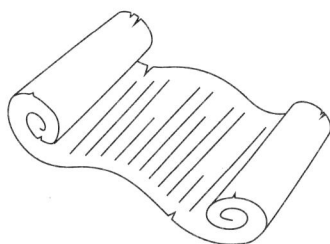

节日盛宴

　　对现在的人们而言，节日早已失去了本初的意义。 在开放与传统并重的今天，无论是舶来的还是本土的节日，都是市场的盛宴，拥有纷乱、华丽和昂贵的外观，但又有多少人能真正懂得它悠远隽永的滋味？

春节：保卫民俗还是复辟陋习

2006 年春节前夕，河南民俗学家高有鹏发布《保卫春节宣言》（以下简称《宣言》），经新华社记者报道之后，在各界激起了热烈的反响。《宣言》长达五千余字，言辞热切，声情并茂，从中浮现出文化卫道士的沉痛表情。虽然春节和本土民俗的传统正在衰退，而传统春节语义的消失，也确实是个值得严重关切的问题，但这场"保卫战"散发出的反常气味，却引发了我们的警觉。

"宣言"向人们发出一系列咄咄逼人的追问：年是什么？ 年在哪里？ 我们为什么要过年？ 我们会过年吗？ 我们有地方过年吗？ 我们到哪里过年？ 我们还会磕头作揖吗？ 这些追问乍一看颇具直指人心的力量，而作者一旦开始自我解答，便露出了形迹可疑的尾巴。

比如，关于如何过年的问题，民俗学家在文中谆谆告诫我们："磕头和作揖是典型的非物质遗产，需要保护。"民俗学家还进一步解释说："晚辈在春节向长辈磕头、朋友之间相互作揖是不为过的，都表达了虔诚的敬意。"但这个论调没有任何新意，恰恰相反，它不过是一百年前"缠足"和"辫子"捍卫论的翻版而已。 稍有历史知识的人都知道，早在20世纪初叶，保皇党人已经演过了类似的喜剧。

毫无疑问，与磕头作揖相比，辫子和小脚才是最激动人心的"民族遗产"，在独创性、本土性和传承性方面，都更符合"民俗"的文化指标。 按照这样的逻辑，我们不仅要保卫磕头作揖、长袍马褂和缠足剃发，还要保卫与之相关的整个皇权和古代礼制，因为这才是所谓"民俗"的价值核心。

为了劝服世人重拾那些被历史抛弃的陋俗恶习，民俗学家进一步宣称："跪礼不是封建时代的产物，而是原始社会就存在的，如辽宁牛河梁神庙等遗址的人像。"民俗家这回好像连初中历史都未学好，因为任何一个普通的中学生都懂得，所谓"原始社会"的跪礼，通常是奴隶为主人殉葬时所采用的卑微姿势。 辽宁牛河梁神庙出土的跪像出自红山文化晚期的女神庙，其中的跪像，被用于隆重的宗教祭祀仪式，跟日常生活毫无干系。 著名民俗学家的引证，若不是缺乏常识，就是在蓄意搞乱人们的价值视线。

在蛊惑人心的"保卫"口号背后，所隐藏的无非是文化复辟的旧梦。 正如一些学者所指出的那样，维系中国春节生命力的唯一途径，不是简单的"复古"，而是要在家庭守护的母题上发展出新的娱乐样式。 而让世人在春节里穿着长袍马褂彼此磕头作揖，只能令可爱的"民俗"出丑，制造出张勋式的文化复辟闹剧。

每个人都有选择自己生活方式的权利。 如果这种"文化恋旧癖"只是民俗学家的个人趣味，倒也无伤大雅，反而令文化呈现为多元有机的生态，但若要把这种方式强加给全体民众，甚至动辄就把它拉到国家政治的高度，那就已经超出了学问和兴趣的范畴，变性为一种可怕的文化专制。《宣言》企图维系的正是这样一种格局。它把保卫传统节日的事务，上升到国家文化安全的高度，以致民俗的局部衰退被夸大成一场严重的政治危机。

"我读了桑德斯揭露美国中央情报局在世界各地插手文化发展的著作，多次同人谈到西方节日对东方文化精神体系的颠覆和销蚀。我想说，保卫春节就是保卫民族文化安全"。

民俗学家的用意，显然是要把春节乃至地域民俗的退化，栽赃给美国政府及其职能部门。这与其说是民俗学的理性立场，不如说是受迫害妄想症引发的政治焦虑。如此这般"保卫"，只能把对民俗的"热爱"，转变成可笑的国际政治仇恨。在我看来，民俗学家完全可以向政府和民众发出正面呼吁，而不必采用这种政治挑拨的话语策略。

一方面是对传统陋习的文化屈从，一方面是对西方文明的种族敌视，这是一个硬币的两面，显示了某种病态的双重文化人格，它渗透在民俗学家的《保卫春节宣言》里，犹如一面精密的镜子，映照出狭隘民族主义者的畸形面容。在保卫春节的各种喧嚣里，这是最危险的声音，因为它以民族正义的名义传扬，并受到护国心切的公众和媒体的欢呼。但究其本质，它充其量只是一场文化沙尘暴而已。跟所谓"新新儒学"一样，从这种保守主义沙暴里，我们得到的只能是历史的尘垢，而失去的却可能是文明进化的动力。

母亲节：洗脚、下跪和道德演出

洗脚、下跪和磕头的闹剧，从旧帝国一直上演到民国，始终没有终止的迹象，只是在新文化运动之后，它才逐渐遭到了人们的唾弃。但今天，那些发霉的旧风俗开始卷土重来，成为转型中国的"亮丽风景"。

只要翻检一下中国近代史就不难发现，洗脚和磕头之类的江湖事迹，散布在历史的各种缝隙里，犹如芳香四溢的牛粪。光绪二年，徽州官府组织数百个良家媳妇给公公洗脚，场面壮观，而情形却相当暧昧和诡异；民国二十五年，山西某地曾闹过一场磕头喜剧，三百名守寡贞妇，集体向婆婆磕头，发毒誓效忠亡夫，地方官绅事后还大立贞操牌坊，以表彰那些烈妇的壮举。

最近，广东某实验中学首创"青年礼"，要求初二学生在操场集体"下跪"，以示对父母的感激之情；2011 年 5 月 8 日母亲节前夕，江西某小学 100 名学生在操场上给妈妈洗脚以示孝心；北京 170 名外来务工者为并排而坐的父母洗脚；武汉洪山看守所内的少年嫌犯为母亲洗脚表达感恩和忏悔，等等。下跪洗脚的光荣事迹，犹如雨后春笋。

无独有偶，台湾屏东举办"为妈妈洗脚"活动，共计3724位母亲同时被洗，创下同一时空里最多人洗脚的吉尼斯世界纪录。中国人在孜孜不倦地营造着新的道德奇迹。

这场洗脚闹剧的源头，是一则央视进行"感恩教育"的公益广告：一位年轻母亲睡前给母亲端水洗脚，幼子为此深受感动，遂端来一盆热水要给自己母亲洗脚。至此，"洗脚模式"成了推行感恩精神和孝道伦理的样板。各类职业和不同年龄段的青少年人群，均被要求给自家父母洗脚，并且从家庭内部发展到大庭广众，又由坐洗推进到跪洗和磕头洗。上海某中学甚至给学生颁发洗脚日历卡，每洗一次脚，父母就在卡上签字，而该卡将在学期末成为评定道德分数的主要依据。

为了这种道德风范，长沙计划打造"孝道"文化街，建设"孝"文化广场，有关部门还专门设计"孝道试卷"，以测试市民的"孝道指数"。这场闹剧正在愈演愈烈，规模盛大，成为遍及全国的集体道德秀。

但国人的孝道传统，往往表演甚于实绩。父母死后，大肆操办丧事以示孝心，而其生前，则往往百般虐待与摧残。目前的洗脚狂潮，不过是这种"秀孝传统"的变种而已。正如一些网友所指出的那样，如果向长辈表达感恩之情，最终只剩下"下跪"或"洗脚"的话，那么这只能是华夏民族的悲哀。老师应向学生告知"孝即爱心"，而非组织此类哗众取宠的街头活报剧。

在中国，很多动机良善的事物，最终都会扭曲变形，正如我过去曾经预言的那样，春节已经沦为美食节，元宵节沦为汤圆节，端午节成了粽子节，而中秋节则蜕化为月饼节。在所谓"亲情经济"的浪潮中，母亲节一方面转型为"洗脚节"或"磕头节"，同时也被强大的市场之手弄成了鲜花节或蛋糕节。似乎没有什么节日能摆脱这种庸俗化的厄运。

某些流传下来的孝道，无非是专制主义在家庭结构中的映射。 它从未承载过真正的爱与亲情，而仅仅重申长辈对晚辈的微观权力。 它拒绝家庭成员的人际平等，无视晚辈的人格尊严，进而摧毁主体的独立建构，由此导致服从性和工具性人格的茁壮成长。 家庭孝道，是帝国规训其政治顺民的逻辑起点。

耐人寻味的是，有些受到表彰的著名孝行，大多散发着浓烈的自虐和互虐气味。 在作为道德范本的《二十四孝图》中，约三分之二的事迹尚在可以理喻的范围，而约三分之一的故事则可以划归荒谬可笑之流，诸如"戏彩娱亲"（70岁老头假扮婴儿逗老母快乐）、"埋儿奉母"（为了省下口粮给老母，竟然打算活埋幼子）、"卧冰求鲤"（在严冬以裸身融化河面冰层，钓取鲤鱼供继母食用）、"恣蚊饱血"（在夏季用自己裸身吸引蚊子而保护父亲）、"尝粪忧心"（亲尝父亲的粪便以了解病情）之类，所有这些被大肆宣扬的事迹，不仅洋溢着SM的奇特激情，而且充满着杀子恋母或自残恋父的古怪情结。 它们裹上了儒家伦理的庄严外衣，放射出经久不息的道德光芒。

值得庆幸的是，就在人们大肆鼓励孩子以各种形式"孝敬"父母时，广州市少年宫和《都市人·成长》杂志，公布了名为"关于家长和孩子对感恩的理解"的调查结果，它显示，在孩子的心目中，"帮父母做家务"和"等长大了赡养父母"最能表达感恩之情，而"帮父母洗脚"和"给父母磕头"则最令人反感。 这项调查表明，中国的孩子并未丧失价值判断的基本能力。 而企图把这种腐朽样式强加给他们的成人，反而暴露出可疑的行藏。

如何阐释"孝"的含义，这无疑是问题的关键所在。 儿女跟父母的关系，首先应当建立在人格平等的价值观上，任何一种下跪和磕头的行径，只能把"孝"引向"顺"，也即表达谦卑和顺服的语义，这种所谓的"孝道"，背离了自由、平等和博爱的人本主义价值基线，跟爱没有任何本质性关联。

但古时中国的专制主义就利用这种自阉式"孝道"，对家庭成员间的人伦之爱进行偷换，以期从这种被扭曲的伦理关系中训练奴性，进而把它投射到君臣、官和民的关系之中，以捍卫王权设定的永恒秩序。

母亲节源于希腊，人们借此向奥林匹斯山上的众神之母赫拉致意；现代母亲节则源于一名叫作安娜·贾维斯的美国女士，她力主设立纪念日来劝慰那些在战争中丧子的母亲，同时创立母亲节来表彰全球母亲的伟大成就。 美国国会为此于 1913 年通过议案，将每年 5 月的第二个星期天作为法定母亲节。 母亲节至此诞生并在全世界流行，成为地球上所有母亲的共同节日。

母亲节的这种世界性起源，刻画了它作为普世价值载体的基本容貌。 全世界的儿女都知道，我们应在这一特殊的节日里重申母爱的伟大，学会对母亲报以更为炽热恒久的情感，学会倾听她们的教诲，尊重她们的抉择，跟她们成为最亲密的朋友，并学会在她们老去之后，照料其衰弱的身体和安慰其孤寂的灵魂。但这绝不意味着我们必须以下跪和磕头来表演各类滑稽的"孝行"。 母亲珍爱并引为自豪的，不是那些磕头虫和软脚蟹，而是有尊严地站着的孩子。

嘉年华：从静寂民俗到尖叫消费

　　随着环球嘉年华在中国都市的巡回展出，"狂欢节文化"已经跃入本土公众的视野。 它是一个"激动人心"的消息，在都市人的平庸生活里点燃了奇幻的火焰。 而推动"狂欢"的不仅是资本，更是中国社会的热切需求。 在"郁闷指数"高涨的社会，狂欢，成了人们自我款待的最高礼遇。

　　真正的狂欢节必须具备下列三项条件：第一，它是民众自发、自愿或全民参与的；第二，它能够提供新奇的感官经验；第三，它是体能消耗和道德放纵的，能够向民众提供临时性的自我解放空间（如愚人节可以尽情作蛊而不会受到法律责罚）。 这就是狂欢节的基本定律。

　　而在中国，狂欢节模式遭受了旧观点的严厉修理。 旧观点一方面要利用节庆维系家庭人伦的亲密关系，一方面要把它营造成消化道器官的狂欢。 这种双重属性显示了传统节庆的精神分裂：既要迎合士大夫精英的道德趣味，又要满足普通农民的"进补"需求。

　　与西方狂欢节形成尖锐对比的是，中国节庆是受纳型而不是消耗型的，它拒绝过度支付体能。 年夜饭是它的支柱，它象征着一年辛苦劳作所得到的最后补偿。 进补是农业帝国生活哲学的最高主题。 历史上很长一段时间中，鉴于食物的严重匮乏，春节逐渐沦为"狂吃节"，也就是饮食器官的狂欢。 人们以团圆和祭祖的名义超负荷进食，以弥补一年的能量损耗。 不仅如此，人力成本在春节期间也下降到了谷底，如今，人们甚至拒绝为制作年夜饭付出起码的体能。 这种慵懒的过节姿态，导致了大年三十餐馆生意的空前火爆。

传统的四大民间节日——春节、元宵、端午和中秋，本来还具有若干狂欢痕迹，如端午的龙舟大赛和元宵灯会，就是支付体能的运动，而今却在现代化和城市化运动中日益凋零。 传统的民俗面临严重的"静寂化效应"——节日变得越来越冷寂、清淡和可有可无，只有一种喧嚣在持续升高，那就是不断膨胀的食物消费。 商人和食品贩子的叫卖声回荡在大街上，蓄意制造着虚假的节庆气氛。

人们已经看到，元宵节被用来推销糯米汤圆，由此逐步退化为汤圆节；端午节则被用以推销粽子，由此逐渐演成粽子节；中秋节则被用来专门进食月饼，结果退化成了月饼节。 这些日益退化的庆典，无法提供任何新奇的感官经验，甚至不能提供必要的欢乐，由此丧失了庆典的内在意义，并且正在沦为文化的骗局。

与正在走向静寂的民俗庆典相比，"嘉年华"却是由金钱和技术打造起来的现代人工狂欢，它完全不符合第三原则，却基本符合了第一和第二原则。 全球资本和机械科技的结晶，保证游客能够在机器运动中获得崭新的生命体验。 与"迪斯尼"和"环球影城"并列为世界三大娱乐品牌的"环球嘉年华"，是制造感官狂欢的高手，它利用庞大的运动机械来制造身体的扭动、摇摆、旋转、翻滚和俯冲，以期获得短瞬、高速、极限化和冲击性体验。 其中一款名为"奥运五环"的高速滑车，据称拥有 5.2g 的重力加速度、80 公里的时速和 1.2 公里的轨道长度，能够让游客在瞬间体验宇航员的太空感官冲浪。 在游客的高声尖叫声中，都市居民改变了其庸常的生活状态。

这就是价格昂贵的"尖叫消费"的魅力，它推动了新型狂欢节的诞生。 去年在上海举办的"嘉年华"获得了出乎意料的成功，220 万民众蜂拥而至，令它成为真正的市民化庆典。 这场"游园惊梦"启迪了那些热爱"尖叫"的人们：在一个问题丛生的年代，嘉年华就是医治"中国式郁闷"的超级大麻。

儿童节：整蛊主义、祖国花朵和伦理危机

早在 2002 年年初，一批恐怖和整蛊玩具就已经悄然浮出了水面。据《东方网》当时的报道称，在上海市场出现的恐怖玩具包括鬼手腕、走路鬼、黑袍鬼、流血鬼、骇人蜘蛛和会发出凄厉鬼叫的鬼灯等上百个品种，而整蛊玩具据说也已多达五十余种。例如，爆炸肥皂洗手时会发生爆炸，喷水相机会对着被照者喷水，大脏皂让人越洗越脏。其中的放屁垫被人买回去后，通常放在受整人臀下，一坐便会发出屁声，而恶作剧者还会伺机弄破配套气囊散出臭气，等等。但它们最初是只是成人玩具，尚未构成对儿童的侵犯态势。

2004 年的六一儿童节是一个耐人寻味的时刻，在"潜伏"和等待了一年半之后，恐怖整蛊玩具终于开始在中国童界大肆流行起来，并引发了媒体的普遍震惊和抨击。从各种报道中我们获知，在中小学校园力流行的，除了各种塑胶生殖器模型，还包括用以整蛊他人的"痒痒粉"、"辣牙签"、"假芬达"、用以吓人的鲜血淋漓的断指、眼珠，带血人皮面具，会爬的断手臂，等等。这些"黑色玩具"充满了暴力和血腥，其功能是吓人、捉弄、愚

弄、恶作剧和报复。 由于这种恐怖和整蛊玩具的全面涌现，被称之为"祖国花朵"的儿童，正式汇入了成人社会的整蛊洪流。

整蛊，这个语词起初来自香港方言，有捉弄、玩笑和恶作剧的意思，它之所以在香港盛行并被引入内地，据称源于周星驰的成名影片《整蛊专家》，这部搞笑的港式无厘头疯狂喜剧，叙述了一对情敌为打击对方，各自请来整蛊专家展开连场斗法。 由于该片在大陆的流行，"整蛊"概念开始风行，此后，整蛊短信、整蛊电影、整蛊电视节目、整蛊游戏，整蛊软件、整蛊专家网站……各种整蛊样式层出不穷，中国社会的整蛊体系日见完善。检索一下中文搜索引擎"百度"，竟然出现了几十万个有关整蛊的条目，即使我已有充分的精神准备，但这个结果仍然令人感到意外。

我们看到，一个"整蛊主义"的时代已经降临。 它是中国社会进一步流氓化的标志。 从20世纪80年代的潇洒主义、90年代的街痞主义和厚黑主义，到21世纪零年代的"整蛊主义"，中国的流氓文化在这期间发育递进与深化，其精神特质不断地自我"进化"。 另一方面，其空间渗透力也在日益扩张，它的势力，从原先的身份丧失者和都市焦虑症患者，一直扩展到了年幼的儿童。

是的，整蛊玩具向儿童界的渗透，构成了一个耐人寻味的文化信号。 它在成人世界激起了强烈的恐惧，这是真切的反应，它完全符合道德自卫的逻辑。 我们被告知，整蛊玩具加剧了人与人之间的信任危机，而后者正是中国社会所面对的整体性精神危机，不仅如此，整蛊玩具的流行使我们充分意识到，这一危机还在进一步加剧和深化。

从被大肆曝光的食品危机（毒火腿、毒粉丝和伪奶粉等）、到从知识界伪造文凭、论文抄袭，再到"黄静案"物证蒸发所引发的司法信任危机，人们彼此"整蛊"的风气之盛行，已经到了空前绝后的地步。 在任何一个道德健全的国度，只有愚人节才是整蛊之日，只有在那一天，人们的说谎才成为一种合理的常态，但在其余的日子里，人们将重新返回道德的秩序之中。 中国的现状则完全相反，人们每天都在过愚人节，并注定要在彼此的整蛊狂欢中打发空虚无聊的岁月。

　　然而，正是那些整蛊玩具的出现，迫使儿童建立起了对整蛊社会的心理防范机制，以便其在成年后拥有足够的自卫能力。我们已经被世界整蛊了无数遍了，为什么不允许儿童互相"整蛊"一下，并且借此打造自卫机制呢？ 难道还要等他们长大、遍尝被愚弄和欺骗的滋味之后，再来汲取教训和调整生活策略吗？除非我们着手改变这个世界的属性，否则，整蛊游戏就是必需的演习，它旨在教育我们的后代不要信任他将要面对的那个成人的世界。 在彼此整蛊的气息中，我们的"祖国花朵"正在茁壮成长。 他们是有毒的罂粟，但他们将比我们这一代更擅长对付一个愚人化的世界。

愚人节：生命中不能承受之乐

从娱乐元年——2005 年开始，经过喧嚣的娱乐二年，历史在震耳欲聋的娱乐声中迈入娱乐三年。 与高涨的社会郁闷指数密切呼应的是，新的娱乐事物继续大量涌现，"国民娱乐指数"也在日益高涨，从而为我们勾勒了盛世狂欢的迷人图景。

这场娱乐浪潮的来源是耐人寻味的，它首先与全球媒体时代的娱乐主义浪潮密切相关。 消费核心正在发生本质性的变化，由纯粹的物性消费，迅速转向娱乐消费。 这是一场彻底的消费主义革命，它终结了垄断资本主义的痛苦噩梦。

战后西欧的文化消费曾经是无限多元的，一方面是大众的娱乐消费，一方面是知识分子的反娱乐文化消费，后者以痛苦和荒谬为消费的精神内核。 但当今社会的泛娱乐化，却改变了人类的表情，赋予了它肤浅的酒窝与快乐。 在伊甸园里，人学会了用无花果叶遮蔽羞处，而经历了数万年的挣动之后，人才学会用娱乐之叶遮蔽灵魂的痛苦。 这是一个历史性的时刻，21 世纪的人们，从此生活在水深火热的快乐之中。

娱乐浪潮同时也是中国社会自主发展的必然结果。 它显示了某种明晰特征，即在市场的支撑下，用娱乐来解构意识形态的单一性和威权性。 泛娱乐化成为超越泛政治化的柔软武器。 这种文化浪潮，早在20世纪80年代就已经奠定了坚实的基础。 在那个年代，娱乐曾经是一种全新的概念。 那时的民众，独立自主地发展出了麻将文化，在那些坚硬而光滑的骨牌里，寻找金钱和娱乐的双重快乐。 与此同时，知识分子在高歌"潇洒美学"，孜孜不倦地探求着流氓美学的真谛。 为20世纪90年代后的高度娱乐化社会，开辟出一条光线灿烂的道路。

21世纪中国最重要的事变，是公共知识分子丧失话语平台，进而集体退出了社会议事空间，而人民则以无名氏的身份执掌了互联网话语权。 人民主宰互联网的时代降临了。 他们的权能还进一步扩散到平面和电视媒体。 在消费主义逻辑的支配下，人民成为娱乐市场的主人，它的强大气息笼罩了整个民族。 游戏和娱乐精神就此迅速取代了政治，成为中国文化的核心价值。

我们已经看到，娱乐主义原理超越了娱乐业本土，大肆侵入周边地带，扩张到包括政治、经济、道德、教育、司法、管理等各个领域，形成所谓"泛娱乐化"的盛大格局。 娱乐帝国的版图不可思议地扩张着，它的彩旗已插遍了几乎所有土地。

娱乐的本质，就是把生命（存在）游戏化，它寻求的是短暂的快感和快乐，并悬置起痛苦、信念和一切跟生命主体相关的核心价值。 娱乐主义的信条就是"我乐故我在"。 它要改变存在的根基，用感官愉悦的单一感受，去替换掉其他一切生命感受。正是这种快感的霸权，构成了消费主义帝国的最高律法。

暴力、情色和名人隐私，这是娱乐快感及其消费诞生的三大元素。 娱乐工业的生产方式，就是大规模搜寻、采集、争夺和炮制这些元素，组装成形形色色的文化消费品，推销给如饥似渴的人民。 在娱乐盛宴的菜单上，布满了那些被牺牲掉的娱乐圈名流的姓氏。 他们的所有隐私，从肉体、绯闻、生育到洗手间的手纸，都是媒体厨房的基本原料。资讯美食的特色大致就是如此。

金钱是这场革命的幕后操纵者。人民对快感的狂热求索，成为推拉动社会消费的动力，由此酝酿着关于娱乐经济学的不朽神话。那些电视选秀狂欢、芙蓉姐姐式的互联网起哄事件，以及关于明星的各种绯闻，并未给文化本身增值，却制造出大量消费泡沫，弥漫在零度价值的空间，照亮了文化繁荣的幻象。

娱乐快感的另一个令人深感意外的功能，就是融解民众的自主意志，使人们转移到日常生活的愉悦之中。那些感官的碎片引导着疲惫的灵魂，把它们送进了尘世的天堂。

娱乐过度导致了某种强大的负面效应。解构，似乎就是游戏和娱乐的最高使命。它解构善、正义和基本的道德尺度，解构必要的政治立场，解构人类的美学底线，解构内在的信念，解构价值与尊严，并解构了人的存在本质。娱乐不是邪恶的，也不是一种无可救药的丑闻，它仅仅是一种精神烟草，充填着生活的每一个缝隙，进而成为那种生命中不能承受之乐，并大步走向它自身的反面。

国家（种族）被过度娱乐所解构的事例，遍布人类历史的每个角落。为娱乐而殉难的帝国或王朝，书写了那些毫无出路的历史。我们早已看到，正是伟大的罗马帝国开创了娱乐的历史纪元。贵族的奢靡腐败，加上底层平民的疯狂娱乐，所有这些都滋养着一种狂欢的罪恶。暴力和情色的消费火焰，狂乱地燃烧在角斗场上，塑造着罗马人的腐败灵魂。这种全民性的娱乐中毒，引发了帝国的衰弱和覆灭。历史就这样帮助我们确认了事物的本质。在某种意义上，痛苦就是娱乐的最后形态。

社会平衡原理如此启示我们，一方面要确认"娱乐无罪"的原则，捍卫"必要的娱乐"的权利，避免走回到极权主义和泛政治化的旧途，另一方面也要制止"过度娱乐"和泛娱乐化的偏差。而纠正娱乐过度的解决途径似乎只有一种，那就是实现娱乐归位，即让娱乐退离非娱乐领域，把政治还给政治，道德还给道德。 我们被严肃地告知，娱乐应当被限定在自身的领域，也就是影视、歌舞、卡拉 OK 等日常感官生活的空间。

这无疑是一种理想主义的行政设计，事实上，文化的"总体性偏差"，几乎支配了华夏文明的整个进程。 在儒家社会，人们曾经面对泛道德化的危机；在 20 世纪后半叶，人们又曾经历泛政治化的剧烈痛楚；而在新时代，我们则被迫卷入泛娱乐化的浪潮。 上述三次泛化事变，显示了文化均衡主义的挫败。 任何对文化进行集权式管制的企图，都是注定要失败的。 打造健全的公民社会，仅仅是一种美妙的愿景，没有任何一个政府能够依靠严酷的律令来实现上述目标，恰恰相反，它只能为另一种意识形态的泛化开辟道路，从一种危机跃向另一种危机。

缩小娱乐帝国版图的唯一方式，不是围堵娱乐消费的渴望，强迫人民接纳一种唯一的文化样板戏，而是对权力做行政减法，以更加宽容的立场，去鼓励各种思想流派的自由成长，鼓励知识分子创造和生产娱乐以外的优秀文本，以扩展人民文化选择的空间。 毫无疑问，只有大幅度增加文化生产和供应的品种，才能有效调节人民的趣味，重建包括娱乐在内的，更加理性多元的文化谱系。 只有这样，娱乐帝国才能转型为娱乐公社或娱乐小组，还原到它的历史原点。 无论如何，娱乐不是我们的敌人，它只是那种需要加以节制的笑声而已。

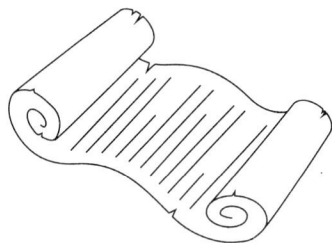

偶像狂欢

　　偶像是时代的风标、潮流的印记和历史的结石。 在娱乐为本的今天，老偶像的迟暮与新偶像的辈出，形成了无数诡异而耐人寻味的风景。 粉丝帝国的狂欢，不断刷新世人的审美、智力和宽容的底线。

偶像工业的病理报告

　　面对媒体的剧烈炒作，杨丽娟事件仍未尘埃落定。　这个女人及其父母，向世人贡献了一则离奇的故事：从 15 岁的梦境开始，追逐香港流行歌星刘德华长达十三年，六进京城和三进香港，以致全家举债，危机四伏，到了卖肾换钱的边缘。　而这场闹剧的悲情高潮，就是其老父在香港跳海自杀，身后留下谴责刘德华的长篇遗书。　全球华人社会都为之哗然。

　　这是偶像崇拜的经典案例。　在娱乐资本操控的年代，偶像及其粉丝彼此渴望、需求、倾诉和抚摸，互致热烈的爱意，这种对偶化的娱乐制度，就是支配青年亚文化的意识形态。　它的强大权能，不仅呈现在震耳欲聋的演出现场，而且渗入了那些寻常家庭，改造着人的基本生存方式。

　　在这背后，我们还看见了偶像经济学的坚硬法则。　粉丝是偶像的消费者，高价购买演唱会门票和音乐专辑，而作为偶像商品的歌星，则从中选出那些最忠实的消费者，跟他们见面、留影和深度接触。　这就是偶像贸易的基本图式。　在偶像式商品和粉丝式消费者之间，存在着一种隐秘的交换契约。　杨父以女儿十三年青春和全家破产的代价，要求刘德华提供十分钟接见时间，这是单方面的价格哄抬，但事件此后便迅速失去了控制。 杨父铤而走险，在交易的天平押上性命，借此增加要价的砝码，而自杀不仅破坏了交易的气氛，也危及娱乐市场的游戏规则。 刘德华及其背后的娱乐资本，均露出恼羞成怒的表情，因为他们要为此支付高昂的道德成本。

这是交易双方无法达成价格一致而引发的市场悲剧，由此引发了大规模的问责浪潮。 究竟是谁在支配偶像工业？ 谁煽动了这种不道德的交易？ 谁在玩弄这个愚蠢可怜的家庭？ 问责者的矛头，指向了大肆炒作娱乐明星的媒体。 但媒体只是娱乐资本体系中的某个环节而已，在庞大的产业链上，生长着刘德华本人、演出经纪公司、唱片制造商、销售商、广告商直至新闻媒体等各种势力。 其中任何一个环节，都足以构成罪行发生的逻辑动因。 社会问责看起来大义凛然，却毫无意义，因为广泛的社会问责，根本无法指认具体的罪责承担者，从而令这种问责沦为空洞的语词游戏。

就在问责阵营的对面，同情者发出了言辞恳切的赞美。 我们被告知，在成熟的资讯消费社会，忠诚是市场的最高美德。 没有哪个粉丝像杨丽娟那样，具有如此令人惊叹的德行：忠于自己的偶像长达十三年之久，耗尽青春、爱情、钱财以及家庭亲情。如果没有杨父以自杀搅局，娱乐资本应当给这样的超级粉丝打造贞操牌坊，以勉励那些朝秦暮楚的粉丝。

工具理性曾经是支撑自由贸易的基石，而当代偶像工业却更需要乌托邦梦想和疯狂的激情。 这是一种否决古典理性的市场规则。 娱乐资本利用人性中那些病态的成分，煽动毫无节制的崇拜和盲目的忠诚。 但偶像崇拜是脆弱的摇钱树，它既创造了丰厚的利润，也孕育着娱乐业的危机，一旦粉丝行为失控，就会损害娱乐品（偶像），进而威胁到娱乐工业的公共形象。 杨父投海自杀，击碎了偶像和粉丝之间的温情，展露出资本的残酷冷面。

杨丽娟跟芙蓉姐姐是一对孪生的文化姐妹，她们不仅拥有酷肖的面容，而且拥有近似的精神特征，那就是人格上的极度自恋。 唯一的不同点在于，杨丽娟是芙蓉姐姐的反转镜像——她从极度自恋转向了极端的他恋，但即便如此，这种极端的他恋，终究只是自恋的某种特殊样式而已。 芙蓉姐姐和杨丽娟的先后问世表明，病态的娱乐分子正在茁壮成长，成为消费社会的主宰。

只要揭开偶像文化的表皮就能发现，所有偶像都具有惊人的双重性：它既是照镜者本人，也是她那至高无上的恋人。 在杨丽娟的视界里，刘德华既是梦中恋人，也是她本人的一个性别反转的镜像。 认知矫正体系失效之后，杨丽娟的心智就已崩溃在娱乐前线。 她孤独、自闭、自私、虐待生父，更不能辨别现实与幻象的差异。 这种严重的人格障碍不仅在少数家族内部遗传，也遍存于整个中国社会。 但正是这种病症响应了偶像经济的召唤。 狂热的粉丝前仆后继，谱写着为娱乐市场奋勇献身的大众喜剧。

偶像工业塑造了中国病人，而病人又反过来成为其最坚贞的拥戴者。 这种互动关系就是娱乐资本主义的本质。 杨丽娟父女是卓越的样本，注定要入选中国大众文化教材，因为他们推动了娱乐经济的战车，把它送入 21 世纪的资讯轨道。 尽管死亡消息是一次剧烈的电击，由此引出娱乐有毒的判词，但粉丝军团仍将在娱乐路线上飞奔，去迎接各种新偶像的诞生，没有任何道德问责或心理疗法能阻挡这狂乱的脚步。

中国男性偶像的三种标本

2006 年，上海电视业出现了文化复兴的伟大迹象。《加油！好男儿》节目收视率一度飙升至 3.8，大幅领先于湖南卫视的"超女"。 媒体就此发出了大惊小怪的叫喊：北方阳刚男全军覆没，"娘娘腔"顺利晋级！ 尽管《南都周刊》对此发出辛辣的嘲笑，但以上海为中心的娘娘腔美学，再次成为年度时尚中心，已是势不可挡的潮流。

某些媒体评论的误区在于，把这种大众美学趣味，跟李宇春式的中性化超女相提并论，认为中国新出了什么重大的时尚趋势。 这完全是个天真的误判。 中国美男的标准亘古不变，娘娘腔的男人，始终是其中的主流。 从 F4、张国荣，毛宁、解小东、林志颖、谢霆锋到古巨基，所有这些走红的娱乐明星，娘娘腔程度深浅不一，却都是生长在这个轴心上的事物。

只消查一下古代典籍就不难发现，标准的中国古典男性偶像只有一种类型，那就是潘安和贾宝玉式的秀男，面若傅粉、唇红齿白、玉树临风，俨然情色话语的主宰。 他们的影像浮现在包括《三言两拍》、《聊斋志异》和《红楼梦》之类的文本里，成为女人渴慕的永久偶像，统治中国长达数千年之久，散发出经久不息的脂粉香气。

"好男儿"在上海的涌现，并非是件咄咄怪事。 江南历来就是秀男的最大摇篮。 从董永、梁山伯到许仙，各种秀男偶像层出不穷，为中国民间和宫廷文化，提供了最重要的美学资源。 这就是文化地理学的逻辑后果。 在一个阴柔、缠绵和水波荡漾的区域，土地、空气（气候）、流水、磁场和秀美的风景，这些特有的地理元素，汇聚成滋养秀男的温床。

地理人类学甚至支持这样一种观点，即某种特定的地理构造，可以决定男女荷尔蒙的产量。 江南无疑是雌性荷尔蒙丰收的地点。 这是一种何等诡异的力量，数千年矢志不移，营造着汉人的性别美学，不仅把女人打造成美人，也把男人塑造得优雅秀丽。 许多年来，上海孜孜不倦地建造高楼等混凝土阳具，但它的文化本性，却没有得到丝毫更改。

基于区域文化地理学的强大支持，秀男在中国娱乐圈的旦角地位从未受到动摇。 倒是酷男的形象，虽有受宠的时刻，却始终只是小妾式的配角，扶正的契机似乎遥遥无期。

荆轲、关羽、秦琼和武松，这些民间英雄气壮如牛，活在说书人、宋元话本、社戏和城市戏曲里，演绎着永垂不朽的传说。 他们用拳头和刀剑书写历史，跟暴力美学密切相关，却与情色美学相距遥远，恰恰相反，他们是情色生涯的天敌。 打虎英雄武松是这方面的样本，他杀死秀男西门庆，成为脍炙人口的道德英雄。 这种胜利的假象鼓舞过无数壮汉，也迷惑了文化研究者的视线。

不幸的是，酷男虽能在拳脚上击败秀男，但在情场上却是弱势群体。 基于秀男是女人钟情的主要对象，她们的消费趣味，便决定了中国男性偶像的特点。 因此，中国女人而非江南地理，才是主宰秀男偶像流行的"幕后黑手"。 这就是女性消费趣味向我们揭示的真理。"好男儿"提供了这方面的最新证据：那些评委或是娱乐女人，或是秀男分子本身，她（他）们亮出的分数，为大众美学指引了秀丽靡软的方向。

秀男和酷男的博弈，是中国流行文化的重要议题。 流行歌坛曾经出现过刘欢和刀郎式的硬汉风格，但刘欢始终没有成为主流，而刀郎的流行生命也只有几年之久。 在中国的舞台上，北方阳刚气质只能昙花一现，犹如一声粗犷的叹息。

基于流氓文化全面兴盛，一种新的男性偶像——痞男，从 20 世纪 90 年代开始逐步涌现。 赵本山、周星驰和葛优和雪村持续走俏，形成男性偶像的"第三种道路"。 他们看起来既不秀美，也不犷悍，他们出演的角色，大多贪嗔、油滑、狡黠、说谎、搞笑、工于心计而不失人情味。 他们的面容、表情和行为方式，无疑更接近生活的本相。 这很像是《西游记》所寓示的那种情景：人们在面容秀美的和尚和性情酷烈的猴子之外，发现了痞子猪的康庄大道。

我们已经看到，秀男、酷男和痞男，汇成 20 世纪末娱乐消费的潮流，而这三种男性风格的互动和杂交，却成了 21 世纪大众文化趣味的最新动向。 就"好男儿"节目而言，它向我们提供的，不再是古典意义上的秀男，而是它的某种升级版本，也即跟痞男或芙蓉姐姐杂交后的变种。 那些受宠的选手，拥有传统秀男的娘娘腔外形，却比秀男更加痞气、厚颜、擅长搞笑和自我推销。他们的街痞式表演，就是对新时代文化本质所作的最佳诠释。

乖女孩的哭泣性狂欢

　　崔永元等央视名人集体炮轰"超极女声"，揭开了央视和湖南卫视交战的序幕。　这是威权体制和市场体制并存的必然后果，它们之间的这场激烈博弈，注定要成为中国文化史的一个重大事端。

　　"超女"在全国范围的走红，意味着湖南卫视正在修改中国电视业的游戏规则：宣传和规训的规则，即将让位于市场营销的规则。　而央视则企图捍卫其岌岌可危的地位。　但隐藏在大义凛然的"高雅"呼声里，却是"无可奈何花落去"的叹惋。

　　"超女"的主体构架，克隆美国电视栏目，成为"全球化"进程中的本土衍生物。　从市场化到娱乐八卦化，正是"后资讯资本主义"时代的重要表征。　从 20 世纪 90 年代开始，默多克新闻集团完成了媒体转型，它旗下的英国《太阳报》，在王室的绯闻报道中开了娱乐主义的先河，而华语媒体的娱乐先锋，则是以狗仔队和揭发明星隐私为主体的《苹果日报》，它一举击败《明报》等传统媒体，在短短数年之内，擢升为香港最重要的媒体之一。这种所谓"苹果化"效应，经过香港、台湾和大陆的一系列前戏，终于在"超女"那里达到了万众狂欢的高潮。

但若仅仅把"超女"看作娱乐主义的产物，却是不够公正的。 湖南卫视的真正创意，就是数百万张手机选票制造的"海选"。 由评委和电视台领导决定歌手命运的央视模式，已经被观众投票模式所替代。 这场与电信商的合谋，意外地构筑了文化民主的盛大景观。 这是"多数人的善政"，也是民众意志和尊严的胜利。 尽管计票方式不够透明，但"超女"的意义已经溢出娱乐范畴，成为中国民众的社会参与激情的写照，并将在更大的社会领域产生回响。

不仅如此，"超女"遴选进程中所展示的大众美学趣味，也向故步自封的知识精英主义发出了警告。 平常的姿色，走调的歌唱、粗陋的表演、笨拙的主持人对白，人们对这些反智性事物已经视而不见，取而代之的是亲自参与偶像制造的巨大快感，它像流行性感冒一样在全国传播，最终演化成了一场青春期文化尘暴。

令我感到震惊的是，入围前三名的，除了张靓颖外，竟是两名中性化的女孩李宇春和周笔畅。 这是一个出乎人们意料的结果，它甚至抛弃了何洁式的阳光女孩，显示出反智美学的诡异。鉴于投票者大多数是青春女孩，一种崭新的女性主义正在呼之欲出。 中性女孩不仅要颠覆校园美学的底线，也挑战着中国男性的主流趣味。

但我也注意到这样一个古怪的现象：迫于某种强大的外部压力，湖南卫视已经做出了某些耐人寻味的文化妥协——

参选者身穿统一的衬衫、领带和裙子，看起来颇似校园制服；歌曲的选择大多是传统老歌，曾经被央视所反复演唱；"后宰门"式的儿童伴舞，拿腔拿调，弥漫着矫饰的气息；更令人吃惊的是，整个现场到处是出局者的眼泪、评委和主持人的千篇一律的劝慰，父母的殷切寄语、两代人之间的彼此感谢和勉励，等等。 这些老套的催泪煽情模式，演绎出一种古怪的"哭泣性狂欢"。 倪萍式的煽情模式在这里被再度模仿，成为耀眼的道德花边。

如此众多的主流价值元素，被蓄意注入了"超女"演出的图式，暗示出浓烈的规训化色彩，它们不仅要压抑歌手的自由天性，而且旨在表达一种特殊的信号：我们没有反叛，我们依然是被驯化的一代！ 一场青春女孩自我表现、张扬个性的赛跑，无力地瘫痪于"乖孩子"的底线上。 在"超女"表演的盛大舞台，到处投射着妥协和暧昧的阴影。

"超女"博弈的结局就是如此。 我们看见了市场（收视率和广告订单）的胜利——一个新的电视超级市场已经形成，而另一方面，却是令人失望的文化挫败。"超女"的编导们羞羞答答地开启了一道门缝，却并未实现真正的超越，去完成对于大众人性解放的全面启动。 这就是"超女"的大限。 如果它真的无法在博弈中坚守自己的原初立场，而日后的超级女声（超级男声、超级童声、超级老声）继续穿着"制服"、流着眼泪、唱着央视大歌上台，那么她们就应当被命名为"国家女声"，因为那才是一个更为贴切的电视学名。

"荡妇"麦当娜和香烟变法

　　20 世纪 80 年代麦当娜式的叛逆女人，如今已在西方蔚然成风。 当年的女权主义者，从麦姐身上找到了开启自我解放之门的钥匙。 它不仅向世界打开了乳房和阴道，而且打开了所有的可能性空间。 抽烟、吸毒、纵欲、同性恋和天体运动。 女人翻身的时代，就此轰轰烈烈地降临。

　　在西方，抽烟女人的数量远远超过男人。 男人是酒精的爱好者，而女人则是香烟的专有者，他们分别占领了火与水这两个领域。 由于办公楼大多采用封闭式空调系统，严禁室内抽烟，于是，只要轮到早茶和下午茶时间，办公楼的大门外都会站着许多女人，她们衣衫单薄，站在冷风里点烟，呵气如兰，表情怡然地吐出袅袅的烟圈，然后心满意足地返回各自的写字间。 纤长手指和女式香烟的优美组合，融进玻璃幕墙和维多利亚风格的建筑，构成了城市风景的迷人一面。 在 20 世纪晚期，香烟已经成为悬挂于西方女人唇边的美丽旗帜。

　　香烟是原初的反叛。 它火焰微弱，烟气细小，但它却直接进入了女人的器官，在里面盘旋然后返回体外，消失在都市澄明的空气里。 但绝大部分西方女人抽烟只是一种口腔运动，烟在口中停留片刻之后便被吐出，决不进入气管和肺叶，这是男人和女人抽烟的本质性差异。 抽烟被固化在日常生命仪式的范畴以内。

香烟和女人的结盟从嘴唇开始。 这个女人性器表征和枝形香烟的组合，暗示着交媾的实现。 在饱满的嘴唇的环绕下，香烟显得如此细小，并且在十分钟后化为灰烬。 香烟的尺度及其下场，都是对男性器官的冷嘲热讽。 这是含蓄的性挑战，它仿佛在向人们宣示说："我征服，而且我是这最终的胜利者。"

麦当娜是这种香烟女权运动的发起者。 这个意大利和法国混血的贫穷移民的后代，率先发现了下半身的真理。 她的首个写真集，展示了一具瘦骨嶙峋的躯体，仿佛是一株营养不良和轻度畸形的女树。 乳房害羞而不安地下垂在肋骨隐然可见的前胸，犹如两只干瘪的布袋。 无论从哪方面看，它都远不如玛丽莲·梦露的躯体：性感、柔滑、珠圆玉润、光芒四射，成为布尔乔亚客厅里的性感宝贝。 但美国人仍然为麦当娜的全裸形象而深感震惊。 优雅的中产阶级一直在竭力抵制这种"低级趣味"，而麦当娜却用她的"贫肉弹"炸开了山姆叔叔的道德大门。 她的抽烟姿态成为女权主义运动的偶像；她的身体变成燃烧的火炬，传递在美国、欧洲和澳洲之间，四处点燃女人反叛的怒火。 女权运动就这样以卧室为起点，以香烟为信号，不可遏制地爆发了。

一个女流行歌手就这样引发了香烟和啤酒的战争。 香烟成了女性前卫解放运动的首席兵器，它在城市里到处燃烧，挑战男人的霸权，散发着蛊惑人心的魅力，甚至中产阶级女人也不得不缴械投降，放弃传统的布尔乔亚生活模式，汇入抽烟者的庞大队列。 中产阶级的贡献不仅是人数，而且还是流行趣味理念的介入。 在战争平息之后，它把抽烟从叛逆变成了优雅。 由香烟引燃的火焰，最终转换为女人时尚生活的点缀。 尽管发生了这样的变化，女权的意识形态革命已经悄然完成。 在 20 世纪晚期，西方女人一直在享用着"香烟变法"带来的丰硕成果。

香烟！ 香烟！ 香烟！ 女人从男人手中夺过了香烟，把它变成了以性权为核心的女权象征，而男人则只能饮酒浇愁，在嘈杂的酒吧里度过苦闷的黑夜。 他们握着作为男性表征的酒瓶，从精液般的泡沫中得到了宽慰。 啤酒话语看起来是如此悲凉，仿佛是男人自慰过程的一种隐喻。 当女人夺取了吸烟权之后，啤酒（及其瓶具和销售店）便是男权意识形态的最后堡垒。

我们看到，失败的男人通常倒卧在沙滩上，抱着空无的啤酒瓶昏然睡去，他们是长期失业者、啤酒爱好者和被女人抛弃的烟蒂。 他们的身上残留着新西兰红嘴鸥遗留的鸟屎。 有时候，他们目光也会越过温暖柔软的沙地，失神地注视着那些在写字楼下抽烟的女人。 她们是他们的前妻，同时也是这个崭新时代的主人。

跋

　　承蒙东方出版社组织编辑班子，耗费人力和精力来研究我的作品，将新作和旧作重新加以整合，形成一个新的图书系列——"朱大可守望书系"。 对于许多作者而言，这似乎意味着自己正在被"总结"和"清算"。

　　自从 1985 年进入公共写作状态以来，除了《流氓的盛宴》、尚未完稿的《中国上古神系》，以及刚上手的《中国文化史精要》三部专著，这些文字几乎就是我的全部家当。 我的书写历程较长，但作品甚少，跟那些著作等身之辈，相距甚为遥远。 这是由于近三十年来，我始终处于沉默和言说、谛听与絮语的交界面上，犹如一个持续运动的钟摆。 话语是一种魔咒，它制造狂欢，也引发忧郁和苦痛。 我无法摆脱这种周期式的涨落。

　　即将出版的几部文集（《神话》、《审判》、《时光》……），其素材选自两个方面，其一为已经出版过的旧作，如《燃烧的迷津》、《聒噪的时代》（《话语的闪电》）、《守望者的文化月历》、《记忆的红皮书》等；其二是一些从未结集出版的文章，分为建筑、器物和历史传奇等三种母题。 它可能会面对更为广泛的读者群落。 东方出版社以打散重编的方式重出这些旧作，是因为大多数文集印数甚少，传播的范围极为有限，其中《话语的闪电》又被书商盗版盗印，状况甚为糟糕。 我之有幸被出版人选中，并非因为我的言说有什么特别之处，而是在中国文化复苏思潮涌现之前，需要有更多反思性文献的铺垫。

在自省的框架里反观自身，我此前的书写，经历了三个时期：狂飙时期（青春期）、神学写作时期和文化批评时期。 其中30～40岁有着最良好的状态，此后便是一个缓慢的衰退和下降过程。 我跟一个不可阻挡的法则发生了对撞。 我唯一能做的是减缓这种衰退的进度。 如果这衰退令许多人失望，我要在此向你们致歉。 但在思想、文学和影像全面衰退的语境中，如果这种"恐龙式"书写还能维系住汉语文化的底线，那么它就仍有被阅读或质疑的可能性。

好友高华不久前在邻城南京溘然去世。 他的辞世令我悲伤地想到，在这变化跌宕的岁月，有尊严地活着，就是最高的福祉。 2012，玛雅人宣称的历史终结之年，犹如一条乌洛波洛斯蛇（Ouroboros），头部衔住尾部，形成自我缠绕的圈环。 这是时间循环的连续体，接续着死与生、绝望与希望、终结与开端的两极。 它描述了世界自我更新周期的刻度。 今天，我们正站在这个伟大的刻度之上。 历史就这样垂顾了我们，令我们成为转折点的守望者，并握有转述真相的细小权利。 还有什么比这更令人欣慰的呢？ 是为跋。

朱大可

2012 年 9 月 18 日

写于上海莘庄

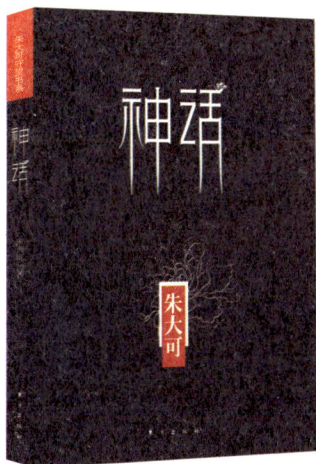

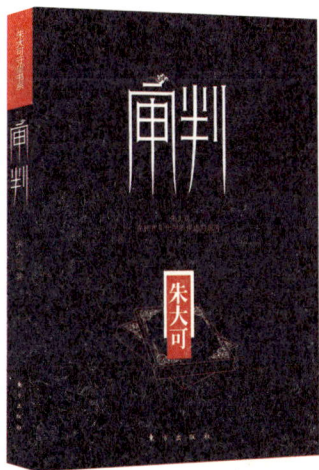

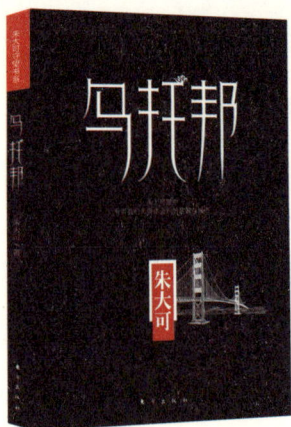

《乌托邦》

朱大可眼中
有着我们未曾体会到的建筑与城市

《先知》

朱大可带我们重温
那个文学与文学批评的巅峰

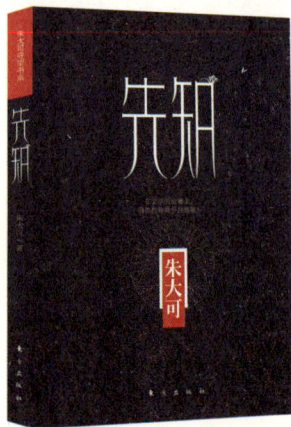

《时光》

朱大可回望岁月的留影
为我们解读其中文化的密码